Le Roi Vierge

CATULLE MENDES

童貞王

カチュール・マンデス

中島廣子・辻昌子 訳

国書刊行会

目次

第一部　グロリアーナ

I

深夜、二時のこと。貴なる女性来賓が他の客に先んじて暇乞いをするのを、一同勢揃いして待ち受けているところだった。

それはヘルクラネウムかポンペイにでもありそうな屋敷でのことで、古風を良しとし誇りに思う、さる王族の気紛れな思い付きから、北ドイツのとある中心都市の街中に建てられたものだった。

モザイク張りの床には、いきりたつ種牡馬に曳かれた、太陽神の四頭立て二輪戦車の図柄が表されていた。両側の壁には、半裸で薔薇の花に埋もれた蒼白い顔のアドニスと、絶え入らんばかりのヴィーナスの彩色画が描かれていた。さっきまでそこを、王室の宴に集うあまたの貴人たちが、煌々と灯された照明を浴びて行き交っていたのである。軍人たちが徽章や十字勲章の金銀細工を軍服の上にきらめかせたり、婦人客らが宝石を散りばめ結い上げた艶やかな髪に花飾りを挿し、それを長い花綱さながらに背中の白い窪みにまで届かせつつ、ゆったりと裳裾を引きずったりしていたのだ。その背後では、黒い夜会服に身を包み、襟に梔子《くちなし》の花を飾った大使館員たちが、軽く身を引きながらお辞儀をするのだった。一晩中、十二体の大理石のローマ皇帝像が、台座の上から白い眼で夜宴の有様を見つめては、古代の大饗宴の追憶にふけっているかに思われた。それに、ウィテリウス帝の大きな豚面を、肉付きのよい露な腕がさっとかすめてゆこうものなら、にやりとするかに見えもした。

低いざわめき声が起こり、広間の壁寄りに客たちがずらりと居並ぶと、ひとりの女性が、金の紐飾りのついた制服に身を固める主馬頭《しゅめのかみ》の腕に、薄色の手袋をはめた指先をあずけたまま、恭しく挨拶を送る左右の人垣の間を進み出てきた。

髪の毛はブロンドだったが、それも陽光に焼かれたとうもろこしの皮の色にも似た、やや赤みがかったブロンドで、蠟人形の不透明な白さを思わせる色白の肌をしていた。ティアラを戴く顔は小さく、大きく見開いた薄青い目は、若い雌牛にまつわるあのユノーの目と同じく、くっきりとしていて、鼻筋はオーストリア皇女によく見られるつんとした曲線を描き、小鼻も肉厚で、口元は笑った時のパリ女みたいに、ややぽってりしていた。うなじを露にし、襟を大きくくって豊かな胸元を見せている彼女は、まばゆいほどの肌の白さと豊かな金髪に、輝かんばかりの姿を際立たせていた。波間のセイレンさながらに、海緑色のサテンで出来た袖無しのドレスをまとっていたが、要所、要所を、マリンブルーの花房でたくし上げた短い上穿きスカートが、たっぷりのギャザーで張らせたチュールの下穿きスカートの上に重ねられており、その二十四段もの襞飾りが長く連なっていって、裳裾の辺りまで続いているところなど、さざ波が海の水泡と海藻の中へふわりと広がってゆく様を思わせた。

これぞまさしく、絶対君主たる絶世の美女の登場であった。

彼女が通りかかると、賛嘆と敬意の言葉がささやかれた。かつての彼女は、巧みにひとを陥落させる自らの才気が、運命の力まで虜にするに至った偶然の出来事から、いまだ時がたっておらず、権力を握った直後の自尊心から、こうしたお世辞がささやかれるのを耳にするのは、まんざらでもない気がしたものだった。それもあって、若き女君主の優雅な魅力を称える祝宴を好んでいた。それから年月が流れ、女王たちも又、年を取ってゆくものなのだ。いかに美しくとも、いつまでもそのままではいられまい、との思いを抱きもしよう。誰しも倦怠感に襲われて、絶えず新たな栄光や喜びを追い求めるものだ。そもそも、最も輝かしい勝利をおさめた者に、どんな未来が待ち受けているかなど分かろうはずもなく、経験したこともない事態は、恐ろしいものかも知れないのだ。だが、すべてを失ってしまうことへの恐れが、欠けたるもののない身の倦怠感まで追い払ってくれるわけではあるまい。褒め称えられる喜びが減ってしまえば、その分だけ、人々を服従させているという自負心も満たされにくくなってこよう。となれば、時には鏡を前にしても、そこに映る自らの美貌や宝冠に視線を向けるでもなく、通り過ぎてしまうこともあるだろう。

彼女はゆっくりと歩んで来た。会釈するかのように、ややうつむき加減になり、微笑むかのように、かすかな笑みを口元に浮かべていた。だが、その微笑や会釈も曖昧なままで済まされるところからして、恐らく他人の姿など目に入っておらず、周りの声も耳に入っていないのかも知れなかった。崇め奉られることに慣れきってしまい、もはや気にも留めなくなっていたのだろう。

戸口の傍までやって来た彼女は、一瞬、目蓋をぴくりと動かした。真後ろを振り向くと、他の客にも増して深々と身を屈めている、ひとりの男がいるではないか。多分、異国の人間なのだろう。その証拠には、正装の燕尾服の上に、数々の見慣れぬ勲章を輝かせていたからである。

痩せぎすで、見上げるような長身のため、お辞儀をしているところなど、まるで半分に折れた竿みたいだった。血色のよい尖った頭頂部には、もう若くもないためか、灰色の髪の毛がちらほらと固まって生え短く逆立っていた。顔つきは、「オー」と言う時のようにまん丸に開けた口元からして、どことなく道化師じみた間の抜けた感じがした。また、鼻眼鏡の奥にのぞく目をしばたたかせるところなど、ひょうきん者そのままの表情だった。おまけに、装いにも締まりがなく、ネクタイの締め方もゆる過ぎた。実際のところ、礼を失したも同然の体だった。ただ、こんないい加減な格好をしているくせ、どことなく堂々とした優雅さがあり、おかげで貴族的な雰囲気を感じさせたし、手の指も長くて申し分のない形をしていた。半ば道化師のようであり、半ば大貴族のようでもある、一風変わった男だった。

「フレドロ＝シェミル大公では？」と、女王が声をかけた。

彼は自分の存在を認めてもらった嬉しさのあまり、跪かんばかりに深々とお辞儀をした。

すると、かすかな微笑を浮かべていた女王は、口元をほころばせ、満面の笑みをたたえた。その笑顔たるや、咲き誇る花のごとき艶やかさだった。そして心なしか、目まで楽しげな輝きを帯びた。王侯然とした顔立ちからくる取り澄ました表情が和らぎ、やや皮肉っぽいものの、情のこもった、にこやかな優しい顔付きになった。愛する子供を叱ろうとし、指で脅かすような仕草をしつつ、口を尖らせる若い母親そのままに。何もフレドロ＝シェミル大公だからといって、こんな満足げで愛想のいい態度を示す気になるとも思えなかった。恐らく何か期待されている事柄か、あるいは過去の思い出か、とにかくそれを面白がって、からかおうとしたのであろう。

「従弟のテューリンゲン王は、いかが遊ばして？」と彼女は尋ねた。問われた方は情けなそうな顔をして、深いため息をもらしつつ答えるのだった。

「やれやれ、あまり、およろしくないようで」

「あら、そうなの？」と、相変わらずにこやかに返してみせる女王。

「左様でございまして」と、彼はなおもため息まじりに言うのだった。

「それでは、侍従殿、明日にでも、城まで来られるがよろしい。王様のご病気の件、伺わせていただきましょうほどに」

彼女はそのまま通り過ぎた。が、今度、唇からもれたのは、軽い笑い声だった。それは馬鹿にしつつも、むげに撥ねつけるでもない笑い方で、「まあ、おかしな人だこと！」とでも言いたげな雰囲気であった。

II

　様々な新聞がごく最近報じたのは、フレドロ＝シェミル大公が死去したか、あるいは結婚したかの、いずれからしいということだった。だが、そのどちらかは定かでなかった。当の本人は慢性胃炎に悩まされつらいとこぼしているし、頭痛のあまり死にそうだと訴えもし、「頭の中に棺桶を抱えている」とのせりふは、説明抜きで引き合いに出されるほどだったが、ついこの間でもまだ世間では美食家にして楽天家として通っていた。それに、どうやら独身らしかった。

　ドイツでは彼は閣下の称号で呼ばれていた。それは大公だったからである。もちろんロシアの大公のことだが、それだけでなく、侍従だったからであり、他の誰にも勝る侍従であった。だが、一体、誰に仕える侍従なのかというと、侍従としてなら誰でもよかったのだ。どうやら、束の間の旅の合間を縫うようにして、ペテルブルクのマリア大公妃の館で職務を果たしているらしかった。それに、ドイツの小国のあらゆる君主たちが、彼に肩書きを授けているのも確かなことだった。ただし、いかなる任務のためであるのかは、言おうとしても出来ない相談だったろう。彼自身が謙遜からか、それとも慎みからか、それを忘れているくらいだからだ。ドイツの諸侯らは、気前のいいところを見せて特別の計らいまで示してくれたので、そこそこの腕の貧乏音楽家が、ザクセン＝マイニンゲン公国においては、侍従の華やかなお仕着せ姿になるという場面まで生じたのだ。どうしてかと言うと、統治権を持つ大公の姪に、この男がフルートを教えたことがあったからだ。ならば、そうしたことがあっても、不都合でも何でもあるまい。かつてフランスでは、豚の検舌官の職務を遂行する者は誰であれ、王に助言する正当な権利があったほどだから。

正当と見做されようが見做されまいが、フレドロ＝シェミル大公が得ていた名誉職は、やはり当人には相当有利なものであり続けた。とにかく、あっちへ行ったりこっちへ来たりの身で、侍従職にあるとは言っても、決まった主君に仕えているわけでないため、王弟殿下らの儀装四輪馬車の中で席をあてがわれたり、王侯らと会食したり、劇場のロイヤル・ボックスに顔を出したりもするのだった。臆面のない無遠慮さからか、それとも恐らくは無邪気なうぬぼれからか、宮廷でこうした食客生活を送れることをひけらかしていたが、多分、かなり目減りしていたらしい個人資産には、極めて都合のよい助けとなったろう。かつては裕福だったはずだが、貧乏をしていたに違いない。何故かというと、彼はふと思い立つ以外は、ほとんど金を使おうとはしなかったからだ。もはや裕福でなくなった浪費家の習性とは、こうしたものだろう。

今ひとつ、彼には顕職にあることの役得があった。それは、宮廷人にありがちな、幾分謎めいた不可思議な雰囲気を自分に与えてくれることであり、又、見事にやりおおせてもいた。侍従とは外交官も同然なのだ。彼は政治的な事件をはじめ、皇帝や王侯、大臣といった高名な人物に関しても、ほんの二言三言控えめな意見を述べるだけで、奇妙なほど意味深長に思わせるのに長けていた。やんごとなき人々が閨房で犯す秘め事の一部始終を、きっと知っていたに違いない。ただ、評価を落とさぬよう口を慎み、口外するのを憚って、遠まわしに仄めかすだけだった。が、誰にも察しがついたし、当人もそれに反論しなかった。勘の鋭い聞き手にも、「えゝ、えゝ、まさしく図星ですね」と言わんばかりに、訳知り顔に持ち上げてみせすらするが、決して口は割らないのだ。いや、もう、一言も漏らすまいと、どれほど用心していたことか！　じっさい、一言も漏らさぬのが得策と考えていたのやも知れぬが。おかげで、真偽のほどは別として、かなり頻繁に色々な人間が彼には情報を伝えてくれたはずであり、彼のほうも、いかにもそれに通暁している風を装っていた。

彼はこうした役割を楽しんでいて、また見事なまでにそれを果たしてみせた。ここぞという時には、やや黄色みがかったその細い目を、鼻眼鏡の奥でしばたいたり、時としては、まるで秘密を打ち明けるかのような、きわどい身振りをしてみせることによって。だが、本心が露呈してしまうのを恐れてか、即座に前言を翻し、とりわけねっとり、こもった口調で、やたらゆっくりと、回りくどいほどの喋り方をした。明らかにわざと言葉が見つからぬ風を装いつつ、うっかり秘密を漏らして巻き添えにするのは避けたい、というふりをするのである。

襟に色とりどりの花を挿したり、訳知り顔で尊大に構えたりするのに加え、こういう身の処し方をしたがため、旅行中の貴人たちから、奇妙なほど丁寧な扱いを受けるという余得にあずかった。だがそれも、公的なサロンに足を踏み入れるや、たちまち別の姿を現すことになる。その相反する振る舞いたるや、目を見張るばかりであったが、恐らくその切り替えの早さも、この上なく巧みだったからだろう。つまり、宮廷外の人間からは宮廷人とみなされているフレドロ＝シェミル大公も、宮廷内では完全にその立場を捨て去ってしまうのだ。冷静そのもののこの外交官が、破廉恥極まりない道化者へと化すわけだ。自由気儘に生きる男の顔が、不意に侍従姿の陰からのぞいてしまうことになる。あちこちの御殿の宴席では、まことに折り目正しいこの人物が、ひょいと帽子を、それもへこんだ毛羽のぬけた帽子を斜めにかぶり、だらしなく結んだネクタイに、ボタンの数が足りないチョッキを着込み、膝の出たよれよれのキュロットをはいて、しかも侍従用のキュロットで、「王宮」の広間を横切ってみせるとは。

かの道化師トリブーレ顔負けの豪胆さで、ほとんどすべてが御法度のまさにその場で、したい放題に振る舞っていた。いかめしい礼儀作法が求められる中を、顰蹙を買いそうな遊び人風のぞろりとした格好をしてみたり、自らの厚かましくも下卑た無作法な言動を押しつけたりしながら。政治や内閣の駆け引きとか、儀式での席順という重大問題でも、じっさい彼はなんと気を揉んだことか！　じっとする間もなく、いつもながらの張り切りようで、下品な企ての推進役にして、疲れを知らぬ茶番劇の考案者たる彼は、きわどい逸話にも事欠かなかった。メルゼブルクだかザクセン＝ゴータだかの王太子に、ブッフ＝パリジャン座の楽屋話を教えた上、他にめぼしい女性がいなければ、オッティリアかロロットなるカフェレストランの可愛い娘あたりは、如何なものでございましょうかと言い出して、その娘とやらに王太子を引き合わせたりしたのだとか。さらには、式典の宴も果てんとする頃、赤ワインを少々混ぜた水くらいしか飲めないくせ、酔ったふりをして、敢えて方伯《ほうはく》夫人の耳元にきわどい言葉を囁いたか、あるいは『ラ・ペリコール』第二幕でシュナイダー嬢が着ていたような衣装を、次の宮廷舞踏会用にお召しになられてはどうかと勧めたか、そのどちらかだったらしいのだ。それでもまだ、宮殿の召使どもに叩き出されずに済んだのは、異例のことだった。多分、彼を侍従として召抱える数多くの君主たちの不興を買うのを、誰しもが恐れていたのだろう。そして、「変わった人物だ」という言葉を用いて、困惑を表すだけにとどめていた。おまけに、愉快な人間だともみなされていた。しかも、自分が思い切って何でもやってのけられる、そんな立場にあると分かっていたので、八月のある朝のこと、大公宮殿の庭園の、それも統治者たる大公女の住まいの窓の下にある泉水で、真っ裸で水浴びをしてのけたほどだった。

　こうしたことがあったにもかかわらず、いやむしろそれ故にこそというべきか、フレドロ＝シェミル大公はなかなか興味深い人物だとして通っていた。噂によれば、幾人かは彼のことを憎からず思うまでになったらしい。無論そこには、女性も含まれているが。ただ、ある事柄が彼の価値をいささか減じていた。自分ではロシア人だと称していたが、誰しもがポーランドの血筋の出だと知っていた。「シェミル」というのはカフカス北部のチュルケス人の名前であり、「フレドロ」はリトアニア人の名前だった。この二つの地方を祖国に持っていたのが、どうやら不都合だったのだろう。大公の過去に、仮の国籍まででっち上げ、生まれ故郷を捨てねばならなかった、何かしらの事情があるのが透けて見えた。殉教者の遺骸の前で肩をすくめて見せたり、重い犯罪行為が行われても、にこやかに許したりするところからしても。人一倍おしゃべりな彼なのに、ポーランドのことが話題に上ったとたん、口をつぐんでしまうことに人々は気づいていた。とはいえ、つまるところ、才気煥発な人間で、愛想のよい会食者であり、教養ある話し上手であった。諺をふまえた小喜劇《コメディー・プロヴェルブ》をフランス語でも数本書き上げたほどの良き趣味と、王や皇帝臨席の場以外では決して上演させない慎重さをも併せ持っていたのである。

Ⅲ

その翌日、彼はひとりの侍女に案内されて、女王の私室へと入って行った。この侍女は、上から下までレースとピンクの絹をふんだんにあしらったドレスで着飾っていて、決して若いわけではなかったが、美人であった。その上、垢抜けしており、物腰も機敏で、口紅と頬紅をつけ、目の下にほくろがあるところなど、あの小間使い役のマルトンか、それとも『親指小僧』の芝居で、妖精の宮殿に向かうアヴァンチュリーヌ姫の供をする、侍女の仙女役のひとりといった風情だった。じっさい、彼女はそのお姫様に付き従って行き、今やふたりともその宮殿に着いていたのである。彼女の主《あるじ》は女王となり、この召使もそのまま侍女として召抱えられていたからだ。かといって、仙女たちのように短目のスカートなど滅相もなかった。恐らく女王と話し合いをしに時々やって来る、司教たちの顰蹙を買わないためであろう。だが、こっそり素早く恋文を受け渡しする女たちや、誰かに財布を握らせられながら、うなじの巻き毛に口づけされる女たちの遣り口は、決して改めようとはしなかった。彼女が大公に向かって、「陛下は間もなく、お出ましにございます」と告げる様子からして、何やらいわくあり気な雰囲気だった。彼は内心まんざらでもなかった。

広々とした玄関広間があって、堂々たる体軀の扉番たちが控えており、侍従を中に入れてくれた。あちこちの廊下を通って、客あしらいもうまく巧みに案内してくれる侍女の後ろについて行ったが、その足の運び方ときたら、大広間の辺りに人目につかぬよう忍び入るところかと思わせた。いささか小説じみていて、アンヌ・ドートリッシュの所へ、前の晩に髪に挿していた薔薇を所望しにやって来た、バッキンガム公の腹心の何某かにでもなったような気分にさせられたほどだ。

彼は周囲を見回した。もしも自分が今いるのが、女王の御座所だと分かっていなければ、淫らで豊満にして情の細やかな、何処かの美女の元にでもいそうな気がしたろうに。

そこの部屋はさして広くはなく、居間というより閨房《ブードワール》といったところだった。天井代わりに透き通る水のような曇りない大鏡が張られていて、エメラルド色の細く枝分かれした水流がよぎるように描かれてあり、黄色いイリスか淡い色の睡蓮の花を模したらしい白い螺鈿細工が、金泥をかけられここかしこに嵌め込まれていた。湖が空の代わりになっていたのだ。壁布の淡い黄色のサテン地には、マリーンレースが襞を寄せられ波打っていた。部屋の四隅には、花形飾りのクリスタルの縁がついた縦長のヴェネチア製の姿見が、その曇りない面を傾けていて、アルルカンとコロンビーヌの姿を曇りガラスの浮き彫り模様で施してあった。真ん中で絞られ襞を寄せられた、レースの垂れ飾りがかけられた扉の上から、軽い小さな鈴と細い金の三日月のぶらさがる東洋のランタンが下げられていて、ほんのわずかの風にも凝った金銀細工の薄片が揺れるのだった。淡い地色にピンクの釉薬をかけた古風で洒落たセーブル焼きの振り子時計が、マントルピースの上に置かれた小物に挟まれて、まるで白塗りの顔に頬紅をさす小柄な寡婦の老貴婦人よろしくおさまっていた。一緒に並べられた置物には、プラリネ入れや、骨董品のミニチュアとか、素焼きの華奢な羊飼いの娘を象った品などがあった。その羊飼いたちはスカートの裾をたくしあげ、花の頭巾をかぶった頭をかしげていたが、そのせいか、彼女たちの足元にうずくまり、舌をだらりと出しながら首を振る、太鼓腹の中国の起き上がりこぼしの方を見て、にっこり笑いかけているかに思われた。それから、部屋の四隅には、と言うよりは部屋のあちこちに、当世のいずれかの室内装飾職人の傑作と目される、金の脚のついた薄色のサテン地張りの椅子が置かれてあり、寝椅子から落ちたらしいクッションが散らばっていた。こちらのほうは、色褪せたその生地からして、さる姫君の高い背もたれ付き木製肘掛け椅子を飾っていたものに相違なかった。いにしえの豪奢が今様の優美さと隣り合っており、このコントラストが、格調の高さと快い贅美の点で、あまねく調和を保ちつつ融和していた。そして、至る所から、つまりクッションや椅子をはじめ、今しがた誰かが通りがかりにかすめていったようなレースとか、人の姿を映し出したはずの鏡や、薔薇色の指が触れたらしい磁器そのものから、この部屋にいたとおぼしき女人の残り香が匂い立つのが、ありありと感じ取られた。椅子の脚が互いに接するほど間近に腰掛けた上で、口元を寄せて低い声で交わされた、楽しげな語らいの痕跡が残されている。そこの床にクッションが落ちているところからして、半ば身を横たえた親しい女友達のひとりが、上目遣いに女君主の膝に肘をつく場面もありえたろう！　たわいないひそひそ話がなされるほかは、しんと静まり返った中で。もっとも、ひとつだけある窓の前には、福音書が広げられたままの状態で、祈禱台の胡桃《くるみ》の木の机の上に載っていた。その祈禱台からして相当古そうで、黒ずんで飾りもついていない堅い修道者用のもので、多分、ブルゴスかバリャドリッドといった辺りにある、いずれかの女子大修道院長の礼拝室で見つかったものなのだろう。

誰かが絨緞の上を、小股で足早にそっと歩いて来る音がした。

「女王様だ」と、フレドロ＝シェミル大公は得意満面の面持ちで思った。

ところが、扉が開けられるや、当てが外れ、渋い顔をしかけたが、それでも何とかつくろってみせた。何故なら、そこに姿を見せたのは、ゾイノフ伯爵夫人だったからだ。

いきなり彼女は、ぷっと噴き出した。これが人を迎える際の、おきまりの挨拶代わりだった。彼女は大使夫人だったので、こんなひどい笑い方をしては、夫が代表をつとめる政府にかなり深刻な迷惑をかけかねなかった。幸いにも、彼女は気が変なのだということにされていた。もっとも、用心深い人々は半信半疑だったが。おまけに次のような由々しき言葉を口にしたのも、彼女だろうということに、されたほどであった。つまり、「人生って、謝肉祭の一日みたいなものね。何人かの方々は仮面をかぶっておいでなので、このわたくしは可笑しくって笑っちゃうわ」

彼女は自分の身を危うくするようなことを、やってみたがる癖があったが、それでいて、完全には評判を落とさずに済む巧妙さも持ち合わせていた。美しいわけでなく、ちりちりに逆立てた短い髪の毛からのぞくのは、まともな大人の顔とはほど遠い童顔なのである。色黒の上、紅白粉もつけず、骨格は貧弱で痩せてはいるが、らんらんと輝く情熱的な眼をしていて、口元には好色そうなところがあった。また、その大胆な装いときたら、帽子の思いもよらぬ選択とか、正気とは思えぬドレスの奇抜さで、玄人筋の女たちをも驚かせたり、ロシア皮そのままの肌の色をした平たい胸をさらけ出しては、宮廷の女性たちを仰天させたりするほどだった。ちょっとしたお喋りも猥談すれすれのきわどさで、直截な言い方をし、それを強調するような身振りまで交えるのも厭わなかった。殿方の顔を無遠慮に眺めてみたり、ご婦人方の胸元を覗き込んだりするのである。野卑な好奇心に駆られてのぼせ上がるかと思えば、高尚な事柄に夢中になったりもする。キャフェ・コンセールの花形歌手らと不品行を共にする一方、ドイツの偉大な音楽家ハンス・ハマーの熱烈な庇護者でもあった。勿論、愛人も何人かおり、そのことを隠そうともしないくせ、たとえふたりきりで差し向かいでいる時でも、決してそうだと認めようとしない。といった調子で、他人には何一つ許さない厳しい態度で臨みながら、その実、自分はしたい放題とくる。つまり、そのふてぶてしさ故に、あえて危険を冒す必要もないのだろう。

ありとあらゆる突飛な事柄が、彼女の仕業だと決め付けられたが、何ひとつ証拠があったわけではない。彼女は単なるお騒がせ屋というより、伝説的な人物となっていたのだ。噂によると、オペラ座の舞踏会で彼女の姿を見かけた際、時にはフード付外套《ドミノ》をまとっていることもあるが、もっと頻繁には黒ビロードのパンタロンに赤帯のデバルドゥール・スタイル等々で、仮面もつけずに顔をさらけ出したまま、「私が誰だか当ててみて」と周囲にいる人々に言わんばかりであったとのこと。また、嫉妬からではなく、むこうみずが過ぎてのことだが、仮装した男役を装って、夫の愛人であるオペラ・ブッファの美人娘役を夢中にならせたとも言われている。もっとひどいことには、ギロチンにかけられようとしていたアラダンかパピヨルとやらいう名の有名な道化師に、縁起でもない馬鹿げた気紛れから、執心したらしかった。しかし、これらの武勇伝は度が過ぎていたため、陰口をたたきたがる連中まで驚かせたほどだった。そして、すべてを考えあわせれば、見るからに胡散臭い無邪気といえども、こうした退廃趣味の信じがたさに比べれば、まだしも信憑性がありそうだということになり、ゾイノフ夫人の評判はかろうじて地に堕ちるのを免れていた。もっとも、この伯爵夫人は女王と仲が良いため、周りから恐れられていたことにもよろう。恐れは敬意にゆきつくものだし、何でもやってのけ得る人間は、大目に見てもらえるものなのだ。要するに、軽薄なつまらぬ女ごときでも、手ごわい存在にもなり得るので、半ば軽蔑されつつも、周囲の人々を完全に平伏させていた。そうした人間がいかにもやりそうな悪行について、世間では小声で語られても、なしうる善行のことごとくは声高に語られるもの。ひどく退廃的なところがあるやも知れぬが、恐らくは徳高き立派なご婦人なのだろうと！　やはり、尋常ならざる女性ということか。

彼女は笑い続けたまま、こう言うのだった。

「ところで、フレドロさま、何時にお越し遊ばしたと、お思いになって？　もう日は昇っておりまして？　相変わらず、ドイツ流のしきたりに合わせられておいでで。あちらで女性たちが夜明け前にコルセットをはめる時に、わたくしどもは、それを外すのでございますよ。わたくしが王宮に泊まらせていただいていたなんて、あなた様も運のいいお方ですこと。そうでなければ、通していただけなかったでしょうに。請合ってもいいですけど、ここで目を覚ましているのは、わたくしと、朝方、わたくしのいる部屋のガラス窓に飛んできて、嘴でつつく鳥のロビンくらいなものですからね」

寒気がしたかのように、彼女は被り物のマンティラのレースを襟元で結び合わせながら、こんなせりふを口にした。そのスカーフの端が、痩せた小柄な身体の胸元で打ち合わされた、麦わら色のフォーラード地の細身の化粧着の上に長く垂れ下がっていて、こんな風に身震いすることで、床を抜け出たばかりの生暖かい、えもいわれぬ香りが匂い立ってくるのだった。

彼女はこう続けた。

「長いすに横にならせていただいても、構いませんこと？　あゝ、今朝はなんて寒いんでしょう！　ところで、ご用件をお聞かせ下さいまし」

こんなお喋りに少々面食らうと同時に、遊び人たる自らの経験からしてどこか好ましく感じられる、華奢な身体を素早く動かしてみせる動作や芳香に少々魅惑されつつも、大公は大いに不満だった。深々とお辞儀をしてから、彼はこう言った。

「女王陛下のお召しにより……」

「陛下御自ら、お呼び寄せになられたとでも？　よくまあ、そんな、大公さま。そんなことをなされば、どうなるかくらい、どなたにでも察しがお付きになりましょう。女王さまともなれば、人目を避けることなど、お出来になりまして？　あげくに、世間でいろんな風に取り沙汰されてしまうでしょうし。まあ、とにかくフリードリヒ王の名代として、お越し遊ばさねばならなかったわけですね。貴方さまがはるばる駆けつけられて、昨夜、ポンペイ屋敷で陛下がお通りになるおり、他の方々より少々前に出て並ばれたのも、訳あってのことかと。きっと、何かの使命でも帯びて来られたのでございましょう。となれば、政治がこの件では、大問題となってまいりますわね。それにしても、フリードリヒ二世が二人のおいとこさまを訪問遊ばされたおりに、何があったかを、世間が忘れてしまったとでも、お思いでございますか？　あゝ、なんてお気の毒な若君さまだこと！　どんなお顔をなさっていらしたか、わたくし、これからもずっと覚えていることでしょう。それにしても、素敵なお方でいらっしゃいますわね。ちょっとお帽子と髪形に凝りすぎていらしたけど、でも目元もとてもお優しそうで。あのとおり、すらりとしておいでなので、まるで将軍の白い軍服をまとった、のっぽの少女みたいでしたわ！　とはいっても、まわりを呆れさせておしまいになって。だって、そうでしょう。つらくて胸が張り裂けそうなお顔でため息をつかれたり、今にも死にそうな目つきをされたりなすって。まったくもって、『ファウスト』の中で、グレートヒェンとかシャルロッテとかが、約束の時間に遊歩道の菩提樹の木陰にやって来てくれないからといって、その婚約者のドイツ人の若者が見せる様子そのままでしたからね。そして、出発なさる日など、本当にひどかったこと！　正直なはなし、可笑しかったの、何のって。目を泣き腫らしておいでで。固くなってしまわれ、身動きもままならず、芝居に出てくるリュバンみたいに、手をこまねいたまま、横目で眺めておいでになるだけだったでしょう。想像がおつきになりまして、王さまのご身分で、女王さまに恋をされるなんて！　どんな隠し事も無理でございますからね。大使を通じて、やりとりなさいませんと。恋文なんてもってのほか、信任状でございませんと。外交儀礼書に書き留められた、ほんのわずかの不満であっても、いざ争いとなったなら、最後通牒になりかねませんからね。どんなに人目を避けて落ち合おうとも、事件になることでしょうし。クレオパトラとアントニウスの恋愛事件が、どんな騒ぎになったか、お分かりでしょう。おまけに、クレオパトラは寡婦でしたし、大勢の臣下を従えておりましたから。つまり、貴方さまのご主君は、そうした類の馬鹿げた気紛れな恋をされたことになりますのよ。あら、王さまは、誠実な方でいらっしゃるとは思いますけど。それに、女王さまも、私よりお人柄の良いお方ですから、王さまのことを、少しはお気の毒だと思し召されたのでしょう。でもこれが、大変なスキャンダルになってしまって！　陛下御自ら、貴方さまを呼び寄せられ、もう過去のこととして忘れ去られていたあの恋愛騒ぎを、またしても呼び覚ますような危険を冒されるなんて、お考えになりますかしら？　そんなことなど、あり得ませんでしょう。ですから、私がこうして、ここに参りましたの。何かご不満でも？貴方さまは大使も同然でいらっしゃいますし、わたくしも大使夫人であることに間違いありませんわ。さあ、お聞かせ下さいまし、テューリンゲン王のご真意を」

「女王陛下に衷心より、敬意を捧げたいとのことにて」と、フレドロ＝シェミル大公は外交官らしく、そつなくかわした。

「なるほど、それで？」

「それだけに、ございますが」と、ますます余計な口はきくまいといった様子で、彼は返答した。

彼女は身体をゆすって、くくっと笑ったが、その様子は、紐で操られるマリオネットそのままだった。

「おやまあ、なんて思わせぶりな！」と、からかった。「貴方さまって、古い流儀のお方ですのね。身構えて、手短にお話しになるところなんか、タレイランそっくり。でも、そんなのは時代遅れですわ、つまらぬ新聞記者たちが申しますように。わたくしを見習われると、よろしくってよ。絶えずお喋りしていても、けっして口を割らない、このわたくしをね」

彼はひと言も言わずにいた。

「それにしても」と、たじろいだ彼女は、可愛い膨れ面をみせながら、言葉を継いだ。「貴方さまがお仕えの王さまが、お求めのことは、かなり真面目なお話なんですのね？だからといって、相当なドン・ファンという評判のお方でもなし。ポルト＝サン＝マルタン劇場でタイツもつけずに踊ってみせた美女への愛のために、いつでも退位する用意のおありになった祖父君には、さっぱり似ておいでになりませんね。フリードリヒ一世が世間でどう言われているか、ご存知でございましょうけど。あのお方が天国にたどり着かれた時、聖ペテロはこう叫ばれたでしょうに。『おや、フリードリヒ一世が参ったな。処女たちを片っ端から閉じ込めて、表に出すでないぞ、よいな』、と。ご主君はずっと慎み深い方ですから、おいで遊ばされても、乙女たちを隠しておく必要はありませんけれど。むしろ、シュワーベンのフリードリヒさまに似ておいでかと。もちろん、知ったかぶりをし過ぎだとのお叱りは承知のうえですが、パレスティナで、あるサラセン人の姪に衣服を脱がされるのを厭われて、禁欲の末に亡くなられたあのお方にですわ。ねえ、本当ですの？貴方さまのご主君は、祖父君が集められた、当代きっての美女たちの肖像画の並ぶ美形画廊に、足を踏み入れられたこともないというのは。公式舞踏会の日に、ご婦人方の露な胸元や腕を目の当たりにし、うろたえられた末、脱け出してしまわれ、馬にまたがり、山あいにいる年老いた乳母のもとに、逃げて行かれたっていうのも。それって、どうかしておいでだわ。そんな王さまとご一緒じゃあ、ノンネブルクのお城では、さぞかしうんざりされておいでのはず。それじゃあ王宮ではなくて、修道院になってしまいますし、多くの修道院のほうが、もっと陽気でしょうに。噂では、王さまは結婚するのを拒んでおいでとか。リジ大公女さまはそのことを、大そう悲しまれておいでございます。可愛いお方なのに、お気の毒ですこと！　わたくしは、ご幼少の頃から存じ上げておりましてよ。きっと将来、ドイツ女性としては、なかなかの美女になられると思いましたわ。貴方さまがこれから、王妃さまとしてお仕えになるのは、輝くばかりの美貌のお方でないにしても、王さまはお人柄の良い奥方さまを、お持ちになれるわけです。ですから、どうか王さまが、大公女さまを娶《めと》られますように！　わたくしがそのご婚儀に、ひと役買わねばならないとでも？そんな必要はないと存じますわ。王さまは、〈音楽と婚約〉されておいでなのでしょう。ああした冷ややかで頑なな我がままを、通しておいでということは。ですから、王さまが私どもの女王さまに恋をされたとて、心配などまったく致しておりませんけど。思いを寄せられるにせよ、それはただの夢みたいなものでございましょう。女王陛下が王さまを夢中にさせておしまいになったのも、はるかな遠い存在で、神々しくて、手の届かないお方なればこそのこと。えゝ、そうよ、そうだってことは、想像がつきますわ。ですから、王さまが何をお望みか、どうかおっしゃって下さいまし。慈悲の心から、ひと言お言葉を賜りたいとか、身につけられたリボン飾りなど、託されますようにとか、多分そんなところではございませんこと？　まあ、せいぜいこんな好意の印を示されるだけで、十分だと思われるでしょうね」

「それでは、女王様にお目もじは、叶わぬのでございましょうか？」と、しばしの沈黙の後、フレドロ＝シェミル大公が尋ねた。

彼女はそっけなく、こう返した。

「えゝ、そうですわ」

すると、彼は腹をくくって話すことにした。

フリードリヒ王より内々の使者として、フレドロ公が手に入れるよう命じられたものは、女王の肖像であった。

「肖像ですって?」と、伯爵夫人は仰天して聞いた。「女王さまの肖像はお持ちでないのですか? でも、どこでも売っておりますでしょう。ごく普通のことなのに。どこの陳列窓にも飾ってございましょう、わたくしのものや、女曲馬師のものと色々ある中で、今や、一緒に並べられていませんこと? わたくしどものが、品位を落としているってわけですのね。まあ、それじゃあ、女王さまの肖像なら、手持ちが沢山ございますので、お好きなだけ差し上げましてよ!」

「主君はぜひにも、陛下御自らお与え下さるようにと、願っておいでてございます」

夫人は生真面目な顔つきになった。にこりともしない、人形のような様子だった。

「出来ませんわ、フレドロさま! 到底出来ないことですわ。それは別段のご好意の印ととられ、厄介なことになりかねませんから。わたくしどもを、何だと思っておいでなのでしょう。貴方さまがお仕えのご立派な王さまは、ひどく無作法でいらっしゃるようにお見受けいたしますわ! 何を耳にされたというのでしょう? えゝ、確かに以前は、わたくしどもも不用意で、無謀なところがいささかございましたけど。でも、それが流行《はやり》だったからですわ。それに、まあ、若気の過ちってとこかしら! あらぬ方に微笑みかけて、思わぬことになったりしても、そう本気にはされませんでしたし。まあ、今はそんな手間などかけませんけど。お城のささやかな内輪の宴で『熊番の女』を歌ってみせた、あの気立てのいいおデブちゃんとのお喋りは、わたくしたちを楽しませてくれましたもの。わたくしたちは、自分の美しさを世間の人々に見せてさし上げようと、胸元を大きく開けた服装で初演に出かけて行ったりして。そして、他にもとんでもないことを、いろいろとやってのけましたわ。でも、そんな時代はとうの昔のこと。わたくしたちは、厳格で毅然とした態度を示しておりますし、信仰心も持ち合わせておりますわ。真面目な考え方をし、髪を結わせる間にも、政治談議を交わすほどですから。王国の未来に、思いを致さねばなりませんでしょう。共和主義者たちは、わたくしどもを随分と悩ませていますもの。新聞をお読みになりませんの？　用心しておかねば、国家の騒乱があっても、おかしくないかも知れませんしね。言動には気をつけましょう、他人の目がありますから。今なお〈森〉には参りますけれど、薔薇の花は摘まれてしまっております。それに、三十四歳でもございますし。わたくしのことではなくて、あのお方のことです！　ひと歳入れたお年頃ですから。わたくしどもの肖像ですって？　舞踏会用の衣装で、恐らく肌を見せているところでしょうけど。おやおや、ご主君のフリードリヒ二世って、清らかそのもののお方では、いらっしゃいませんの？　わたくしからすると、その点はいかがかと存じますが、貴方さまにとっては幸いでしょうね。国王さまが大成なされるよう、せいぜいお努め遊ばせ。とにかく、肖像の件はご期待に添えませんわ。このわたくしが、真っ先に反対いたしておりますので。自分のものですら、お渡しいたしませんことよ、もし仰せになられたとしても」

フレドロ＝シェミル大公は残念そうな顔をした。やれやれとばかり大きな溜息をつきながら、深々とお辞儀をし、扉のほうへ歩き出そうとした。

「おや」と、彼女は長椅子にすわり直して、膝の間で藁色の襟巻きの襞を寄せながら、こう言うのだった。「がっかりなすったご様子ね、大使さま。まあまあ、お戻り遊ばして、きちんと最後まで、お聞かせ下さいましな。うまくことが運んだ暁には、どんな見返りを約束されておいでなのかしら」

フレドロ公は傍に行った。

「包み隠さず申し上げましょう」

「多分そんなところかと。まさか、お約束を違えられますまいね？」

「相当のご褒美を、頂戴できるものと存じましたが」

「たった一枚の肖像のために、貴方さまを大臣に取り立てようとでも？」

「いや、そこまでは」

「でしょうね、だから驚いたのですわ。でも、お気を悪くなさらないで！　どういう意味なのか、誤解なさるといけませんわね。わたくしが申し上げたいのは、貴方さまにもっとふさわしい、同じくらい立派なお役目があろうかと」

「で、それはいかなるお役目で？」

「たとえば、貴方さまが、今、果たしておられるようなものだとか」と、彼女は思わず噴き出しながら答えた。「たいそう名誉なことだという以外の、何ものでもございませんけど。ですが、神々の使者のメルクリウスは、偉大な十二神のおひとりですもの」

このひと言で相手は機嫌を直した。居丈高な態度を捨てて、すっかり温厚な面持ちになった。

「王様は私に、こうお約束下さいました」と、彼は言った。「ノンネブルクの劇場の総監督に任命する、とのことでございました。私がどんなに喜んだかは、お察しいただけようかと。ハンス・ハマーの歌劇《ドラム・リリック》を片端から上演させようと思えば、出来ましょうから！それも、俗っぽい興行主に出し惜しみなどされることなく。監督用の財源が国庫にあれば、舞台の書割もマッカルトかヘンネルに描かせましょうし、『白鳥の騎士』役むきの天使のような人物を、採用いたしたくもございますし」

彼女は侍従を横目で見やりながら、「よくまあ、おっしゃること」と言わんばかりの仕草を指でしてみせ、こう言った。

「さすがですわ。わたくしが何に熱中しているか、ご存知でいらして。桟敷席の縁で扇を壊してしまった話を、誰かにお聞きになったのね。ところで、ひとつ伺わせていただきますけど、ひょっとして貴方さまは、ご自身でお書きになったお芝居を、演じられたこともおありなのでは？」

「全くございません！」

「じゃあ、完全な趣味人でいらっしゃるのね」

彼はこう言われたのを、いかにも悪い気がしない風を装った。

「ですが、今や」と、彼は言葉を続けた。「そんな夢など、きれいさっぱり消え去りましてございます。というのも、例の肖像を戴けそうにないからです。ハンス・ハマーの楽劇は、下手くそな看板描きみたいな奴らが描いた舞台背景の前で、相変わらず演じ続けられることに相なりましょう。どこぞのユダヤ人音楽家の、平凡な作品のようにです。そして、あの巨匠の悲劇の旋律を、フットライトのそばで、森鳩の鳴き声とともに囁き声で歌うのは、イタリア人のテノール歌手たちでありましょうし」

「まあ、そんな、胸が張り裂けそうですわ」

「それはひとえに、貴女様のせいでございますぞ」

彼女はひどく心を揺すぶられた様子で、しばし考え込んだ。まんまと乗せられた振りをしてみせたので、彼はほくそえんだ。それに彼女は、本当に心を捉えられてしまったのかも知れないのだ。誰にでも真摯なところはあるものだから。彼女は被り物のマンティラのレースを脱いだ。夜になれば皆に見せる姿だが、朝に、たったひとりの男に晒《さら》すという危険を冒してみせたのだった。そして、抑えてはいるが決然とした口調で、こう告げた。

「よろしゅうございます、お助けいたしましょう。ひとつ手がございますわ」

「では、肖像がいただけるのでございますな?」

「それしきのものでは、ございません。よろしいですか、わたくしの関心があるのは、貴方さまの件だけではないのです。ハンス・ハマーのこととなれば、多少のことは損得抜きになりますわ。だって彼は天才ですもの!　そして今の彼が、やがては報いられることになるのですから。いいや、それより、問題はフリードリヒ二世のことです。感じのいいお方なのに、あんな風に初心《うぶ》でいらっしゃるのが、なんともはや困りもので。〈ねんね〉って言う、あれですわね。一人前の男にして差し上げるよう、お手伝いさせていただきましょう。やれやれ、青臭い女々しい殿方なんて、まっぴらですもの！　男色的なプラトンの共和国では、王さまがきちんとした地位に置かれているでしょうか？　アテナイといえば、そりゃあ、ペリクレスの時代ですわ。つまり、彼の愛人だった高級娼婦で才色兼備のアスパシアのような女性をひとり、貴方さまにお貸ししようか、という話ですけど」

「いやもう何のことやら、察しが付き兼ねますが」

「察しておいでのくせに」と言う彼女は、興奮してきて頬をほんのり紅潮させた。「ノンネブルクの宮廷では、どなたも修道院にでも籠っておいでのように生真面目でいらして、殿方はご婦人方のほうを見まいとして目を伏せられるし、ご婦人方も人目につかない所でこっそりお洒落をなさるしかないって有様でしょう。そこがひと月もすれば、奔放なほど浮きたった、華やかな場所になりますように、と願ってのことですわ！　新たなモナ・カリスがお入用でしょう、ほら、タイツなしで踊ってみたり、お国の学生帽の若者たちに鞭を振りかざしたりした、あの女みたいな。わたくしは王国に革命を起こしてみたいのです。母君の王太妃さまは、さぞお怒り遊ばされることでございましょう！　お気の毒ながら不美人であられますし、お若い時分ですら、老けて見えておいででしたわ。閣議の長であることで、これからもご自身を慰めてゆかれるのです。『政治に携わられませい、お妃さま、さすれば我等は愛を共にすることになりましょうぞ！』ってところかと。わたくしの申すことが、お分かりでしょう？　そうでなかったら、あれ以上、貴方さまにお会いしてなど、いませんでしたけど。とにかく、素敵でしょうね！　頭に羽飾りをつけた白馬六頭だての、うら若い寵姫の馬車が通り過ぎるのを見て、お国の陰気なお役人たちが後悔の色を顔に浮かべるところなど、わたくしは想像しているのですけど。おまけに、朝の小起床の儀に、そのひとたちが赴くところを」

「では貴女様が、ノンネブルクまでお越し下さるわけで？」と、フレドロ公は尋ねた。

「失礼でしょう！」と、彼女は返した。「おまけに、ご覧遊ばせ。私は美人ではありませんし……痩せこけていて、肌も日焼けしていますし。洗練された方々なら、それもいいかも知れませんけど。ケルビムみたいな可愛い坊やは、大女が好きなものです。飢えた人たちには、たらふく食べられることが必要なのです。シギみたいな細い女に首ったけになるのは、もはや飢えを知らない人たちです。わたくしは四十男にしか愛されたことはありませんわ。経験とは選ぶものですが、無邪気な純真さは、ふんだんに与えてくれれば、何でも受け入れるものです。わたくしがご用立てしようとしているのは、世間をあっと言わせるような、滅多とお目にかかれないものでしてよ！　見つめる習慣のない眼までが、見ざるを得なくなるくらいの。王さまの美徳が障壁になっているからには、城攻めの弩《いしゆみ》をお勧めいたしましょう」

「で、何を用立てて下さるというのです？」

「じゃあ、お教えいたしましょうか」と言いかけて、彼女は口をつぐんだ。

隣の部屋から声がして、こう言ったからだった。

「もう、しょうがないわね、起こされてしまったじゃあないの！」

「ほら、お聞きになられまして」と、伯爵夫人が言った。「お呼びでございますわ。これ以上ご説明申し上げる時間がなくなってしまいましたが、あとひと言だけ。明日の晩、イタリア座においで遊ばせ。声を聞き、姿をご覧になった上で、お気づき戴ければと存じます。大いに貴方さまのお役に立つことでございましょうから。イタリア座へと申しましたが、『ラ・トラヴィアータ』を上演しておりますの。あゝ、怖くなるほどですわ！　もちろん、歌姫のことですが。貴方さまのお目が節穴でなければ、一月後には劇場の総監督におなり遊ばすことでございましょうし、そして一年後には宰相にも、です。あら、まさか宣戦布告など、私どもになさいませんでしょうね？」

　夫人は席をはずした。扉が半開きになったままだったが、多分わざとそうしてあったのだろう。彼はひそひそ声で交わされる言葉を耳にした。

「貴女って、とんでもないことを思いつくひとね！　第一、あのひとは、私にちっとも似てなくてよ」

「いえ、いえ、そんなことなど、ございません、そっくりですわ。おまけに、記憶が錯覚を補ってくれますから」

「貴女の考えてることは、つまり……」

「お任せ下さいませ！　愛されるにも、粋なやり方ってものがございますわ。栄誉と夢はともかく、厄介ごとはご免ですから。夕方にでも、そのことでお話をいたしましょうね」

彼にはそれ以上は聞き取れなかった。例の侍女がお引取りをと言わんばかりに、再び姿を現したので、彼は退出した。事情がよく呑み込めないまま、当惑していた。それでもとにかく、『ラ・トラヴィアータ』の再演を観るために、イタリア座の座席を予約しに行ってみた。

Ⅳ

舞台裏とか休憩室や桟敷席の扉の前で、副監督の鳴らすベルがけたたましく響き渡った。それは、家畜の群れを集めて回る牧羊犬が吠え立てるような、有無を言わせぬ容赦ない音だった。群がっていた人々は、あわてふためいた。薄暗がりの舞台では、丸い穴のあいた幕が揺すられると、そこから光が漏れ楕円を描いて床に当たり、ゆらゆらと上下するのだった。そんな舞台上を所狭しと立ち働く青い上っ張り姿の道具方が、肘掛け椅子を高々と持ち上げたり、椅子を肩に担いだりして、あたふたと走り回り行き来していた。一方で衣装方は、のけぞりそうになりながら、たっぷり寄せた襞の波打つペチコートをはじめ、ブレードで縁飾りされた垂れ袖のドレスや巾着、剣や羽飾りつきの被り物といった品々を、目の高さまで抱え上げているため、小道具方見習いが通路で用意する埃だらけの花籠や、金の厚紙で出来た枝付大燭台に、ぶつかってしまうほどだった。螺旋階段の辺りでは、男女のコーラス隊員や端役たちが駆け下りてきていた。女たちは厚化粧し、男たちは顎鬚の剃り跡も青々としていた。ことに後者には丁寧に鬚をそるようにとの指示が、コーラス隊の控え室に掲示されているというのに。誰も彼もが色褪せたビロードや皺の寄ったサテンの衣装をつけて、不機嫌そうな冴えない顔つきをしていた。何箇所かの楽屋では、テノール歌手らとお抱えの化粧係との間で、いざこざが絶え間なく持ち上がっていた。また他の楽屋では、ピンクと黒のコルセット姿のソプラノ歌手らが、跪いた小間使いにアンクル・ブーツの紐を結んでもらうかたわら、化粧鏡のほうを振り返り、真っ赤な頬紅が真珠のような白い肌にうまく馴染むよう、野兎のパフで軽く頬をはたいていた。とにかくこういった調子で、劇場中が上を下への混乱状態を呈していた。なにしろ、扉を開け閉めする音やら肘金物の軋る音がするかと思えば、大道具の支持枠が落ちて、けたたましい音をたてたり、軽い衣擦れの音や囁き声が聞こえてきたり、呼び声や罵り声もすれば、音合わせ中のオーケストラの音色が遠くから響いてくるのだから。上演をめぐり日々繰り広げられる格闘を前にして、慌しく興奮気味に人々が行き交うお決まりの光景であり、それはまた出発をひかえた船上での、あの右往左往ぶりを思わせるものでもあった。

「ねえ、ブラカッスー」

「どうした、カワイコちゃん《トレソール》？」

「ベルは鳴ったっけ？」

「ソイジャ、オメエ、耳モ、マトモニ、聞コエテ、ネエノカ？」と、南仏言葉で応じてみせた。

「もう、気が変になっちまうよ！　あたしのお化粧、どうだい？　ねえ、見ておくれ」

「顔を白塗りし過ぎてらぁ。堅気女みてえに、見えるじゃねえか。一体どうした。何へマやってんだ。ラ・トラヴィアータは別嬪なんだぞ、だからよ、終幕の肺結核の場面用にとっときな。わざわざ練り白粉を考案しといたんだ、『肺病患者風クリーム』ってやつをな。けどよ、第一幕で舞台に登場する時にゃ、酔ってるんだから、頬をほんのり赤くして、情熱に燃える目元に見せろ。ほら、こうすりゃ、よくなったじゃねえか。それから、唇を嚙んどけ、酒に赤く染まったみてえになるからな！　やれやれ、浮いた暮らしなんぞ、まるで無縁だったって風だぞ！　あゝ、もう、肌着の袖が出たままだろ。なんだ、寄宿学校の生徒かよ？　首だけ見てもらうって、わけじゃなし。いっそ、堅苦しい立ち襟服《ローブ・モンタント》でも、よかあねえかってことに、なるめえ？」

「肌着をコルセットに、突っ込んどくれ。もう、気をつけなよ！　あんたの指輪で、背中を引っかかれちゃうじゃないのさ」

「カワイコちゃん《トレソール》」とは、その晩、イタリア座にデビューする、グロリアーナ・グロリアーニのことだった。前評判も上々のままヴェネチアから到着したので、巨漢のアルボーニがアルサーチェの扮装をしたり、華奢なパッティがロジーナの衣装をつけたりした、プリマドンナたち羨望の的の専用楽屋をあてがわれていた。赤々と燃える二つのガス灯にはさまれた背の高い姿見の前で、化粧着や、足で脇に押しやられたスカートなどが、散らかり放題になった周囲の有様を尻目に、うら若く大柄で色白な上、豊満な彼女は、勝ち誇ったかのように、ふさふさとした赤毛の髪が乱れかかる半裸の身体を、惜しげもなく晒《さら》すのだった。

ブラカッスーの方はというと、グロリアーナお抱えの化粧係であると同時に、衣装方をも兼ねていた。年老いた醜男で、抜け目なさそうなうえ、汚い琥珀色の涙でも出さんばかりの黄色く血走った小さな眼をしていて、昔の色恋沙汰か何かで鼻の骨をへし折られてしまっており、斜めに反り返った鼻の穴は、鼻毛についた煙草でベトベトになっていた。この男は、時には、グロリアーナの愛人でもあったのだ。

「じゃあ、次はドレスだね！」と、腰につけたペチコートの襞を両手で平らにのばしながら、女は言った。「ところで、ドレスはどこなのさ？　あんた、まさか、トランクに入れたままって、わけじゃあるまいね？　気が利かないったら、もう。きちんと手入れしてなきゃ、いけないだろ。さ、さ、急ぐんだよ！　それが今日の出演用かい？」

ブラカッスーはトランクから、胴着と海緑色のサテンのスカートを取り出した。それと一緒にもう一枚、無数のフリルの付いたチュールのスカートをも。

「なんだ、こりゃ！」と、男はびっくりして言った。

「それって、あたしの衣装と違うじゃないのさ！」と、怒鳴る女。

「トランクも、おめえのじゃねえぜ」

「あんた、ひょっとして、なんかヘマやらかしたってこと！」

「なにっ、たいがいにしなっ！　今朝、俺が自分の手で、ラ・トラヴィアータの衣装をトランクに詰めて、荷物運びのボーイについて、劇場の戸口まで行ったんだぞ」

「じゃあ、階下まで降りてって、問い合わせてみな。守衛のところで、間違って持ってかれちゃうよ。あたしのトランクを運び上げるかわりに、こっちのほうを運んで来ちまったってことだ。とにかく、急ぎな、ブラカッスー、ベルが鳴ったんだからさ」

　彼は悪態をつきながら出て行った。が、すぐに戻ってくると、衣装係の女を自分の前に押し立てながら、当惑した様子でグロリアーナにこう言うのだった。

「おい、まさかと思うようなことだぜ！」

　衣装係のその女が説明するには、確かに荷物運びのボーイたちは、グロリアーニ様のためにとトランクを一個、劇場まで運んで来ていたとのこと。ところが、その後、お仕着せを着たひとりの召使が、大きな箱型ケースを抱えてやって来たと言うのだ。そして、その男は「マダムのお間違いで」と言って、デビューする女優の楽屋にその箱を運び上げるように頼むと、トランクのほうは持ち帰ってしまったらしい。

「ふざけやがって！」と、ブラカッスーは怒りに蒼ざめて言った。

「あたしのデビューを、邪魔しようってんだね」

「デビューするともさ……　必要とありゃ、素っ裸でもでぃ！」

「ホテルまで、ひとつ走り行っとくれよ。どれでもいいから、別の衣装を持って来るんだ。ラ・トラヴィアータは、今風の衣装で演じることにするからさ」

「で、時間はどうなんだ？　俺に時間があるってのかい？　おい、いいか。ベルが三回鳴ったら、開演だぜ。そうなりゃ、おめえは、第一幕に出なきゃならねえんだぞ！」

　姿見の前で半裸のグロリアーナは、拳を握り締め、目は怒りに燃え、赤い唇を噛んで忌々しそうにした。片やブラカッスーのほうも、行ったり来たり、椅子を蹴倒したりしながら、右腕をぐるぐる振り回しては、目を激しくしばたたき、口をへの字に曲げ、歯茎をむき出して、今にも噛みつき兼ねない猿、といった顔付きをした。

劇場の呼び出し係が廊下を駆け回って、こう叫ぶのだった。「皆さん、出番ですよ！」幕が上がっていた。笑いと酒に浮かれ、やや髪も乱れ気味のラ・トラヴィアータが、感嘆する宴会の客たちの真ん中に姿を現し、黄金の杯を掲げて、乾杯の歌を歌わねばならないのだ！

衣装係の女は、衣装置き場まで上がって行き、端役用の古着の中でも探してみては、とまで言い出し……「なにっ、古着だと！　グロリアーニに、着せようってのか！」あわやブラカッスーは、その衣装係を絞め殺さんばかりになった。

コーラスの声が聞こえてきた。副監督は扉を少し開けると、「お次です！」と声をかけて、あっという間に姿を消してしまった。

「どうしよう！」と言うグロリアーナ。

「コン畜生！」とブラカッスーは、マントルピースの上の飾り壺を拳で叩き割りながら南仏語混じりに罵った。

コーラスの声が高まってきた。追迫部《ストレッタ》にさしかかっていて、その最後の和音が、ラ・トラヴィアータ登場へのきっかけになるものだった。監督は年寄りの小柄な男性だったが、自ら楽屋に飛び込んで来た。

「おい、一体どうしたんだ？　しっかりしろよ。舞台に登場しそこねるじゃあないか」

「あたしのトランクを、盗まれちまったのさ！　そのことを、告げとくれ」

「やめとけ！」と、ブラカッスーが叫んだ。

彼は海緑色のサテンのドレスとチュールの引き裾《トレーン》をひっ摑むや、グロリアーナを廊下に押し出しながら、さっと羽織かけてやり、道々、着付けをしていっては、女が袖に腕を通している間にも、二枚のスカートの留め金を留めていった。舞台袖の階段の上で、フリルを膨らませ、彼女をなおも追い立てて、コルセットの紐を締める余裕もないまま、叫ぶのだった。「おめぇは、衣装なんざ、つけてねぇでも、惚れ惚れするぜ！」と。こう声をかけると、背中をポンと叩いて、彼女を舞台へと押し出した。

それから、大道具を支える支持枠にもたれかかり、そこに置かれていた椅子に、へなへなと座り込んでしまって、荒い息をついた。

舞台に出た彼女は、テーブルのほうへ飛んで行き、黄金の杯を持ち上げるや、一気にルラードを歌い出すことで、まるで一陣の風に吹かれた鳥が、吹き寄せられた木の葉に止まるかの如く、オーケストラが自分にむけて奏でてくれる、ヴァイオリンの調べにのってみせた。

乱れ髪がほぐれ落ち、衣装からのぞく肌はライトを思うさま浴びて白く輝き、熱く燃えるバッカスの巫女もかくやと、すっくと立ってみせた。突如として、そこにいることの眩《くる》めきと、興奮に燃える無数の眼差しに己が晒されていることに、彼女自身も陶酔感を味わうことになった。そして、炎の中に飛び込んでいくように、音楽に思うさま身を任せた。おののきつつ、狂おしくも、見事なまでに、その声は高々と響き渡り、美しさを惜しげもなく見せつけた！

最初、客席は驚嘆のあまりか、一瞬、静まりかえった。次いで、グロリアーナが最後の激しいルラードを歌い上げるや、突如として拍手が沸き起こり、それは熱狂的なものとなり、繰り返し送られて、いつまでも鳴り止まなかった。椅子に座っていたブラカッスーは、こう言いながら、飛び上がらんばかりに喜んだ。「やったぜ、カワイコちゃん《トレゾール》！」

誰かが彼の肩に手を置いた。それは舞台監督だった。

「見事なまでに素晴らしい」と、彼は言った。「伝統には反するが、立派なものだ」

「そうくると、思ってましたぜ！」と、叫ぶブラカッスー。

「成功間違いなしだ。ま、どちらにせよ、危険な賭けだが」

「どんな賭けだってんです？」

「成功は成功でも、スキャンダルさ。どうやら貴賓席のお歴々は、お気に召さないようだし。元帥は眉をひそめ、髭をひねっておられた様子からして、碌なことにはなるまいな。そうだとも！　私の身分は、あの方次第なんだ。要するに、芸術大臣であられるからな。ゾイノフ伯爵夫人だって、腹を抱えて笑っておられたのは間違いないし」

「そりゃ、そうでしょうぜ」と、ブラカッスーは言った。「なにせ、コルセットの紐も、ろくろく締めてねえんですから。けど、どうしようもなかったんで。あっしらのせいじゃ、ござんせんぜ」

「何もコルセットがどうのと、言ってるわけじゃあない。衣装も化粧もひっくるめてのことだ。やれやれ、やり過ぎだ。なにせ、きわどかったからな」

「はて、どういうことで、ござんすか」

「百も承知のくせに。知ってのことだろう、グロリアーナが、そっくりだってことに……」

「誰にですかい？」

「しらばっくれるな！　もちろん、女王様にじゃないか！　それで、こう思ったってわけか、『こんな偶然を使わない手はあるまい』ってな。別にそれが悪いって言ってるわけじゃあないが。女王様の代役用に、取っとけばいいのだ。とはいっても、少々、度が過ぎてたぞ。何もわざわざグロリアーナに、一昨日あったポンペイ館の舞踏会での、女王様そっくりの格好まで、させる必要はなかったろうに」

　ブラカッスーはその細い目を、精いっぱい見開いた。明らかに、彼の驚愕ぶりは本物だった。監督は新聞のある欄の真ん中を指差しながら、彼のほうに差し出した。ブラカッスーが読んでみると、「女王陛下には、海緑色のサテンを用いた袖無しのドレスを召され、要所、要所を、マリンブルーの花房でたくし上げた、短い上穿きスカートは……」とある。

彼は思わず新聞を取り落とした。

「ナンダ、コリャ！　また、どういうこった？」

Ｖ

歌姫グロリアーナ・グロリアーニお抱えの化粧係、ブラカッスーの身の上は、語られるに値する波乱万丈の物語であった。

この出来事よりずっと昔のことだったが、トゥールーズ駐屯部隊のひとりの伍長が、ある晩、ミディ運河建設者リケの銅像からほど遠からぬあたりを、運河沿いにぶらついていた。彼方の街中にあるキャピトル広場では、帰営ラッパがファンファーレを奏でていた。伍長はいかにも満足げな様子で散策を続けていた。というのも、十時間の外出許可を得ていたからだった。しかも、バスク地方出身のつましい召使女のミオン嬢を、待ち受けているところなのだ。なにしろ、彼女の奉公先の主人たちが床についたら、自分と落ち合うと約束してくれていたからだ。当の女がやってきた。小柄で痩せぎすな上、しなびたようで膚が硬く、口元の産毛も濃くて、口角に黒い染みがあり、赤いスカーフの両端をひねり結びでぴんと立てて被っているムーア女と間違われそうだった。つまり、髪も肌も黒褐色のちょっと刺激的な女と呼ばれる類の女性のことである。片や間抜け面で浮き浮きしている男と、片や醜女と言ってもいい女、という組み合わせだったが、やむなく相思相愛の仲ということにしていた。誰しもが元々持ち合わせている、愛の力を出来る範囲で借りればよいのだ。伍長が石のベンチに腰をおろし、ミオンが伍長の膝に乗るといった具合に、ふたりが座ったかと思うや、女のほうがぱっと振り向き、「アリャ！」と南仏のお国言葉で叫んだ。何やら重い物が水に落ちるような音がして、ひとりの女が走りながら遠ざかってゆき、街のほうに向かって裏路地を駆け抜けてゆくのを目撃した。軍人だった男のほうは、最初、思わずその女を追跡しようとした。だが、運河から小さな呻き声が上がってきたのだ。「子供じゃないか！」と、伍長は言った。「男ノ子ダヨ！」と、ミオンが叫んだ。水門が閉まっていたため、ふたりは川岸の水面すれすれところまで近寄って行った。動かぬ水面に灰色の夕べの帳《とばり》が落ちかかる中で、何かが浮かんでいた。少し細長い白いものだった。布切れが詰まった籠みたいだったが、網籠の柳は見えそうになかった。泣き声が聞こえて来たのは、まさしくそこからだった。この揺り籠らしい物が岸辺のかなり近くに浮いていたので、伍長はやすやすとサーベルの先に引っ掛けて、手元に引き寄せることが出来た。なるほどその通り籠が出てきて、中には裸同然で、ずぶ濡れになった子供が入れられており、身を捩じらせながら泣いていて、開けた口元に拳を当ててみせ、萎びた小さな林檎そのままに顔中皺だらけだった。「オヤマア、男ノ子カネ、チッチャナ可愛イ子ダコト！」と、ミオンが言った。その子は醜かったが、女なら誰でも、生まれたての赤ん坊には、優しい気遣いを示すものだろう。それに、幼子をひと目見たとたん、束の間でも母性愛を抱かぬ者など、ひとりとしていまいから。伍長の方はもっと冷静で、「こいつを警察に届けようぜ」と言った。実際に、彼は逢引の最中に邪魔をされて、頭にきていた。さっきのあの女が子供を水に投げ込んだのなら、もっと遠くへ投げておくべきだったのだ。誰でも時間のないおりには、ひとに情けをかけたりする気になど、到底なれないものだろう。

取調べがなされて、母親が判明した。ジャルディニエ街の貧しい娼婦の年増女だった。夕方になると、女は白い部屋着を着て、安売りで買った濃い頬紅、それも砕かれたレンガ接着用のセメントそのままに、皺にめり込んでひび割れてしまうような代物を塗りつけると、一階の鎧戸の灯りが漏れる隙間から顔を出しては、作業着をはおった男たちや赤ズボンをはいた兵隊たちに、合図を送るのだった。学生だったら、彼女など相手にはしなかったろう。何故かというと、彼女はもはや髪の毛もなければ、歯もないからだった。こんな哀れな女の過去はと問われても、本人も忘れてしまっているくらいなのだ。そこら辺にたまたま転がっている塵か、どの枝についていたかも分からなくなった、腐って落ちた果物といったところか。通常こうした女たちは、運命が哀れんでくれてか、子供を持たないものなのだ。なのに驚いたことに、彼女は四十歳にして子供が出来てしまった。父親など分かろうものか。ある日、誰かが街娼の息子のある少年に、「ねぇ、ボクちゃん、あんたたち、夜には何してるんだい?」と尋ねると、その子は「夜になると母ちゃんが僕を寝かしつけ、それから母ちゃんは父ちゃんを探しに行くんだ」と答えたという。運河に投げ捨てられた生まれたての赤ん坊をもうけたのは、まさしくこの手の父親だったのだ。母親は尋問されるや、すぐに罪を認めた。彼女は自分のしたことを悔いてはいなかった。こんな卑しく暗い心根の人間には、悔恨の念などさらさらあるまいし、良心とて、すでに炎が燃え尽きかけても、まだ幾分なりとも照らす力の残っている、明かりですらないのだから。いや、それどころかこの明かりも、ぷっつりと消えてしまったのだ。ともかくその母親に、息子が助ったと教えてやると、「おやまあ、あいつも、ついてなかったね！」と言っただけだった。彼女は裁判にかけられ、五年の懲役の刑に処せられ、ニームの中央刑務所で亡くなってしまった。幼い息子の方は捨て子養育所に預けられ、虚弱児だったが、しぶとく生き抜いて、死なずに済んだというわけだ。

彼は成長すると、さらに醜くなって、施設の修道女たちにも嫌がられた。ひ弱で発育も悪く、小さな天使たちそのままの笑顔を見せる年頃なのに、むっつりした子供で、部屋の隅に引き籠り、打ち解けもせず、すねていて、壁の中に入り込みたがってでもいそうな様子だった。目も悪く、唇には絶えずかさぶたが出来ていた。「これは生まれつきなのね」と、修道女たちは言うのだった。彼女らの考えが、間違っていたわけではなかろう。行きずりの酔っ払いと娼婦、すなわち掃き溜めを肥やす、ヘドともいうべき存在の息子である幼子には、悪徳の病が遺伝していたということだ。そのためか、修道女たちはこの子を忌み嫌っていた。憐憫をそそるはずのことなのに、それが厳格な童貞女たちをぞっとさせてしまった。これらの湿疹を見て、母方の恥ずべき行為が、潰瘍となって表れたととったからだ。おかげで彼女らは、慈善を施しているつもりでいる一方、病的な発育不全の子を邪険に扱うことで、売春婦に冷たい仕打ちをしようとしたのだ。怒りに満ちた嫌悪感からであり、神が侮辱されたことへの復讐をし、犯した罪を罰するとの発想からであった。ぶたれた子供の方は、びっくりするばかりで、病気の自分がどうして痛い目にあわせられるのか、訳が分からずにいた。

　ある皮なめし職人の親方に弟子が必要になり、その孤児院に子供を探しに行こうという気になって、この子にも運がめぐってきた。施設側がブラカッスーならどうかと尋ねたのだ。ブラカッスーこそ、ぶたれて可愛がられずにいた、当の子供だったからだ。本人はどうしてそんな名前をつけられたのか、到底知る由もなかろう。確かなことは、その子が施設に入った日以来、いつもそう呼ばれてきたという、ただそれだけのことだった。方言となると、不可解なことがいろいろとあるものだ。とにかく、親方が答えて言うには、「こいつにするか、もうひとりの子にするかだな」皆は「こんな屑みたいな、どうしようもない子」を、厄介払いするほうがいいと考えた。親方は、その少年が虚弱で醜く、目の表情も乏しい上、頭に白くもができているのを見て、最初は嫌な顔をしたが、「ま、皮膚の臭せえのは、身体にいいってことだし、それで気性も分かろうってものよ」と告げた。そして冗談半分で、この子にびんたを二発食らわせた上で、連れ帰ってくれた。かくして、見習奉公が始まったのである。

　ブラカッスーはその時まで、ぶたれることはあっても、働いたことなど一度もなかった。ところが今や、ぶたれっ放しで働かねばならなかった。それが彼には耐え難いことだと思われた。つらい仕事が果てても、褒美の代わりに罰を受けるとあっては、漠然とした善悪の観念すら鈍らせてしまうだろう。そうした観念がかすかにではあっても、揺らめく明かりのように彼の心の中に差し昇ってくるのだが、その光は灯ったかと思うと、たちまち消えてしまうのだった。驚きの次には怒りがこみ上げてきて、自分もまた悪いことをやりたいと思うようになり、実際にやってのけたのである。親方が背を向けている時に、貴重な何かの皮をびりりと破いてみたりした。そして、誰がやったのかと聞かれたなら、別の見習い小僧のほうを指差すのだ。その子はお人好しという以上に、愚かな間抜けの少年で、何のことだか分からないまま、言いなりになっていた。それと同時に、ブラカッスーには卑劣な考えが湧いてきた。蝕まれていたのは肉体だけに留まらず、魂までもがそうなっていたわけだ。一度など、親方のお使いでジャルディニエ街を通りかかり、半開きになった灰色の二枚の鎧戸の前まで来ると、まるで見覚えがあるかのように足を止めて、ぷっと笑ってみせた。彼はさもしい小僧っ子だった。薄汚い場所で道草を食い、壁に野卑な言葉を指で落書きし、悪ふざけを楽しみ、お使い籠に汚物を放り込み、夕食の間、なめし皮職人の親方がむかついて、肉を皿に吐き出した時には、陰でせせら笑ったりした。おかげで親方は、ある日、自分の弟子の腰を靴で蹴りつけて、追い出してしまった。こんな結末を迎えたことは、理にも適っていよう。びんたで始まったものが、足蹴りで終わったことだから。

十五歳になった彼だが、痩せこけていて、房水で睫毛が張り付いてしまった小さな目をし、唇も黄色く、古傷だらけの膚はかさかさといった有様で、襤褸の上っ張りをまとい、膝の辺りが裂けたズボンを穿いて、街中へと姿をくらました。通りがかりのポム街の、とある小間物屋の店先で、ブラシと靴墨の壺が載っている緑の箱が目に入った。店には主《あるじ》も客もいなかった。箱に近寄ってみて、綺麗だなと思った少年は、ブラシの毛に手を伸ばすと、誰も見ていないのをいいことに、全部持ち去ってしまった。こんなことをやってのけたのも、確たる理由があったわけでなく、盗むという快楽の故だった。その箱を売り飛ばそうとの気でなければの話だが。また実際、その箱は売らないでおいた。単なる偶然が、天職に目覚めさせてくれることもあるのだ。翌日、ブラカッスーは、カプール・ホテルの傍のラファイエット広場で、大胆にも通行人に見えるように、まっさらのその箱を自分の前に置いて、縁石に陣取った。かくして、ブラカッスーは靴磨きになったのである。

彼は幸せだった。自由なのだ！　もう修道女もいなければ、親方もいないのだ！　腹這いに寝転んで、生暖かい砂に顎を埋め、広場中に照り付ける白熱の太陽に背を焼かれ、心地よく日向ぼっこをしてみた。通りがかりの誰かの埃だらけの長靴を磨いたり、大型の辻馬車の前に鞭を手にして集まった、御者たちが語る話に耳を傾けたりする以外は、車道に斜めに伸びる自分の長い影を眺めては、ナポリの浮浪者よろしく、ひたすら無為をむさぼるのであった。彼は怠惰に身を任せる、あの快楽の味を覚えてしまった。まさしく夢の境地だった！　思春期の少年が覚える優しい気持ちのおかげで、彼はもう少しでまともな人間になれるところまできた。そんなおり、二つの事柄がしばしば彼の目を引いた。そのひとつは一枚の大きな芝居のポスターで、黄色地に黒の大きな文字で書かれて、ホテルの壁に貼られているものだった。そして、もうひとつは、広場の反対側にある美容室であり、そこでは鬘《かつら》がカールされていたり、長い編下髪が吊るされたりしていて、その間を、大きく胸元を開けた女性の白とピンクの二台の胸像が絶えず回転していた。そうだ劇場があったんだ！　女たちもいるじゃないか！　大きく目を見開いてポスターを見詰めていると、文字が生気を帯びて動き出し、形を変えてゆく様が見えてくるではないか。一度も劇場の中に入ったことなどなかったのに、聞き伝えのままに、あれこれ頭の中で思い描いてみた。カンケ灯とか、シャンデリアやら、天上画に、楽屋での化粧や着付けの様子といったものを。それから、舞台の上にも思いを馳せると、まばゆい装置の間から、遠目におぼろな人影が立ち現れて、房飾りの垂れる両腕を挙げながら、口を開くや、歌声が聞こえてくるのであった。しかも、それは人間を超えた、恐らくは神の歌声やも知れぬ！　こうした夢想には、修道女らに仕込まれたことの名残が、おぼろな記憶として混じっていた。瞳を凝らしてポスターを見詰め過ぎ、そこに並ぶ俳優の名前までが、目蓋に焼き付いてしまったかと思われるほど疲れてくると、緑の箱に頭をのせて、陽光を浴びながら寝転ぶのだった。うとうとしている彼には、劇の終幕を飾るまばゆいばかりのフットライトに照らし出され、光輝く棘の冠を被り、金の十字架上で気を失ってゆく、イエス・キリストの姿が浮かび上がることもあった。しかもそれが、歌いながらのことなのだ！　だがそのキリストは、ブラカッスーがラファイエット広場で何度か長靴を磨いたことのある、劇場の第一テノール歌手のように、鼻眼鏡をかけていた。女性たちも同時に、そうした夢うつつの世界に登場するのだが、ほぼ決まって美容室の陳列窓の向こうにある、彩色された蠟の膚を見せている二体の人形そっくりだった。その女たちもまた、宝石のモザイクの上を、鍍金色やひなげし色のサテンのドレスの裾を引きずりながら、歌を歌っているのだった。ただし、それらのドレスは夢幻《ゆめまぼろし》だからこそ透き通っており、豪華な布地越しに仄見える裸体に、少年は目もくらむ思いがした。夢想から醒めると、黄色いポスターが目に映り、胸像が機械的にくるくる回っているのをじっと眺めやった。それから、目をこすり、耳をかくと、退屈そうに箱の上に座り直すのであった。

一度など、長靴を磨かせてもらっているテノール歌手に向かって、こんなことを口にしてみた。「日に二スー稼ぐとして、一週間で十四スーになるんです。十四スーというと、四階席の切符の値段ですよね。もし旦那が切符を一枚下さるんなら、七日間、ただで靴磨きをするんだけどなあ」、と。テノール歌手は、声を痛めるのも顧みず大笑いし、こう返した。「ほう、小僧、芝居が好きなのかい？　じゃあ、今晩、キャピトル座までおいで。検札所で俺の名前を言うがいい。通してくれるからな」有頂天になった勢いで、すっかり気前がよくなったブラカッスーは、靴墨入れの壺から、ありったけのワックスをテノール歌手の長靴にぶちまけて、ぴかぴかに磨き上げた。おかげで、美容室の二体の人形が光輝いて回るのが、鏡のような革に映るところが見られそうなほどになった。

本物の舞台と、現実の女優や俳優らを目の当たりにして、彼は冷めた気分になり、初めは悲しくもあった。ある種の人間には、さっさと夢から醒めて、我に返る能力があるものだが、彼がじきに気付いたのは、こんなことだった。つまりは、書割が雑に作られ嘘っぽかったり、女たちの紅白粉が濃すぎたり、男たちの胴衣《プルポワン》につけられた金ぴか飾りが、けばけばしいくせ擦り切れている、とかである。それに、光り輝く照明や楽園の芳香を期待していたのに、彼が見出したのは、ぼんやりと灯るカンケ灯が、くさい臭いを放っているだけだった。少年詩人が心の中で、夢への愛ゆえに、現実を否定しようと思えば出来なくもなかったろうし、たとえ皺くちゃの紗で出来ていても、高く羽ばたけば天使の羽の襞だと思ったり、ぽってり頬紅を塗ってあっても、処女が顔を赤らめている様だとみなしたりして、うっとり見惚れることも出来たろう。動物的な勘がある小僧の彼は、思春期の目覚めの時期に、ひと時なりと幻影を垣間見ることはあったはずだが、真の姿が何であるかに、はたと気付いてしまい、一瞬、物悲しさを味わった後に、それを受け入れたのである。夢はある瞬間に、どんな人間の心の中にでも、不意に立ち現れはしよう。だが、大抵の人間にあっては、所詮、シャボン玉に過ぎず、たとえ七色に輝いて見えても、たちまち消えて汚い水滴へと変わってしまうもの。それに対して、執拗に夢を追い求める者の魂にあるのは、同じ泡であっても、透明な金属で出来たような泡なので、いつまでも消えずにいることになる。詩人は皆、夢見る少年であり、それは大人の男になっても受け継がれてゆき、揺るぎないものにされてゆくのだ。ブラカッスーのやったことは、真実と呼ばれているものを単に認める以上に、上手いやり方だったのか、それとも下手なやり方だったのか、それはともかく、それに慣れてゆき、それに生気を与えてみせた。彼の母親もまた、多分、そうしたことが好きだったのだろう。この売春婦の息子は、自らの血筋が経てきた性向を再び見出し、その跡を辿ることになった。退屈した観客にねだって得た、一時外出用の半券のおかげで、少年はほとんど毎晩、芝居がはねる少し前に劇場に舞い戻ってきた。もっときちんとした人間に見えるようにと、タバコを背中の後ろに隠しながらであったが。やがて四階席でも、ゆったりと寛いで観ることが出来るようになった。たとえば、歌唱力を値踏みしたり、バリトンのパートが変だと言ってみたりするかと思えば、拍手を送ったり、口笛を吹いて野次ったりもした。時には、野次ったり喝采したりするのに、金を貰うこともあったからだが。チンピラ仲間のリーダー格だった彼は、芸人たちが初舞台の晩には一目置かねばならないほど、影響力を持つ類の人間にまでなった。つまり彼が、成功するか失敗するかの手はずを整えるからだった。劇場の定期会員の常連客なら、ずるそうで、わざとらしく、悪戯っぽい表情を浮かべ、醜い容貌をし、うっすら目を閉じて、四階バルコニー席の鉄柵の下で、両の拳の間に顎を当てて身を乗り出している、この少年の小さな顔を見識っていた。もし彼がしかめ面をしていると、皆は「ひと騒ぎあるぞ！」と噂したほどだった。だが、女優たちには寛大だった。それに、下からふわりと重ねたペチコートのモスリンが見える一階前部席にも、胴着の奥まで覗き込める二、三階の前桟敷にも、座ったことがないのが悔しくて仕方のなかった彼だが、それでも、ぶくぶくに肥った女の歌い手たちをも大目に見てやった。ある日、小間使い役を務める女優のひとりに野次を飛ばすよう、五フランをもらったことがあった。彼は金を受け取りはしたが、拍手してみせた。

何故かといえば、その駆け出し歌手は調子はずれに歌いながら、袖なしの胴着からのぞく腕を挙げるのだが、脚ほどの太さがあったからだ。もっとも、つっけんどんで粗暴な上、人をすぐ小馬鹿にし、話の種も恥ずべき事柄で、それをそのまま写し取った口調で、「マッタク、ドイツモ、スベタノクセ、シヤガッテ！」などと、悪態をついてまわる始末だった。悪ガキが、ごろつきになった、というわけだ。そんなある晩のこと、彼はラファイエット広場を横切りながら、黄色い広告と回転する二体の人形を再び目にし、後にも先にも一度だけ、恥ずかしくなって立ち止まったことがあった。だが、「なあに、構うもんか！」と、広告を破り、ショーウインドに唾を吐きかけ、肩をすくめながら背を向けた。それでおしまいだった。

　彼は劇場裏手の楽屋口にいたり、芸術学校《コンセルヴァトワール》の周辺に出入りしたりするようになった。両手をポケットに突っ込んで、上っ張りとシャツの前を開けたまま、歩道を行き来し、求められれば女の後を追ったり、手紙を届けたりするのに一役買ったりもした。彼の存在は目立つようになった。合唱隊の女歌手らに惚れている学生たちに至っては、いかにも彼が何かの役目を果たしていそうに見えたので、おずおずと尋ねてみたりするほどだった。この少年が劇場の守衛に大そう気に入られているのは、誰もが知るところだった。しかも、楽屋に顔で出入り出来る人物であるという、いわく有りげな雰囲気を漂わせていた。彼が返事を携えて再び降りてきて、それから脚をゆすりながら約束の金を受け取る時、恋に心乱れた青年たちは、劇場という不可思議なエデンの園を平然と横切ってきたこの人物を、不安の入り混じった驚嘆の気持ちで見詰めるのだった。しかも彼らは、この少年のぼろ着の臭いに、禁断の果実の香りを嗅ぎ取ろうともするのだ。ある晩、上っ張りの袖に白粉がついていたので、南仏方言を使うのを止めようとし始めていたこともあり、普通のフランス語でこう叫んだ。「そりゃもう、あの女《ひと》たちが、俺にキスしてくれちゃってさ！」と。その時から、彼は羨望の的になった。それに気をよくした彼は、だんだん野心を大きくしていった。あれこれ策を弄したおかげで、端役をやるようになり、まずまず声も出たので、後には合唱隊員になれた。自らもまた、飾りの金筋がほつれた金地の胴衣を着る身になったのだ。そして、フットライトの近くに身を置く時など、足をぐっと踏ん張り、拳を腰に当て、堂々と気品に満ちた仕草を心がけた。低音歌手《バス・プロフォンド》の楽屋から失敬してきた、ふさふさした髭が、彼の醜い顔の半分を隠してくれるお陰で、日曜日に三階の折り畳み席で見かけるような女工らに、大いに受けたりもした。まだその頃は、トゥールーズには尻軽の女工らがいたもので。光栄なことには、かなり上等のネクタイを締めた事務員や店員たちに、さらには下士官たちにまで贔屓にされるに至った。だが、気難しくて、己が特権的な存在だと自慢に思っていた彼のこと、ネッカチーフしか被っていない娘などは馬鹿にしてかかり、きちんとした帽子の御婦人方に憧れながらも、まずは縁無し帽《ボネ》を被った程度の女で仕方なく我慢していた。劇場でもまた、彼は色恋沙汰を経験していた。目をしばたたかせ、鼻は天井を向いているが、醜いながらも陽気な顔を見せては、悪ふざけをし、下品なことを口にしたりするのである。「あら、やなひと！」などと言われながら。だが、そうしたことが、一晩あたり十五スーを与えられる浮気女でもある、端役女優たちを面白がらせた。彼は女たちに、溝《どぶ》の水音と臭気を与えてやったことになろう。汚物は泥を懐かしむ人間には、心地よいものだから。さらに、彼女らの元では、幕間の長さとか、たまたま着替えで服を脱ぐおりなどを、巧みに利用してみせた。彼は女たちの耳元に息を吹きかけながら腰を抱き、コルセットの紐の間に爪を立てるのだ。そうされると彼女らは、言うなれば、くらくらしてしまうからである。廊下で監督の鳴らすベルの音が響くと、女たちが「やだわ、もう、なんて馬鹿なこと、してくれんのさ！」と言いながら気を入れ直し、あわててスイス女のスカートをはいたり、女官の衣装を着たりする間、彼の方は鏡の前で髭をなでつけるのだった。

しかし、快楽にいそしんだからといって、己の利益を忘れるような男ではなかった。欲望に燃えながらも、実利に聡いところから、相変わらず仲介役を買って出ては、より上の階層で己の勤めを果たすのだった。まさか、学生を合唱隊の女性に薦めるような真似など、もうするわけもなかろう！　そんな程度のことなら、守衛と親しい仲になり、夕方になると両手をポケットに突っ込んで楽屋口にうろつく、やくざなチンピラがやればよいのだから。彼が取り持ち役を果たした代わりに、小遣い銭を受け取っていた時代など、今となっては遠い昔のこと。もはや数ルイ以下の金ごときで、使い走りするような身ではなかった。懐の片方のポケットには手紙を、もう一方のポケットには指輪入れを忍ばせると、プリマ歌手たちが楽屋から出てくる瞬間を待ち構え、彼女らの後について行って合図を送り、大道具の陰でその耳元に語りかける、などといった手を使うようになっていた。彼はその道では評判のやり手だった。劇場の観客らの放蕩と、舞台裏の売春との間を精力的に取り持つ、使者を務めたのである。彼には話を通しておく必要があるということが、皆の知るところとなり、公認に近い身分になった。観劇シーズンが始まるや、まさにブラカッスーの出番となり、割のよくなるような、ある種の公平さでもって、街の「旦那衆」に劇団の美女たちを手配する仕事を仕切るようになった。彼はしこたま儲けたが、芝居の端役女優に木綿のスカーフ一枚買ってやらず、「射撃演習場」界隈の尻軽女工にサクランボ一房奢ってやることなく、金を溜め込んでいった。その結果、今から二十五年前のある日曜日のこと、ラファイエット通りの並木道を、楽隊の演奏時間に、彼がフロックコート姿で黒い帽子を被り、指輪を何本もはめて、腹の上で金鎖をジャラジャラいわせ、二列に並べられた椅子の間を、紅玉髄《カーネリアン》の握りのついたステッキを振り回しながら、散歩するところが見かけられた。

彼は蓄財に心を奪われてしまった。その野心はとどまるところを知らず、時間をとられ過ぎる端役仕事はやめにして、本業に戻ることにした。知己の輪を拡げてゆき、裕福な学生連中と付き合って、ワルを気取ったお喋りで楽しませてやり、貴族階級の交際の場にも取り入っていって、その中では賭博台仕切り係補佐《クルーピエ》などという、架空の職まで考え出したほどだった。どんな頼みも厭うことなく万事引き受けてみせ、夜食をとる上品な場所と愛を営む悪所に通じていて、料理の選択も抜群なら、女選びのうまさも誰にも真似が出来ないほどだった。邪険な借金取立人たちと、頭にきた愛人たちとを、なだめるのに長けていて、用足しもしてやった。往々にして馴れ馴れしくはあっても、とにかく馬鹿丁寧なほど腰が低く、友達同然の扱いをされても、完全に召使の如く立ち働いてみせ、時には食堂で御馳走にあずかりながら、地下室に下りてゆくのも決して嫌がらず、立会人役を買って出たり、決闘の日の朝に靴を磨いてみせたりする。しかも、まさしく自分が必要とされる場面には必ず居合わせるという、勘の良さは見事という他はなく、よって町中の遊蕩行為のよろず引き受け屋と化した。

彼は自分にふさわしい、ミニューシュとフィルーズという、ふたりの協力者に恵まれることとなった。

背が高く痩せた猫背のミニューシュの方は、葡萄の添え木みたいなのっぽで、節があってもよさそうなくらいだったが、どうやら儲かる商売をしている類の人間だった。だが、それがどんな商売なのか、正確には誰も分からなかった。実は、金に困った若者たちに小額を快く融通してやっている二、三の両替商に、金の肩代わりをしてやっていた。無論、五十パーセントの利率で、有利な担保をとってのことだったが。つまりは高利貸しの上前をはねていたのである。

年寄りでボロ服を着た汚らしいフィルーズの方は、締まらぬ口元に、涙目状態で、舌打ちしながら「さ、さ、どうかい!」と言ってばかりいる、間抜け面した愚痴っぽい男だが、表向きは学生たちの出入りするカフェで、紐通し針と袋入りのイギリス針を売るのを生業にしていた。だが、針一袋たりとも、紐通し針一本たりとも、売ったことなどなかったのだ。本当は、いまだ純潔を失っていないか、さもなくば失って間のない、うんと年若い女工らの住所を知っているのが売りだった。テーブルの上に細々とした商いの品を並べながら、信用してよいと思わせた男たちに耳打ちするのである。「さ、さ、どうかい、ほんのおぼこ娘だよ、十四歳で、露のしずくみたいな澄んだ目をした娘《こ》だよ、さ、さ、どうかね。春の路地の匂いがするよ。その娘《こ》にキスした男は、野薔薇を口にしたみたいな気がするさ。それに、家族ともしめし合わせて、うまくやってけるだろうしね。お買い得だよ。まさかの時にゃ、嫁にもらってくれる従兄弟もいることだし、さ、さ、どうかい」

　ブラカッスーとミニューシュとフィルーズらの三人は、得意はそれぞれ異なるものの、全員そろってやり手であり、見事なまでに順応し合い、互いに補い合って、完全に一体化していった。ブラカッスーが女優たちを、フィルーズが小娘たちを専門に手がけ、閨房におけると同様、屋根裏部屋でも必要不可欠な金銭係を、ミニューシュが専ら担当していた。その結果、彼ら共通の利益は相当なものになっていた。

　だが、成功に酔ったブラカッスーは、危険な企てを推し進めようと乗り出してしまった。多分、彼の己の内なる夢想家が、完全には死に絶えていなかったからだろう。壮大な計画を思い付き、キャフェ・コンセールを何軒も開業し、樹木が五点形に配植された遊歩道とか市門といった所に、木陰で人々が飲んだり踊ったりする大衆向けの大きな祭典場を開くことを思いついた。祭りで客が賞品を取ろうとしてよじ登り、弧を描いてしなる細長い宝棒の先にぶら下げられた、時計の銅版と円筒形の銀版が陽光にきらめくのである。ロシアの山岳地帯を行くための大型馬車が、男女の工員たちを乗せて狂ったように回転してゆくと、女たちは被り物を押さえながら歓声を上げ、男たちはペチコートがふわりと膨らむのを見上げて、ぷっと笑い出すのだ。軽騎兵の衣装をつけた楽団がへこんだトロンボーンを強烈な音で吹いている、大道芝居小屋があるかと思えば、催眠術を見世物にする車や、手品師たちが芸を見せる台があったり、砲丸の曲投げをする怪力男らや、巨大なミルリトンを平衡棒がわりに持つ綱渡り芸人がいたりして、木馬はギャロップの足取りのまま固定され回転してゆくといった具合に、見渡す限り縁日の賑わいを示すものだった。そして、音楽が激しいリズムで奏でられ、轟くような大太鼓の音が、楽器のクレッセントにぶら下げられた鈴を振り動かし、周囲にその音を鳴り響かせる中、赤々と燃え落ちて熾炭となった樫の若木の巨大な炭火の前で、牛一頭が角つき皮つきのまま、焦げた臭いを放ちながら丸焼きにされている、といった光景まで展開されるのだ!

ところが、入場客たちは総じて気のない様子だった。お陰でブラカッスーは元がとれずじまいだった。金に窮した末、執行吏を差し向けられ、裁判沙汰に及んで、破産の憂き目をみた。ミニューシュから金を借りていたので、この男に焼肉の串まで売り払わされてしまったくらいだ。

雪辱を期した彼は、郊外のキャバレーで、古代の抒情詩人アナクレオンに歌われた「バティルスの舞踏会」とやらいう気の利いた名称の、週に一度の集まりを企画してみせた。

そこでは常時ではないが、皆が古代ギリシャ風のクラミュスという外套を着用することがあった。こうした催しは始めのうち、恋と酒を愛する、かなりの人数のアナクレオンたちのおかげで活況を呈した。だが、秘密が十分守られていなくて、きわどい事がなされているのではとの懸念を、警察も抱かざるを得なくなった。ついには、こんな噂まで流れるようになった。つまり、ある朝、キャバレー裏の谷底の細道で、ひとりの若者が靴下止めで絞め殺され、まだそれが首に巻きついたままになっているところを、野菜栽培農家の人々に発見された、というのである。ブラカッスーにとって幸いだったのは、知事の伯父で大いに敬意を払われていた老人までが、人々の間であれこれ取り沙汰されたため、その名声を傷つけられてしまったことだった。検察が法務省に電報で問い合わせをしたところ、暗号電信による答えは、「ソノ事件、隠蔽セヨ」とあった。このアテネ風舞踏会の主催者は、市ばかりか、フランスからでさえ、ただ単に退去を促されるのみで済んだ。ミニューシュとフィルーズは目に涙を浮かべて、駅まで見送りに来てくれた。ブラカッスーは、自分の友人のうちの、ある両替業者のことを思い出して、スペインへと旅立っていった。その業者というのは、破産した後、パンプローナで手形割引商を開設していた人物だった。彼はこの友人を当てにしたわけだが、誰しも空頼みをしてしまうものである。彼は切符を買う段になると、「俺はもう一リヤルドも無えんだ」と言って、ミニューシュに一ルイくれないかとせがんでみた。あいにく頼まれた方は、小銭入れを忘れてきていたので、フィルーズが泣きじゃくりながら、ブラカッスーに二フラン渡してくれた。「せめてタバコでも買うといいさ、さ、さ、いいから！」と言いながら。

パンプローナまで行ったものの、追放の身の彼は、友人を見つけ出せなかった。破産した友は、贋金造りのかどで、有罪判決をうけたところだったからだ。「クソッ！」とブラカッスーは言った。「この俺は飢え死にしちまうってのか？」ところで、ブラカッスーはミニューシュとフィルーズに嘘をついていた。なにしろ、彼は二百フラン持っていたのだが、それでもあまりに少な過ぎた。そこで街をうろつき、見聞きしながら、初めて触れる風俗の中で、何か仕事が出来る余地はないものかと探ってみた。彼はたとえ堅気の仕事であろうと、あれこれ文句を言えないところまできていた。しかし、パンプローナは閉鎖的で愛想の悪い、敵意すら感じられる雰囲気の所だった。濃い灰色の黒ずんだ建物の正面には、鎧戸が下げられたままになっていた。それに、家々の扉が珍しく開いていても、またすぐ閉まってしまうのだ。どこへ行っても門前払いで、断固締め出しをくらうことすらあった。彼は不安な気持ちで、足の向くままに歩いてみた。正方形の大きな広場に出た。半円形の鉄柵で囲まれていて、均等に間隔を開けて低い木が植えられていたが、それらの木までしなやかさや生気に欠けており、楽しみや活気など何ら感じられる場所でもなかった。わずか二、三人の粗末な身なりの子供たちが、追いかけっこをしていたが、駆け出すわけでもなかった。男がひとり、古い毛布にくるまって、石のベンチで寝ていたが、タバコの煙が風もない空へと真っ直ぐ立ち上ってゆくのを、薄目を開けて眺めているだけだった。およそ、墓地の静寂といったところか。馬車一台通るでもなく、時折、敷石の上に響く布靴の鈍く籠った音がするのみだった。たった一軒だけ、広場の一角の拱廊《アーケード》の入り口で、店屋が活気を呈していた。それは床屋であって、店内のいたる所で、派手な身振りやぺちゃくちゃ喋る声が飛び交う繁盛ぶりだった。どうやら、町の賑わいのすべてが集約されているのは、そこらしかった。それでブラカッスーは、この店のことを注意して見ていようと心に決めた。彼はそのまま、ひっそりと静まり返った街々を、あちらこちらと歩いてみたものの、たまに下女が頭に銅のバケツを載せて、街路を横切ることがある程度だった。

彼は一休みした。なにしろ、まぶしくて、まともに目も開けられないのだ。目の前にひろがる風景が、灼熱の太陽を受けて、見渡す限り信じられないほど赤く見え、熱く、強く、烈しく目を射るので、不意に血が噴き出して、目にかかったのかと思われたほどだった。その光景は、大殺戮直後の朱に染まった戦場か、はたまた赤い牡丹の咲き乱れる平原を思わせるところがあった。ともあれ、花盛りの中での殺戮を思わせるイメージが浮かぶのだった。

ブラカッスーは、もっとよく眺め直してみた。

それは幅広く山と積み上げられた、大きな赤ピーマンを売る市場だった。北スペインでは、貧しい人々の主たる食材となっているものだ。果物を段々に積み上げた後ろには、襤褸をまとった売り子の女たちが座っていて、買出しの主婦や女中らがあちらこちらと見て周り、時々、立ち止まっては買い物をしたり、ぺちゃくちゃと喋ったりしていた。だが、どんな色彩をもってしても、一面に血を流したような派手な真紅の色の中では、ぼやけてしか見えないのだ。あたかも音までもが、そう言えそうなほどである。

そうする間にも、ひなげし色の雲の立ち込める地平のはずれから、昇りゆく太陽のように、鹿毛色の光芒を放つ髪に縁取られたひとりの女性の顔が、この赤一色に染まった中から、ぽつんと浮かび上がった。大柄で色白なうえ、ふさふさとした赤い髪の毛を束ねた女が進み出てきたが、光り輝くばかりのその姿は、朱色の背景の上に描かれたラファエロのフォルナリーナかと見紛うばかりで、目もくらむほどの鮮赤色を背にした、黄金が放つ眩しさだった。

女が通りかかった。

ブラカッスーは、他の女たちが向かう方向を変えて道をあけ、ピーマンの山の後ろに隠れている売り子の女たちの元に行ったのに気付いた。広場から人影が消えたように見え、しんと静まり返った。例の通りすがりの女だけが、唯ひとり、熾の入った大きな炉からひと筋だけ立ち上る炎の如く、すっくと立ちふさがった。

彼女は、一瞬、足を止めるや、ふんといった様子で、ぽってりした赤く肉感的な唇を反らすと、その市場を傲然と挑むような眼差しで見渡した。

女は遠ざかっていった。

彼は驚いて、女の後をつけて行った。

今や彼には、鹿毛色のねじり編にした束髪《シニョン》の豊かな髪の毛と、うなじの濃褐色の小さな巻き毛しか見えなかった。

またしても気付いたのは、人々が彼女から離れていようとすることだった。ついさっきまで三人のお喋り好きな女たちが、井戸端会議をしていた家の戸口には、もはや誰もいなくなったり、ばたんと鎧戸を閉める音がしたりした。灰色の顎鬚を生やした、みすぼらしい身なりの老婆が、道の真ん中で遊んでいた幼い少年の方に飛んで行くと、あわてて連れ去ってしまった。ひとりの召使女が三階の窓から、通り過ぎる例の女の前に、汚物入れの籠から悪臭を放つ中身を、わざとらしくぶちまけた。

大柄なその女は、悠然と道をたどり続けており、ちょっと振り向き、その召使の方に顔を上げただけだった。相変わらず彼女が、目には挑むような眼差しをたたえ、唇に寄せた皺には軽蔑の色を浮かべていることを、ブラカッスーは見て取った。

行く先々で住人が怯えて逃げ出し、活気がうせた街にあって、女はまるで虐殺の翌日、憎悪されつつも勝ち誇って都を横切ってゆく、女王の姿を思わせた。

その女は、高い壁に挟まれ、道幅に余裕のない路地へと入って行った。家々の入り口も見当たらなければ、窓も見えなかった。細長く帯状に開けた空の下、通路がどこまでも続いていた。女はさらに足を速めた。草の生えた原っぱに出たが、そこから、黒と緑色をしたその町の砦の方に向かっては、緩やかな登り勾配になっていた。木一本生えていなかった。跳ね橋の巨大な二本の支柱が、地平線にまっすぐ聳え立っていて、そこから鎖が下がっていた。原っぱの真ん中の小さな建物の前に来ると、彼女は立ち止まった。四角く低い造りで、十字窓が二つあるきりで、正面は漆喰が剝がれ落ちており、とうもろこしの藁屋根は風に吹きさらされて、ぼうぼうになっていた。それは陰気な灰色の汚らしい家だったが、真っ赤なカーテンが窓ガラス越しにのぞき、血で染まったかのように見えた。

そこに入る前に、女が後ろを振り向いたので、ブラカッスーは間近に眺めることが出来た。

灰色の絹のドレスを着ていたが、衣服をまとっているというよりは、くるっと巻きつけてあると言ったほうがふさわしく、薄くて艶やかな光沢のある生地が、胸やわき腹の堅く締まった身体の丸みに張りついていた。肌の上にもう一枚皮膚を重ねたかのように、ぴったり衣を身体に添わせた女は、紛うかたなき光り輝く美女だった。赤みがかった金色の豊かな髪を誇り、澄んだ濃く青い大きな眼は湖の紺青色よりも虚ろな色をたたえ、強く息を吸おうとして鼻孔をふくらませる鼻筋は曲線を描き、唇が真紅の大きな果実そのままに、血の色を帯びた口元をしていた。ぽってりしたその口が開かれ、こちらに差し出されんばかりなのだが、それでいて尊大なところがあった。すなわち、女王然としているかと思えば、獣じみてもいたのである。

女はブラカッスーの方をじっと見つめて、笑い出した。大きく響き渡る声で、唇から赤い火炎でも吐かんばかりの笑い方をしたので、満ち足りた雌狼のような歯がのぞいて見えた。

それから彼女はこう声を掛けてきた。

「あんた、よその国のひとだろう?」

多くのフランス南部地方《ミディ》の人々同様に、ブラカッスーもスペイン語は結構理解したし、方言を交えつつ理解し合える程度には話しさえした。そうは言っても、彼はすぐには返事をしなかった。こんな風にいきなり声をかけられ、馴れ馴れしく「あんた」などと呼ばれたので、呆気にとられたからだ。

彼女はなおも聞くのだった。

「フランス人かい？」、と。

彼は落ち着きを取り戻した。いつまでも驚いてばかりいる類の人間ではなかったし、予期せぬ出来事にも慣れていたので、普通ではありえないような事態にもたちまち適応出来たのだ。

「フランス人さ。フランス人ってより、ガスコン人ってとこだが」と、彼は答えた。

「あたしの後をついて来たんだね？」

「そうとも」

「どうしてだい？」

「だって、おめえが別嬪だからよ」

「あゝ、別嬪さ。なのに、あんたときたら、醜男なんだから。とにかく、あたしが気に入ったてのかい？」

「決マッテラァ!!」とブラカッスーは叫んだ。

「じゃあ、今夜、おいでよ」と、恥らう様子もなく、あでやかに笑ってみせた。

それから女は家に入ると、扉を閉めた。彼はびっくり仰天し、壁を見つめたまま、原っぱの真ん中にひとり取り残された。いかに偶然の気紛れに慣れていたとしても、常軌を逸した嘘のような話に、当惑させられぬわけがない。この降って湧いたような出来事に心を奪われた彼は、もはや見知らぬ町での自分の置かれた惨めな境遇や、ポケットが空《から》同然なのも気にならないほどだった。一体、あの女は何者なんだろう？　あちこちの町をよぎって行く、ペストの脅威の周りに孤独と沈黙が生じるように、彼女の歩んで行く先にも、同じことが引き起こされるとは。どうして自分に向かって、あんな風に笑いながら、「今夜、おいでよ」などと言ったりしたのだろう？　誰か尋ねてみる人間でもいないものかと、彼はあたりを見回した。向こうに見える跳ね橋の、両方の支柱の間を行き来する歩哨を除けば、人っ子ひとりいなかった。その兵隊なら、赤い窓の家に住む女のことを知っているかもしれないと考えた彼は、跳ね橋の方へと向かって行った。見張りに立つと退屈で仕方がないので、通行人らと立ち話をしたがるものだが、その兵士も喜んでブラカッスーとお喋りを始めた。彼が紙巻タバコを一本差し出すと、葉巻を一本受け取った。ふたりはもはや世界で一番の友人同士となっていた。「ところで、兄さん、あっちに見えてる、小っちゃい家によ、誰が住んでんだか、知らねえかい？」兵士は真っ青になり、それから何かひどい侮辱でも受けたかのように、この異国の人間のほうに銃剣を向けて、直進してきた。ブラカッスーは踵を返しながら、「ヤレヤレ、ナンテコッタ！」と思った。彼は好奇心に駆られて無茶をするような人間ではなかったからだ。

　すると彼は、人々の喋り声で騒がしかった、例の床屋のことを思い出した。そこでなら、やすやすと情報が得られるだろう、と。ブラカッスーは町中に戻るや、例の大きな広場に行ってみた。ちょうど、髭を剃ってもらわないといけないところだった。ところが、拱廊《アーケード》に入ってみると、がっかりしたような仕草をした。店屋は空っぽ同然だったのである。そもそもパンプローナの住人たちが、マドリッドの新聞を読みながら髭や髪を整えてもらうとか、順番を待ちながら、まるで演壇で演説をぶつかのように、大声を発したり派手な身振りを交えたりしながら、議会の新たな政策をあれこれ批評したりするといった時刻では、もはやなくなっていたからだ。床屋は、たったひとりいるお客の傍らに立っていて、黙ったまま恭しく真面目くさった顔で相手をしていた。ともかくも、ブラカッスーは入って行き、その理髪師の丁寧な挨拶を受けると、客の方に向けてある鏡の載った大理石の小卓の前に腰を下ろした。それから、いささか戸惑った状態で堅くなっていた。目のやり場に困った彼は、パリの香水の広告にでも眺め入ってみたが、それは金の額縁をはめられ店の四方の壁に釣合いよく飾られていたものだった。それから、髭を剃ってもらっている男の方にも目を向けてみた。六十がらみの男性で、禿げていて、癖のない灰色の垂れ前髪が耳から襟元までかかっている様子は、山のない大き過ぎる帽子を被っているみたいだった。風貌も威厳に満ちており、黒尽くめの服装からして、どうやらその町のお偉方の誰かに相違なかろうし、恐らく公職についているのだろう。こんないかめしい人物と居合わせて、少々心細くなったブラカッスーは、床屋との会話をすぐに始めようとはしなかった。床屋の方も、泡だらけの客の顎に、細心の注意を込めて器用に剃刀の刃を当てていて、こうした作業に没頭し切っている様子で、それが途切れるのは、深々とお辞儀をしながら、「どうかドン・ホセ様、お首を反らせて下さいませ！」とか、「ドン・ホセ様、お鼻の先をつまませていただきます！」などと言う時だけだった。ドン・ホセは、苦しゅうない、良きにはからえ、と言わんばかりの笑みを浮かべつつ、首をのけぞらせたり、鼻をつまみ上げさせたりしていた。やっとのことでブラカッスーは、世に言うところの、思い切って打って出る行動をとってみた。自分のスペイン語の拙さを詫びてから、その日の朝にパンプローナに着いたばかりだと説明した。そして、そんな自分がひどく変わった女に街中で出会ったこと、またそれが赤毛に近いブロンドの大柄な美女だったことを打ち明けた上で、ちょっとお聞きしたいのですが、と言いかけると……ドン・ホセはあっと悲鳴を上げた！剃刀が顎の皮膚に食い込んでしまったので、血が出て石鹸の泡に赤く混じった。すると、床屋はまさに見るも哀れな様相で、しどろもどろになり、自分の髪の毛を思い切り摑むや、その忌々しい剃刀で喉をかき切らんばかりになった！「何と申しましても、手がぐらついてしまったのは、私めのせいではございませんで。ラ・フラスクエーラなんぞという、あのけしからぬ悪魔みたいな女のことが口にされるのを聞いて、平気でいられましょうか。この自分の家で、しかもドン・ホセ様の、町長様のおいでのところで！」ブラカッスーのほうを振り向くと、憎しみに燃え、怒り狂った眼差しを送り、剃刀を振りかざしたが、その剃刀までが憤怒にかられたかに、ギラリと光って見えたほどだった。町長が割って入ってくれた。善意のこもった眼差しと、温情を感じさせる声音で、大して痛いわけではないからと言ってくれた。傷も浅いことだし、恐らくこの御仁も、ラ・フラスクエーラのことなど話題にせぬほうが賢明だったが、よその国のお方だということに免じて、許してやってもよいのではないか、と。おまけに町長で家長たる彼までが、こんな不用意なことを聞かれたのも、けしからぬ気持ちからというよりは、悪気の無い好奇心から出たことなのだ、と思いたがっていたのである。町長は他にもあれこれ良識ある寛大な言葉を口にはしたが、いずれにしても、けりをつけねばならぬと思い、かなりそっけない口調ではあったが、もしも旅のお方がああした手合の〈女〉のことを、あくまでも知りたがるのなら、他所へ行って、他の人間にでも聞かれた方が賢明だろうと言い添えた。ブラカッスーには願ってもないことだった！　なにしろ、パンプローナに着いたその日に、そこの町長と悶着を起こしたりするのは、御免こうむりたかったからだ。そこで平謝りに謝って、傷には薄い単鉛硬膏《ジアキロン》を貼っておかれてはと勧めておいた。それから店を出ようとすると、ドン・ホセが立ち上がり、両手を突き出し広場の方を指し示すと、大声で叫んだ。

「待たれるがよい！　もし、まっとうな人々が、自らの体面上、ラ・フラスクエーラの何者たるか、口にするのも憚られるとしても、せめてあの女のしたこと位は、教えて進ぜましょうぞ。そうした例が、教訓になればよいのじゃが！　それ、見られるがよい！　見られるがよい、と言っておるじゃろう！」

こんな大仰な訓示を垂れられて、いささか面くらってしまったブラカッスーは、動けなくなってしまった。床屋が店のタイル張りの床に膝をつくと、祈りの言葉をもぐもぐ唱えながら、十字を切るのが目に入った。そこで、振り返ってみると、広場の二列に並行してならんだ侘しく低い並木の間を葬列が進んで行っていたのだ。

聖具室係が襞の寄ったモスリンの衣をまとい、聖歌隊の四人の少年にはさまれて歩調を揃えて歩きながら、キリストが両手を伸ばし磔《はりつけ》にされている金の像が掛かる、銀の十字架を捧げ持つ後ろから、棺桶を運ぶ台が黒服の六人の男に担がれて、行列の歩行のリズムで生じる横揺れで左右に揺れていた。棺桶には純白の布が掛けられていたが、盛り上がっている部分の長さから、それと見当がついた。布の上に置かれた白いリラや白薔薇や淡色の蔓ばらんが、花束にされて寂しげに微笑んでいたり、花綱に編まれて涙を流していたりしているかに見えた。その後から、女たちがやって来たが、彼女らは打ちひしがれ、涙を流しており、くすんだ褐色のブール織り厚地の服に身を包み、分厚い黒のヴェールを被っていて、嗚咽をもらす度に、それがふくらむのだった。そして、それに続いて、五列に並ぶ相当な人数の幾つかの修道会の会士たちが、こちらは青、あちらは茶色、それに褐色といった具合に、濃い色の修道服を着て長い列を作っており、その背には鮮やかな色の帯が下がっていた。

町長は言葉を続けた。

「ドン・テヨ・デ・ネイラは、まだ少年と言ってもいい位の、うら若い好青年じゃった。両親や先生たちの期待にしっかり答えてみせ、聖職に就くよう進路を定められた結果、立派な司祭になってくれた。すでに学識も十分じゃったが、それでも話しぶりは控え目で、目を伏せて、優しい声で語りかけておったに。今やもう、死んでしもうた」

「急に何かの病気ってことで？」とブラカッスーは、いかにも悲しげな様子を浮かべて問い返した。

「いや違う」

「じゃ、事故でござんすか？」

「違うのじゃ」

「となると、そんな立派な若者に、いったい何が起こったってんです？」

ドン・ホセは答えた。

「夕方、ラ・フラスクエーラの家なんぞに、足を踏み入れてしもうてのう」

こう言い終えながら、威厳に満ちた仕草で、もう行ってもよいとの意思表示をした。ブラカッスーは深々とお辞儀をすると、さっさと退散した。実のところ、ラ・フラスクエーラとドン・テヨの死との間に、いかなる関わりが存在し得たのか、さほどよくは分からなかった。だが、見事なまでに了解したのは、例の忌み嫌われている、目の覚めるような若い女について、パンプローナの人々に尋ねたりするのは、危ないということだった。彼は黙って言われた通りにしておいた。宿でも叩き出されてしまってはと恐れるあまり、女将や女中に質問するのは控えておいた。酒場でも同様に、慎重に沈黙を守った。そこでは、ひよこ豆の水煮や、古くなった臭い油で揚げた甘口ピーマンを出してくれたが、ラ・フラスクエーラのことで、ちょっとでも質問しようものなら、返事代わりにピーマンを揚げた熱い油を顔にぶっかけられ兼ねないし、小さな弾丸みたいに硬いひよこ豆にまでお見舞いされ、きっと眼をつぶされる羽目になっていたやも知れぬから。それでも彼はいつになく、熱に浮かされたように自問自答してみるのだった。もともとブラカッスーは、そう物分かりが良いほうではなかったし、開放的な性格でもなくて、陰にこもって視野が狭く、辛辣なところなど、狡賢い穴熊や胸白貂《むなじろてん》並みだった。とは言っても、最初に浮かんだ仮説だけで納得したり、何がしかの説明が単純で分かりやすいというだけで、それを良しとしたりする人間ではないという、特筆すべき点があった。彼でなければ、多くの人間がこう思っただろう。「そうか！　金髪でいて、しかも偏見がないから、美女なのに他人に悪く思われるのか！」と。そうではなくて、ラ・フラスクエーラの周囲には、憎悪に加えて、ありきたりの娼婦が浴びるのとは全く違う、特異な種類の厳しい非難が渦巻いている、と彼は感じていた。彼女のうちに、ひとの意表を突く尋常ならざるもの、多分、素晴らしくもあれば、恐ろしくて、おぞましくもあるような、只者でない存在を嗅ぎ分けていたかのようだった。ありそうにないと思われるものが、現実には存在することがあり、怪物はいるのである。同時に彼は、予感がしたからといって、それに引きずられたりするほうでは全くなかったが、ラ・フラスクエーラとはどうやら気が合いそうで、そのうち仲良くやってゆけるかも知れないなどと、何となく直感的に感じ取ったのだ。女は体格がよくて手ごわそうなのに対して、彼の方は貧相で抜け目がないとくる。狐がライオンの役に立つかも知れないし、鮫が鰤《ぶり》もどきと呼ばれる小魚に水先案内されることもあるのだから。

夜になるや、彼は早速、両側を長い壁ではさまれた狭い路地に入って行った。驚いたことに、司祭の衣がかすめ去ったのだ。急いでいたらしく、追い抜こうとしたのだろう。「おや！」と思ったが、こんな風に出くわしても、大して気には留めなかった。彼は暗がりに壁を手探りしながら歩いて行った。と、不意に、広々とした空き地に出た時に感じるような、新鮮な空気に包まれた。

時おり夕立の雷鳴が響き渡る、雲の垂れ込めた空の下、上り勾配の原っぱが一面に黒々と広がっていた。暗闇の中にあって、砦はさらに深い闇に沈んでいた。姿も定かならぬ歩哨の持つ銃剣が、宙に浮かぶ生きた蛇のように、遠い彼方のそこかしこで光っては消えていった。だが、例の赤い二つの窓辺には明々と灯がともされ、夜闇を引き裂くかに見えた。言うなれば、その窓がじっと狙い定めて銃口を向けるように、町を脅かしているのだった。また、地獄の二枚の揚げ蓋をも思わせるところがあった。その蓋が開けられ、眩暈《めまい》を覚えそうな恐ろしいものが差し出されるのだろう。

ブラカッスーは嬉しくなった。というのも、その明かりから、自分を待っていてくれたことが読み取れたからだった。彼は足を速めた。ところが、「あっ、あれは！」と叫んだ。誰かが原っぱを歩いて来ていたのだ。罠かも知れないという考えが、思わず頭をよぎった。彼はポケットに二百フランを持っていたので、宿屋にその金を置いてくれればよかったと後悔した。不安になって、周囲を見回した。あちこちから人影が近付いて来ていたが、赤い窓辺の明かりに目が眩み、最初のうちは気付かなかったのだ。その人影は人数も多く、町の四方八方から、てんでバラバラにやって来ていたが、誰も彼もが、たった一つの目標に向かって行こうとしているかに思われた。夜闇に紛れて歩いて行く人々の描く線は、開けば間隔のあく扇の骨のように、要《かなめ》にあたる部分へと束ねられてゆくのである。そして、それらが束ねられる地点こそが、ラ・フラスクエーラのいる廃屋であり、相変わらずそこのガラス窓はくっきりと闇に赤く浮かび、血塗られた窓越しに業火が燃えるのを見る気がした。ブラカッスーは仰天のあまり、「オイ、オイ、何ノ真似ダ！」と叫んでしまった。さらにその男たちは、予め示し合わせていたかのように、互いの姿を認め合おうとする様子もなかった。彼らは各々勝手に、真っ直ぐ前に進んで行っていた。言葉ひとつ交わしもせず、それと分かる合図ひとつするでもなく。辺り一面しんと静まり返る中、ブラカッスーの耳に届くのは、牧草のおかげで弱まった足音のみ。それと、歩いて行く人々が、まるで誰かの跡でもつけて行き、ぱっと飛びかかろうと身構えるかに、用心しつつ身体を屈めてゆっくり進んでいるくせ、喘がんばかりの荒い息づかいをしているのが、うかがい取れるだけのこと。「えっ、こりゃ、また、どういうこった！」と、ブラカッスーは何度も呟いた。闇に目が慣れてくると、どうやら左手にいる男が広場の床屋で、右手にいる男が町長のドン・ホセだろうと見当がついただけに、なおさら驚いてしまった。

近づいて行く男たち全員の体が、いきなり同時に揺れ動いた。あたかも帯状に撒いた火薬が、見る見るうちに各自の足元をかすめながら、辺り一帯に一斉に燃え広がってゆくかのように。つまりそれは、皆が首を伸ばしたり、顔を上げたり、腕を思い切り振り上げたりして、急にざわついたからだった。

全身これ雪かと見紛う白い肌と、豊かな金髪のラ・フラスクエーラが、赤い窓辺の二枚のガラス戸の間に、光り輝く姿を現したのだ。

男たちは入り乱れ、ぶつかったり押されたりしながら、駆け出して行った。彼らが翼を羽ばたかせるかのように黒い服を翻しながら、この光り輝く女の方へと四方八方から押し寄せる様は、灯火におびき寄せられ、惑わされ、焼かれて身悶えする、大きな蛾の狂おしい飛翔そのままの滑稽さがあった。

だが、ブラカッスーは一番先に駆け出していた。女は窓を閉めようとして、彼の姿が目に入ると、「おや、あんたじゃないか!」と声を掛けてきた。そして、扉が開けられるや、彼は家の中に飛び込んだ。

彼は目を奪われた。

最初に受けた印象は、種々の香が焚かれる絢爛豪華な雰囲気の中に、荒々しく踏み込んだといったもので、熱気と香りと色彩が満ち溢れていた。また、そこの光景からは、夢の如く美しい花々や、この世ならぬ珍しい鳥の羽に埋もれながら、炎の渦の只中に突如として身を置くような感覚を覚えさせられた。そして彼には、その真紅や黄金の装飾と、その芳香と、四方に光を放つその明かりが、半裸姿で笑っているラ・フラスクエーラの脱ぎかけの衣装のような気がしたほどだった。

暗がりから急に明るい所に出たため、しばらくは、はっきり見分けられなかったブラカッスーだったが、やがて、そこがどうなっているのかが、ずっと見やすくなってきた。彼がいるのは狭い部屋で、金属箔がきらめく深紅の金銀まがいの壁布が貼られていた。青やピンクや緑のサテンの切れ端があちこちの壁に掛けられ、絨緞の上にまで垂れ下がっていて、彩りを添えていた。だが、どういう理由からなのか見当がつかず、何の役に立つかもしかとは分からなかった。まるで布のパレットさながらの趣があった。あるいは、風変わりな花の咲き乱れる、人工の草原の一角とでも言うべきか。しかも、ぼろぼろな上、けばけばしい安物で、スパンコールまでついている。だが、火炎装飾の燭台代わりになっているクリスタルガラスの間に立てられた、何十本もの蠟燭が放つ強烈なきらめきが、絹の布地に玉虫色の艶を与え、金ぴかの飾りを輝かせた。ところで、当のラ・フラスクエーラといえば、取り乱し、ふらつく足取りで少し後ずさりしかけて、テーブルに転がっている化粧瓶の頸に手をついているところからして、多分、酔っていたのだろうが、すべり落ちる化粧着からのぞく、鹿毛色の髪の毛に包まれた白く豊満な肢体が、まばゆいばかりの美しさを際立たせていた。そんなラ・フラスクエーラと、とりどりの色彩や香り、熱気といったものが一体化し、真の奇跡たる彼女の美貌によって、空想の産物に過ぎないこの部屋の飾りに、いやが上でも豪奢と快楽という現実味を帯びさせていた。

彼女は真っ赤な口を開けて笑うと、こう言い放った。

「まあ、あんたって、なんて醜男なんだろう！　でもさ、フランス人って、面白いらしいね。どうだい、あたしを笑わせておくれでないかい」

悩ましげにしなだれて、獣が伸びをする時に見せる、少々けだるそうで優美な仕草で、この小男の首に両腕をかけた。

男の方は驚きあきれ、驚嘆のあまり恐ろしくなり、熱くて重い抱擁から身を引くと、やっとの思いで、「ま、ま、姐《ねえ》さんて、一体どういうお方なんで？」と丁寧な言い方で尋ねた。何故なら、その女があまりに美しいものだから、もはや「おまえ」呼ばわりする気がしなくなったからだ。

彼女は相変わらず笑ってはいたが、高飛車な、感情の高ぶった声で、こう叫ぶのだった。

「あたしが何者かってのかい？　男が欲しがりゃ、相手してやる女さ！　それ以上知って、どうしようっての？　あんた、あたしが欲しかったんだろ。だから、こうして、ここで待っててやってたじゃないか。なにかい、あたしじゃ、星みたいに輝きもしないし、大輪の花みたいに華やかじゃないってのかい？　けどさ、星は高くて手が届かないし、花は人に摘まれるのを待ってるだけだし。それにひきかえ、このあたしゃ、星の輝きと百合の肌を持ち合わせた上で、身を任そうってんだからね。星のまたたきと花の香りを、思い切り楽しんでおくれ。いったい、どうしたんだい？　意気地がないのかい？　夢中になって、クラクラしちゃうのが怖いんだね？　あゝ、そうだ、分かった、町の奴らがあんたに話したんだ。あいつら、こう言ったんだろ、『あれは化け物だから、気をつけろ』ってね。臆病者どもったら！　うぶな連中なんだから！　なんであの人たちが、あたしを忌み嫌うんだろう。あの人たちを愛してやるからからかい？　奥さんたちは泣いてるし、許嫁《いいなずけ》たちも嘆き悲しんでるって。でも、そんなこと、このあたしに関わりのあることかい？　夫婦の床の安らかな眠りや、子供じみた逢引の穢れなさを守ってやるのが、こっちの務めだってのかい？　あたしに与えられた運命が、他人の運命をめちゃくちゃにしてしまうんだ。その人たちの運命が無難にやり過ごそうとしても、あたしの運命が飛びかかっていくのさ。あたしが男たちの間を通り過ぎようものなら、皆は大きく目を見開いて、熱い眼差しを送って寄こすし、口元は締まらなくなっちゃうし、しわがれ声でクウクウ鳴く森鳩みたいに、喉まで鳴らそうってんだから。まあ、たぶん、あたしより綺麗な女なんて、誰ひとりいないからだろうね！　なにもそう難しい話じゃなくて、嵐の風が葦を揺り動かすと、穀物倉に火がついて火事になる、ってだけのことなんだ。あたしが災いの元だって言いたきゃ、それでいいのさ！　こっちが『もう、やだよ』と言ったばっかりに、何人もが絶望して死んじまった。じゃなくて、『もっと』って迫ろうものなら、すっかり参っちまうしさ。どうして一方の男たちがずっとあたしを愛し続けて、もう一方は愛せなくなっちまうんだろう？　とにかく、片方が馬鹿だったり、もう一方が無分別だったりしても、その責任がこっちにあるってわけじゃなし。それに、あたしの腕の中で生きられたのなら、たとえ死んで屍になったって、別に後悔することもあるまいよ。今日、ドン・テヨっていう、あの若者が埋葬されただろ。涙を流す女たちが、黒いヴェールの陰でつらそうに泣き崩れてる間、弔いの鐘が鳴らされて暗く悲しい嘆きの音を告げてたよ。そして、母という母が、皆して、あたしを呪ったんだ。自分の息子たちもまた、あの若者みたいに、あたしのせいで死ぬんじゃないかと思ってさ。きっと、そうだろうよ！　けど、死んで土色になっちまった、あの若者が生き返ってきて、言ってくれりゃあいいのに。墓での永遠の眠りを、華麗な夢で満たすに十分なだけの快楽と恍惚を、命と引き換えに与えてもらったんじゃないかって。そうさ、あの男たちは、それがはっきり分かってるんだ。口では『あの女が憎い！』なんて言ってるくせして、本心を偽ってる連中なんだから。葡萄の若枝は、口付けを嫌がったりはしないものだよ。だって、食べ尽くされる喜びに、キラキラ輝いてるだろ。たしかに、昼間はあたしを避けてるけど、顔をそむけながらも、もう一度あたしの顔が見たい、あたしをちょっとでも自分の目に焼き付けておきたい、なんて思ってるんだ。それから、暗くなると、つまり淫欲の悪魔どもが、魂のまわりをうろつく時刻になると、薄明かりの空に、そんな男たちのために明るく輝いてみせるのが、ラ・フラスクエーラなのさ。吹き過ぎる熱い風の中で、男たちが吸おうとするのも、ラ・フラスクエーラの匂いなのさ。そして、もしも男たちが我慢して、あたしを求めまいとしようものなら、あたしの髪の毛のおのののきが、夜通し、枕の熱っぽい温もりに包まれて、その男たちに伝わってって、皮膚の下をかけ巡っていくんだよ。けれど、我慢なんて出来っこないさ！　あんた、あの連中に出合っただろ！　出合ったよね！　夜闇に紛れてこっそりと、地を這って忍び寄りながら、やって来るんだから。あたしたちのすぐ傍まで来てるって、気付かないかい？　あの男たちは、欲望にあえぎながら円陣を作って取り囲み、近寄りながら輪を狭めてきてるのさ。あたしたちの周りに燃えてる炎は、多分、あの男たちの目から発したものだろうよ。あの人たちの熱気が壁を突き抜けてきて、その吐息があたしたちを包み込もうとしてるから。あんたの愛撫に飛び込んでって、身を任せようとするのも、男たちの情熱の力に押されてのことだよ。だから、あんたがあたしを抱けば、あの男たち全員の腕で抱いたってことになるんだ！」

こんな風に語る彼女の姿は、化け物じみて恐ろしくはあるが、しかも何と美しかったことか！　言われた方は、どう考えてよいものか、よく分からずにいた。というのも、下卑た放蕩をこっそりと隠蔽するのに慣れていたので、淫らなことをこんなにも堂々と率直に語られて、ばつが悪かったのだ。それにしても、自分は小物ゆえ、ここまで度外れではないにしても、いつか常軌を逸した、あっと驚くような何かと出会えるだろう、という気はしていた。けちな悪党に過ぎなかった彼は、本物の偉大さなど、むしずが走るほうだったし、たとえ悪においてでも同様だった。それに、今まで聞いたこともないような、大袈裟で荒っぽいくせ勿体ぶった言い方で、自分の気持ちを表すなどということに、あまり慣れてはいなかった。一体ぜんたい、どういう女なんだろう？　ただの娼婦であると同時に、熱狂的な文学かぶれの女なんだろうか？　この女は通りすがりの人間に、入って来るよう合図をしては、神託を告げる巫女みたいな振る舞いをする位だから。だが、恐らくそれはラ・フラスクエーラにあっては、一時的な発作にしか過ぎないものなのだろう。というのも、テーブルの上に、ほとんど空になった二本の瓶があるのが見えていたので、いつもこんな風に気持ちが高ぶっているとは到底思えなかった。結局、彼はすぐさま引き返す必要があると感じた。それも天国からではなく、地獄から地上へなのだが。そこで、これまで他の人間と出合った時に何度も口にしてきた、ごくありふれた何気ないひと言をかけることで、この不吉な呪縛を断ち切ろうと試みた。「フラスクエーラ、ひとつ、あんたの身の上話でも聞かせてくれねえか？」

女は驚いて、彼の方を見やった。

「へえ、あたしに、身の上話なんてものが、あるってのかい？　いや、もしあったとしても、あたしが覚えてるとでも思うかい？　あたしにゃ、行くあてなどない以上、どこにたどり着くかだって、知るわけないだろ。分かってるのは、今、自分が何してるかだけさ。今日、陶酔してりゃ、昨日、陶酔したことなんて、忘れっちまうものだよ。昔のことなんて、どうでもいいじゃないか！　あたしの人生に、過去を取り戻す必要なんぞ、ありゃしないさ」

ところが、そう言いながらも、彼女は追憶に耽る様子だった。そして、突然、また話し出すのだった。

「いいよ、やっぱり、あたしの身の上話、聞かせたげることにしようか。だって、あんたが知りたいって言うんだから！　これまで一度だって、思い出そうなんて気にならなかったんだけど、ま、やってみるよ。あんたが、今晩ふと、そんな気を起こさせてくれたから。自分自身がどんな人間なのか考えてみよう、自分のことを分かってみようってね。そうすりゃ、気晴らしになるかも知れないしさ。他人の話を読んだことがある以上、自分のことにも興味が湧かないわけはないだろ？　そんな本なんて、恐らく誰もわざわざ書いてくれはしないだろうけどさ。ま、とにかく、今から教えたげるよ。あたしだって、あんた同様、気になるからね。多分、びっくりするだろうよ。よけりゃあ、お聞き、こっちも、聞いたげるから」

彼女は絨緞の上に横たわり、身体を丸めると、どこまでが絹の部屋着で、どこまでが生身の肌なのか、区別がつかないほどだった。身じろぎもせず、半ば身体をこちらに向け、肘のあたりまでは袖布に隠れていたが、両の拳に顎をのせたので、顔から身体にいたるまで、すっぽりと豊かな鹿毛色の髪の毛に覆われてしまっていた。その姿は、あたかも古代神話にある、半身が犬で半身が女神の格好をした、金の壁龕《ニッチ》にうずくまる空想の怪獣のようだった。

まず彼女は、何か夢想らしきものに耽りかけたのか、ゆっくりと話し出すのだった。

「あたしにも、子供の頃があったのかって？　そうは思えないんだよ。なにせ、生まれたとたんから、はや女だったからね。遊んだこともないしさ。覚えてるのは、歌いながら踊る幼稚な輪舞《ロンド》や、細い輪っぱみたいなものをくるくる回す輪回しや、ラケットで打ち合うような羽根突きくらいなものかな。でも、そんな遊びや笑いに加わりそこねて、脇にのいてるだけだった。ほかのことを考えてる大人みたいにさ。けれど、それは何かを考えてのことじゃなくて、むしろ本能的にやったはずだよ。でもさ、今という時間にどっぷりひたってるせいで、昔の自分なのか今の自分なのかが、どうもはっきり区別出来なくなっちまった。あたしの人生は、ずっと同じように続いてきたって感じがしてさ。始まりなんて、まるでなかったみたいにだよ。ぼんやりとすら、出発したっていう記憶もないまま、着いちまってるんだから。あたしにとっちゃあ、思い出なんて、鏡の前を次々と通り過ぎるのと同じで、今の自分の姿でも眺めてるみたいに、あたしにゃ、見えてきちまうよ。

「あたしが見当違いをしてるってことは、確かだね。幼い娘だったはずなんだから。ちょっと待っとくれ、話しかけないで。遠い記憶の中まで、幼い自分を探しにいこうってのを、邪魔するんじゃないよ！　あっ、分かった。

「確かに小っちゃかったけど、か弱いところなんか微塵もなくって、ぽちゃっとしててさ、もう早やこんな唇をしてたし、物怖じもせず、相手になる人間のほうに真っ直ぐ向きあって、その目の中に何かを期待するみたいに、臆せず見つめたんだ。すると、皆はびっくりしてたけどね。時には、お客があたしを膝に抱きあげてから、あたしが慌てもせずに甘ったれて身をすり寄せるのを見て面白がり、まるで撫でられた雌猫みたいに、顔をのけぞらせ目を閉じてることがあったっけ。それから、その男ったら、あたしをぱっと押しのけて、母親の方を見やると、言葉を探そうとする様子だったけど。立ち上がって、気まずそうに挨拶すると、あたしにキスもせずに出てったよ。その時、七つか八つだったはずさ。

「あたしゃ、控えの間《ま》で聞いた言葉を繰り返し思い浮かべながら、部屋の隅っこでじっと身を潜めてたんだ。意味は分からなかったけど、その響きがあたしの耳に熱いリキュールみたいに入ってきて、うっとりさせてくれたのさ。それとか、壁にかかった絵をじっと見詰めすぎて、おしまいには目がかすんじまったことも、あったほどだよ。衣服もつけてない蒼ざめた殉教者たちの絵だったっけ。十字架上で両腕を広げてる若い男たちで、身体を前のめりにしてるんで、今にも血の気がうせた白い肌の腕を差しのべて、力の萎えた裸体を覆い隠そうとしてるみたいでさ。こうした姿をした人たちに、こっちの生気を送ってやると、生き生きとしてきて、あたしのほうに向き直るんだ。それらの像もまた、思わせぶりな言葉を口にするもんだから、頭がかっかと熱くなり、頬に焼けつくような痛みを感じたし、手までがじっとり汗ばんできて、体中がほてってきたよ。時によると、あたしゃ、生きてるみたいなその絵に届くように、椅子の上に飛び乗ったり、家具の上によじのぼったりして、裸の腕やきれいな顔に唇を押し当てたりしたのさ。あたしにキスを返してくれないなんて、ひどいじゃないかと思ってみたり、あたしが抱きしめようとしてるのに、カンバスが平らなばっかりに、折り曲げられないので、ひっかき傷をつけたりしたこともあったんだ。

「夜には夢も見たさ。けれど、本当に夢だったんだろうか？　いや、ぼんやりした幻影だったのに、手で触ることができたんだよ。はっきり誰って分からなかったけど、生きてる人たちと同じように、近寄ってきて、触れたり、愛撫したりしてくれた。あたしゃ、目を覚まして、何かに憑かれたみたいに、こめかみに汗をにじませ、歯を食いしばってた。それで唇に血がにじんでしまって。息が詰まりそうになるほど、両腕でぎゅっと抱きしめたもんだから、へとへとになっちまったさ！　可哀想に、この子、夢遊病なんだ、なんて言われたほどだった。

「うちはとても裕福で、バルセロナの海の近くの大邸宅に住んでたんだけど、父さんと母さんとが旅行か何かで出かけちまうと、あたしゃ、お守り役の女中と一緒に寝ることにしてたんだ。この娘《こ》には恋人がいて、夕方になると、その男をこっそりと自分の部屋に引き入れるんだよ。粗野な感じの若者で、髪は黒に近い褐色で、布の表に金の刺繍を入れた上着を着てた。多分、どこかの闘牛士だったんだろうね。ふたりは互いにあれこれ話をしたり、抱き合ったりしながら、夕食をとったりしてた。あたしが誰にも言わないでおくよう、自分たちと一緒に飲み食いさせてたんだよ。あたしゃ、覚えてるんだけど、この男って、自分の愛人がよそを向いてる時なんぞ、あたしの方をしょっちゅう盗み見してたさ。九歳になって背も伸びてきて、肉付きもずっとよくなってきてたしさ。そいつったら、小さいけど、ざらざらした毛の生えた手で、あたしの襟首を摑む時もあって、硬い毛が針の先で刺すみたいに、あたしの肌にちくちく刺さるんだよ。それから、こっちが苦しくなってたまらなくなるほど、ぎゅっと抱きしめるんだ。そこで、何か言ってたけど、何のことだか分かるものかい。まあ、きっとふざけた話だったんだろうね。だって大声で笑ってたからさ。女中のほうも、この男ほどじゃないけど、笑ってた。多分、妬《や》いてたんだろうね。なのに、男がますます強く抱きしめるものだから、痛くって、痛くって。あたしゃ、酒でかっときて血がのぼったように、目が熱くなった気がして、髪の毛が根元から燃えるみたいだった。激しい怒りがこみ上げてきて、この男に飛びかかり、喉に爪を立て掻きむしり、噛みついてやりたかったさ。でも、そいつのほうを伏目がちにちらちら見ながら、文句も言わなかったんだ。そして、あたしを完全に絞め殺してくれればいいのに、とまで思ったよ。そのうち、女中が立ち上がると、『遅くなっちまった！　さあ、おやすみ、フラスクエーラ、さっさと寝るんだよ』ってさ。男が音をたててキスしながら、女中の耳元に話しかけてる間に、あたしは着替えをしてたっけ。

「壁際で身体を丸めて、まだひんやりしてるシーツにくるまり、目を閉じてた。すると、その寝床がまるで氷の湿布みたいな気がしてきたよ。それくらい肌が熱くなってたんだ、ことに手の皮膚なんかがね。胸の上でぱっと開いた十本の指が、吸血鬼の爪のように食い込むしさ。だけど、熱っぽくって、かっとのぼせてきて、思わず飛び起きそうになるのを、ぐっと身体を締め付けてこらえ、身動きもせずにいたよ。そして、低いあえぎ声が喉からもれそうになっても、眠り込んでるように思わせたくて、なんとか静かに規則的に息をしてなきゃと思ってたんだ。あゝ、あの頃の夜、あの頃の夜ときたら！　あたしゃ、地獄にだって驚きゃしなかったろうね。だって、それを知ってしまったんだから。炭火の上にのせられて燃やされ続け、それでも燃え尽きることのない藁しべってのが、あたしだったのさ。目蓋はほてるし、唇は燃えるようだし、炎にあぶられたみたいに汗をかいて、今にも泣きわめいて飛び起きそうになってた。でも、じっと黙って、硬直症《カタレプシー》患者そのままに、両の拳を噛んでは、意思の力で身を硬くしてたんだ。真っ赤に焼けた鉄の寝巻きに、くるまってるのと同じにね。だけど一度だけ、叫んでしまったことがあった。『おや、どうしたんだ、嬢ちゃん！』と男は言うと、怯えてるあたしを抱きしめてくれたんだ。ところが、女がそいつの顔に飛びかかってってさ。ふたりはつかみ合いの喧嘩になっちまい、騒ぎを聞いて他の者が駆けつけて来る始末だった。おかげで、この事件が表沙汰になっちまって。両親が戻ってくると、その女中は叩き出され、こっちは修道院に入れられたってわけなんだ。

「あたしゃ、うつけ同然に、大きくて冷たい壁と、壁さながらに立ちふさがる厳格な修道女たちに囲まれて、長いことそこにいたんだ。皆があたしのことを、『馬鹿娘』って呼んでてね。絶えずものを考えてたんだけど、何にも考えてないふりしてただけだよ。唇には何ヶ月もの間、そっと口付けされたあとが、真っ赤に燃える石炭のように残ってて、貪るように味わいながら、他の男が消そうにも消せないうちは、大事にしてたんだもの。あたしゃ、それが何なのか、とっくに理解してたし、分かってたのことさ！　それからというもの、見るもの、聞くもの、教わるものが、得られた知識の幅を広げたり、はっきりさせたりするのに、ひたすら役立ったし、激しい本能をかき立てることにもつながったしね！薪の山にくべられるものは、みんな炎に変わっちまうんだし、地獄に堕ちるものは、みんな責め苦のもとになっちまうんだと。あたしゃ、夢中になって読んだり、学んだりしたよ。勉強の中身なんて、どうだって構やしなかったし、どんな本でも満足だった。だって、知りたいって欲望がどんどん膨らんでくもんだから、その強烈さに幻覚を覚えるくらいで、ひどく興奮しながら、我を忘れてしまい、気になって仕方がない罪の秘密を見つけられないようなページなんて、ひとつもなかったしね。聖人たちの伝説さえもが、愛の夢の国みたいに、あたしを酔わせたほどだった。おかげで、祈りを捧げる修行者たちをたぶらかす、乱れ髪の裸の誘惑者に、自分がなっちまった気がしたくらいなんだ。なのにその一方で、あたしゃ、廊下を通り中庭の列柱廊のアーチの下を、森から狩り出された獣みたいに彷徨《さまよ》いながら、歩いてってたね。ひとを驚かせるような身振りを交えたり、わけの分からない言葉を口にしたり、しながらなんだけど。それも時によると、何かに憑かれて発作を起こした時に口にするみたいな、歌や詩を即興で歌いながらなんだよ！　皆から『馬鹿娘』って呼ばれてたあたしが、『頭のおかしい娘《こ》』って呼ばれるようになったさ。いちどなんか、礼拝所でひとりきりになったことがあって、熱い眼差しで祭壇を見上げてたら、『いったい何を見てるの？』って、修道女があたしに尋ねるんだ。『あの男の人です！』って、神様の方を指しながら答えてやった。そうは言っても、不信心じゃなかったけど、少なくとも、まだその時はね。なにせ、宗教上のお務めは果たしてたからね。断食もしてたし、告解もしてたさ。自分の欲望を言い表しても許されるってので、何だかよく分からない甘美さを味わいながらの告白だったけど。ある日なんか、あたしに問いただそうとした若い司祭に向かって、『あたし、恋しちゃったわ！』と言ったこともあったよ。――ぎょっとした司祭が、『えっ、誰にですか？』って聞き返すもんだから、『あんたによ！』って叫んじまったんだ。

「あたしたち、駆け落ちしたんだ。どうやってかって？　もう覚えてやしないさ。しっかり袖の下を渡した、回転受付口の修道女たちに扉を開けてもらってから、壁を乗り越えてったね。修道女たちときたら、『あれ、まあ、どうしよう！』なんて言いながら、追いかけることもできずに、悔しがってるだけなんだから。男前の司祭はためらってたし、後悔もし、地獄を恐れてたけど、そんな司祭を引っ張ってったのは、十四歳の小娘のこのあたしのほうだった。野原を横切って駆けてったよ、青々とした木陰づたいにね。彼がへたばってくると、感情の高ぶってるあたしだから、男の方に抱きつくんだ。職工が酒をひと飲みすると、また仕事を始めるように、彼はあたしの髪の匂いを嗅ぐと、元気を取り戻したよ。道の途中に一軒の旅籠があってね、『ふた部屋ですか？』って聞かれたさ。あいつの着てた僧服のせいなんだ。無粋な奴らだこと！　ひと部屋にしたよ、こっちだって、ちゃんと服くらい着てるんだからね！　あいつったら、騒ぎになるのを恐れて、目まで真っ赤になったほどさ。ふたりきりになったはいいけど、煮え切らないまんま、時が流れたよ。カーテンを閉めとかなきゃと気にしてみたり、扉に錠がかかってたかと確かめてみたりして、こっちを向こうともしやしないんだ。あたしのほうは待ってたってのに。じゃあ、どうして、あたしについて来たんだろう？　ええい、もう、こんな聖職服《スータン》なんか！　って、男の首を抱き寄せ、顔をあたしの胸に押しつけて、剃髪に嚙み付いてやったよ。教会が印をつけたとこに、あたしの印をつけたんだ。けれど彼はびくびくしてて、決心がつかずに、逃げ腰だった。きっと、こんなひとにゃ、奈落に落ちてくのにも、ゆっくりした下り坂が必要だったんだろうね。なのに、あたしゃ、切り立った淵みたいだったからさ。こっちが彼を怖がらせたんで、あたしを持て余しちまったってわけだ。なにしろ、逃げなきゃいけなかったので、夜明け前に、雌ラバたちが窓の下で小さな鈴の音を響かせたんだ。あたしゃ、口もきかずに服を着たさ。なんて馬鹿な奴！って思いながら。ラバ引きのひとりで、鞍に乗るのを手伝ってくれた男が、口元をほころばせて笑いかけながら、あたしをぎゅっと抱きしめるんだ。その男は若くて、見てくれもいいし、たくましかった。例の女中部屋で、あたしのうなじを締め付けた、闘牛士に似てたしね。まるで傷口からまた血が出るみたいに、昔の口付けの味が、口元によみがえってきたっけ。あたしが自分の乗ってるラバを駆歩《ギャロップ》で走らせると、そのラバ引きがついて来たんだ。あたしの気持ちが分かってたんだね。さすが一人前の男だ！　あたしが振り向いて、宿屋の前にいる司祭のほうを見てみると、鐙に足をかけようと片足を上げたものの、びっくり仰天して、もの問いたげな様子だった。それから、顔を両手で隠しながら、歩いて修道院の方へ立ち去っちまった、恐らく劫罰を受けずに済んで、やれやれってとこだったんだろ。

「それから、苔の上に寝たのさ。天から降り注ぐ黄金の雨の中で、虫たちが群がってたり、お日様に燃え立つ葉っぱが、白熱したエメラルドみたいに見えたっけ。再び起き上がると、意気揚々ってとこだった！

「今じゃ、あらゆる記憶が、ごっちゃになっちまって。いろんな匂いが入り混じってると、頭がボーっとしてしまうように、どれもこれもが曖昧で、混乱してくるのさ。

「多分、次から次へと恋を重ね、明けても暮れても、行きずりの出会いに快楽を求め続け、男前の物乞いといっしょに、行く先々で施しを求めたり、若い旅人たちがやって来て飲んだり笑ったりする、旅籠で働いたりしながらだった。そして、多分おしまいには、夕方になると木の陰に隠れて、男を待ち受けるようになったんだろうね？　そいつったら、街道の溝に身を潜めて、カモになりそうな旅人たちを狙ってたけど。牢獄のことも覚えてるよ。修道院の大きな壁そっくりの古い壁と、それに、ある牢番のこともさ。そいつに惚れちまってね！　自由になった自分が、金ぴかの広々としたサロンにいる姿が、目に浮かんでくるよ。そこじゃ、花がしおれちまって、ふんだんにあしらわれた派手な色合いの壁布に囲まれて、噴き上げの水の細かな水滴がきらめいてたし、一風変わった教会の中にでもいるみたいに、焚かれた香がぼうっと煙ってるんだ。女たちがガス灯の黄色く燃え上がる明かりに照らされて、白粉や紅で厚化粧して、胸元の大きく開いたモスリンの衣をまとって、ずらっと寝そべってるかと思うと、スカートを長くひきずって、絹の柔肌の膝枕も悪くはないよと言わんばかりに、誘いかけたりもしてた。男たちがやって来ると、女たちはけだるそうに笑いかけるのさ。あたしときたら、ほかの女よりずっと綺麗だったし、皆より多く肌を見せ、その分、香水もふんだんに振りかけてたね。客の前に出されるだけでなく、自分から引き受けたりもし、あえて選り好みもしなかったよ。だって、自分の欲望以外のものなんて、何にもなかったんだから、淫売宿をかえてゆきながら、これも天命かと満足しながら、自分の素質を花開かせていったってわけなんだ。ところが、どこかの男があたしを連れ出しちまって。つまりさ、ひとりの軽業師が、ある晩、たんまり金を持ってやって来てたからだよ。薄布のスカートがひらひら舞う中で、あたしゃ、カスタネットを鳴らして、綱渡りをやってみたんだ。大勢の人たちの目にさらされて、興奮しながら。皆が見てるところで、獣の檻に入ってって、それからライオンの背に寝そべって、あたしの白い腕の肉をそのたてがみにもぐらせたり、その口を両手でしっかり摑んで口付けをしたり、あたしの髪の毛でくるんでやったりもしたさ、ライオンの毛と同じ赤茶色の毛でね！　男たちは思わず身を乗り出して、熱い眼差しをむけながら、無意識で濡れた唇をこっちにつき出すと、じっとあたしを見詰めるんだ。そこで、あたしゃ、猛獣がいきりたってぐるぐる回るところから抜け出して、動悸を打ってる胸の上に髪の毛が乱れかかる姿で立ち上がると、獣に口を寄せてこられたり、噛まれたりしそうになりながらも、微笑んでみせたさ！

「不思議なことに、お金に恵まれたことがあってね。引き出しにしまっといた紅白粉の壺を、朝に取り出そうとすると、そこに金貨を入れといてくれた人がいたのさ。あちこちの宴会にも顔を出したけど、シャンデリアに照らされて、大広間で音楽が演奏されてる合間に、着飾った大勢の賓客がそろって跪くところが、大きな鏡に映るって具合で、あたしは大成功をおさめてたんだから。小型四輪馬車《カレーシュ》のサテンのシートに身を横たえ、夢見心地で、執事の鈴と羽飾りが揺すられる中、街を駆け抜けたりもしたんだよ。あたしの愛人になったのは、何かの大臣だったと思うけど。だって、その人のつけてる勲章の徽章で、頰をひっかいたくらいだから。それからというもの、自分が美人だっていうことの威力を思い知って、いっ時、自慢してもいいんだって思ったこともあったよ。あたしのことを理解する勇気もないくせ、堂々と褒め称えるような詩人たちもいたけどさ、あの卑怯な奴らったら！　おまけに、このあたしまでが、栄光ある詩の中で自分のことを歌ったりもしたんだよ。イタリアの名だたる遊び人たちが、発情期の素晴らしさを称えたようなものや、宗教画家たちが性的特徴をやたらと目だたせて、想像力をかきたてたような類のものだったけど。おかげで、その本屋は監獄送りになっちまって。それでも相変わらず、自分の輝くばかりの美貌をひとりじめにせず、どんなしがない人たちにも、気前よく与えてやったさ。お日さま同様に、皆のものなんだからね。だからさ、自分のいた御殿から出てって、悪所に楽園を見出しちまった！　あたしゃ、マドリッドで、ラ・プリマ・スパダに惚れ込んじまった。何故って、剣の最初の一刺しで、鍔元まで雄牛の皮を、ぶすりと刺し通しちゃったんだから。それは札付きの男で、徒刑場にいたんだけど、脱獄してきてたんだ。酔ったら、あたしをぶつんだよ。でもさ、怒るとますます美男に見えてくるんで、やっぱり酒を注いでやってたね。その男がマドリッドから離れるところだったんで、『連れてってくれ』って言ったんだ。あたしたちふたりは、仲間と一緒に旅立ったけど、みんなその男と同じで、若くて力があって、素敵な美男の荒くれ男たちだった。あたしゃ、紅一点で、街から街へとさすらいの旅さ。それに曲馬団じゃ、最前列にいる花形で、あえぎながら、身を傾けると、仲間の上着の金ぴか飾りに日の光が当たって、きらきら光るんで、目を射られるようだった。この闘牛士の男たちは、女好きでね、あたしゃ、男たちの情熱の的にもなれば、いさかいの元にもなってた。そのうちのひとりが、あたしのために、別の男の頭を後から、たったの一撃で、ぶっ殺しちまったことがあったんだ、まるで牛でもやっつけるみたいにだよ。そして、あたしときたら、罵倒されたり、ぶたれたり、熱愛されたりしながら、夕方になりゃ、しこたま酒をひっかけ酔っ払って、あちこちの旅籠で相手をかえて寝てたんだ！　ある朝、あたしを連れ込んだ男が、部屋からあたしを道端に引っ張り出すと、髪の毛をつかんで、溝に投げ込んじまったことがあった。

「起き上がってみたら、胸元や頬は小石で擦り傷がついてるし、唇も苦かったし。おそらく緑の葉っぱが、口に入っちまったんだろう。でも、その時にゃ、もう、左手にあった宿はしんと静まり返ってたさ。きっと闘牛士たちが旅立ったんだ。たぶん、あたしが死んだと思ってだろ。あいつらがどの街道から逃げたなんて、どうでもよかったけど、気を失ってるあたしを、こんな石ころと草木の床に、ひとり置き去りにしていくなんて、ひどいじゃないかって思ったたね。

「黒くてびくともしそうにない長方形の大きな壁が、右手にそそり立ち、そのむこうには、赤や青みがかったものや灰色の勾配屋根が、じっと動かないくせ、ぶつかりそうなほどひしめき合ってて、そこから鐘の鳴る鐘楼の尖塔が、あちこち、空に向かってのびてたんだ。

「はっと思い出したさ、そこがパンプローナだってことを。それで、そっちの方に行ってみることにしたんだ。

「あたしゃ、破れちまった肌着のボロを、手でしっかり握りしめてた。そこから上着の飾り紐が路上に垂れてたけど、それは揉み合ってた間に、バチスト織の麻布の肌着にひっかかったからだった。ひんやりした朝の空気があたしをつつんで、露を伝わせ肌を潤してくれたよ。でも、すぐ乾いちまったけど。あたしゃ、先へと進んでった。そんな風に丸見えになるのが、恥ずかしくなかったかって？　いや、いや、どうして、さんさんと降りそそぐ日の光を浴びて、裸でいることに満足してたさ、百合みたいにね！

「最初に出くわした通りで、小さな民家が両側に建ってる、畑の中の一本道みたいなものの曲がり角で、一階に窓がひとつ開いてる家があったんだ。ひとりの男がシャツ姿のままで、朝の空気を吸おうとして、肘をついてた。その男の後ろに、覆いをかけて端を垂らした小さな寝台の枕が目に入ったんだ。男は驚いて、ぎょっとしたかのような顔で、あたしのほうを見ると、『おや、どこへ行くんだね？』って聞くんだ。『あんたの家へだよ！』って答えてやったさ。その後で、ドン・テヨっていう男だって分かったけど。

「パンプローナだろうが、別の町だろうが、どうでもよかったのさ。海の生き物はどこの海だろうと、名前なんて気にしないだろ。波さえありゃあ、十分なんだから。どこの町だろうと、人が大勢いるところなら、それでよかったのさ。

「あたしゃ、このあばら屋を買ったんだ。なに、死んだあのドン・テヨが、母親に貰ったレアール銀貨の音のする貯金箱を、壊しちまったってことさ。そこで、壁に真紅なぼろ切れをかけたんだ。だって、あたしって、赤い色を面白がる、気の荒い若い雌牛みたいなものだから。

「町中仰天の大騒ぎさ。まずはひそひそ話が交わされて、振り向いて見られるんだ。若者たちは耳元で言葉を交わし合ってる間も、あたしのほうを指差したりしてね。それから、こっちがまともに見返してやると、そ知らぬ顔をしながらも、さっきのことはなしだぜって態度を示してくる。やっぱり気になるくせに、怖いんだよ。あたしゃ、赤い口を開けて笑いながら近寄ってくんだ、『で、どうだっての?』と言わんばかりに。いち度なんか、ずうずうしくも大勢の人のいる前で、ドン・テヨの口にキスしてやったっけ。『どうだい!』って具合にね。誰より物怖じしない連中が、無茶をしようとするもんだから、あたしゃ、近寄るまいとしたんだけど。それでも、遠くからつきまとわれてね。長い吐息があたしの髪の毛にまで、届いてくる気がしたくらいだった。あたしの服がゆらゆら揺れて、裾を引きずってくもんだから、それがまるで淫欲へと滑り落ちていく、ゆるい下り坂のような役目を果たしたのさ。夕方になると、あたしの家の扉が、明かりの灯された窓と窓の間で、半開きのままになってるのが、道行く人たちには見えるんだ。そうなると、金髪のあたしが扉のすき間の奥にうずくまって、金の巣を張る妖しい蜘蛛さながらに、様子をうかがい待ちうけてるものと思い、このすき間が、そこの住人あげての不安の種になっちまった。そこにあたしが潜んでるのが分かるだけに、遠くから操って虜にしてやろうっていう、こっちの魂胆に、あきれ返って目まいがしたろう。そして、誰もが避けようとしながらも、かすかに開いた扉のところに、心そそられ惹きつけられる気がしたのさ。なにしろ、四方八方からそこへと、欲望と激しい恐怖心が向けられてきたんだから。そうなると、町は一層しんとしてきて、ますますうら寂れた所になり、ひと気が絶えたみたいになっちまった。皆が家に帰ってしまったり、閉じこもったり、姿を消してしまったりするもんだから。まるで町中が、森にでもなったかと思ったほどだよ。蛇が茂みの陰で口を開けてるんで、鳥たちがじっと身をひそめて、鳴き声ひとつあげない森にね。

「そこへ、ひとりの男が飛び込んできたんだ！　こっちは、とっくに、そいつの意図が読めてたさ。男は、次の日の帰りがけに、夏の昼の暑い最中だってのに、震えてるんだよ。外の空気が冷たくて、太陽も凍てついてるみたいに感じたんだろ。それからってものは、町中の人間が、あたしの思うままだ。そうさ、片っぱしから蝿が、金色の巣に引っかかってくるんだもの。あの男たちときたら、うれしくってたまらずに、自分の心臓や血や命だって、こっちに差し出す始末さ。あたしゃ、あたしで、誰より貧しい男たちを富ませるために、誰より金持ちの男たちを破産させてやったよ。とめどなく征服し尽くすあたしのことだ、大勢の男たちの魂も感覚も抜き去って、自分の物にしてしまったんだ。威圧するほど激しい接吻を浴びせて、あいつらを打ち負かし、息の根をとめてやったさ。逆らおうたって、こっちは女王様なんだし、姿は見えなくったって、ちゃんとそこに、いるんだから。商売人なら金貨を数えてりゃ、淡い黄色味を帯びたあたしの赤毛の髪の色を見た気になるだろうし、職人なら万力のあごに挟まれた鉄がたわむ時にゃ、あたしの腕のことを思い浮かべるだろうしね。それに、決して曇ることのないあたしの瞳が、朝の澄みきった青空の色をたたえながら、初心《うぶ》な若者たちに微笑みかけるのさ！　なるほど、皆はあたしを嫌ってるけど、好きでたまらないからこそ、その分、あたしを蔑もうとするんだ。忌々しいだろうが、あたしの勝ちなんだよ！　でもさ、あいつら、何の権利があって、あたしを憎むんだろう。あたしが、快楽のもとだからってのかい？　あいつらがうっとりしちまうのが、けしからんなんて、勝手なことを言うじゃないか？　あゝ、たしかに奥さんたちは嘆き悲しんでるし、娘たちだって同じだけどさ。じゃ、それなら、こっちは笑ってやるよ、欲望を満たされた獣の白い歯をむき出しにしてね！　あたしにゃ、笑う力が与えられてるんだ。あの女たちに、涙を流す弱さが与えられてるのと同じことだろ。あたしのどこに、罪があるってんだろう？　ラ・フラスクエーラが身を売るのは、他の女たちが拒むのと同じことで、他人にゃ分かりっこない、ある意志があってのことなんだ。それというのも、情熱の炎があたしの中にあって、焼き尽くそうとするからさ。このあたし自身だって、己の身が焼かれてるなんて、分かっちゃもらえまいね？　あたしゃ、火事で燃えてる家みたいなもんだから、町中に火が燃え移るのさ。それにしても、火をつけたのは誰なんだい？どんな生き物も、自分で選んだわけじゃないのに、己の定めに従うものなんだ。虎は嚙むし、鳥は嘴でつつくだろう。木の小枝でさえずる小鳥が、獣の咆え声を咎めたりするだろうか？　言っとくけど、あたしゃ、あるがままの自分でいる女なのさ！　そして、もしも、あたしが人を怯えさせるんだとしても、それは自分に危険なところがあるせいじゃなくて、あんたたちに卑怯なところがあるからなんだよ。あゝ、しょっちゅう思ったことだけど、いっそ別の国で、別の時代に生きてりゃ、よかったんじゃないかって。だって、やれ羞恥心がどうだの、やれ服がどうだのって、あんたたちは言うけどさ、そんな上っ面だけのごまかしなんて、真っ平なんだから。恋して裸でいるっていう、崇高な義務があるんだからね！　ヴィーナスは海から現れ出た時にゃ、群衆の中に飛び込んでっても構わなかったんだよ。だからさ、今の時代じゃ恥知らずって言われてる、このあたしだって、その頃にいたなら、神殿におさまってたろうね。そこじゃ、誰もが目を伏せたりなんかせず跪くんだ、人間と神さまたち全員の女として、神聖なる淫乱の魔窟のヴィーナスに！」

ラ・フラスクエーラはあえぎつつ、唇や小鼻や頬を紅潮させながら、口をつぐんだ。そして立ち上がって、飾り布を怒ったように払いのけながら、支えになるものでも探すみたいな曖昧な仕草を交えつつ、ブラカッスーの方へとよろめきながら向かって来た。そんな彼女の姿から、恥ずべき己の行為にすら、誇らしげに酔いしれている様がしのばれた。

何時間かが過ぎていった。蠟燭の炎も色褪せてきて、とりどりの布の褥《しとね》の上に広がる獅子のたてがみにも似た、ラ・フラスクエーラのふさふさとした髪の毛と、身を丸めた大柄なその裸体を、曙光が赤く染めるのだった。食欲を満たされた雌ライオンが眠る如く、女は大きな寝息をたてて眠り込んでいた。

日が差してきたからか、それとも物音がしたからか、彼女は目を覚ました。それから、うっすら目をあけかけ、あくびをしながら伸びをし、身体にかかる髪を手櫛でかき上げると、ふさふさと波打つ毛が指の間からすべり落ちてゆくのだった。

ブラカッスーは、もはや自分の傍にはいなかった。彼女はぼんやりと部屋中を見渡すと、その男が窓の傍にいて、服を着直し、背を丸め、イスパニア錠にひっかけてあるスカートにそって、片方の手を上下に動かしているのが目に入った。

「おいでったら！」と、彼女は眠くて、まだけだるそうな、少々くぐもった声で言った。

「あんたの服に、ブラシをかけてやってるんだ。埃まみれだぞ。手入れしてないな」

「えっ、なんだって？」

「この俺が、きちんとしてやったぜ。見てみなよ。ここをすっかり片付けたんだ。家具がないからな、肘掛け椅子みたいなものを、クッションで作っといたぞ。窓ガラスだって、どうだ、綺麗だろう？　上からふっと息をかけて、よく乾いた布で拭くんだけど、スペイン・タオルがありゃあ、もっと手早く出来るさ。それに、いいか、今度は寝入る前に、蠟燭を吹き消しとかなきゃあ、いけねえぜ。蠟受けの皿が裂けちまって、絨緞に蠟のしみがついてたからな。剝がすのにも、やけに手間取ったぜ」

「えっ、何だって？」と、彼女が聞き返した。

「ひどく手間取ったんだ。まあ、話は手短に、要領よくいこうぜ。籠はあるかい？」

「籠だって？」

「そうさ」

「分からないけど、あるだろうさ。でも、どうしてだい？」

「市場へ行くためさ。家で食べたりしないのか？」

「いや、するともさ。ここへやって来る男たちが、酒や狩の獲物や果物を持って来てくれるけど」

「まともな食事じゃねえな。食堂で出す、いい加減なまずい飯ってとこだ。胃に良くねえぜ。熱い灰の上でコトコト自分で煮込んだ、ささやかだけど美味しい食事ってのは、飛び切りうめえからな。指まで舐めたくなるぜ！　籠はどこだい？」

「もひとつの部屋に、あるんじゃないかい」

男は買い物籠を手に出かけて行って、戻って来た。彼女は裸で、髪も結い上げずに座ったままで、彼にこう聞くのだった。

「まさか、あんた、あたしの召使ってわけ？」

「迷惑かい？」

「べつに、どっちだって、好きにすりゃいいさ。おかしなひとだね」

「そいじゃ、あんたの召使ってことだ。今朝、外へ出てゆく用事はあるかい？」

「ないよ」

「髪を結ってやろうか」

「あんた、髪が結えるのかい？」

「ま、いずれ分かるさ、いずれな。買出しをしといてやるよ。金がないってかい？　構やしないさ。入用なものを、前払いにしといてやろう。支払額を書き留めるための、ちょっとした帳面でも作っとくよ。現金が出来たなら、勘定書きを渡してやるからな。なあに、そうそう煩わせたりゃあ、すめえさ！」

　そう言うなり、彼は入り口の方へと立ち去った。素早い動きで、忙しそうに、あれこれ細かくチェックしつつ、時間を無駄にすまいと働く家政婦といった様子で。

「ところで」と、去りがけに彼が声をかけた。「やっぱり、どうしても、外へ出かけなきゃってことになったら、もひとつの部屋の床の上に、半長靴《ボティーヌ》があるからな。つま先に靴墨を塗っといたし、取れてた三つのボタンも付け直してやったぜ」

　抜け目のない悪党のブラカッスーのこと、彼なりの考えがあったのだ。確かにラ・フラスクエーラは、始めのうちは常軌を逸した荒っぽい物言いで、その後は別の事でも、彼を困惑させせた。「おい、おい、このあまときたら、何て奴なんでぇ！　こんな女にゃ、今まで一度だって、会ったためしがねえや！」と。しかもこの女が、女神にも等しい美女なのが困りものだった。だが、怖気づいていたにもかかわらず、彼はおしまいには、こう見て取ったのだ。つまり、ラ・フラスクエーラは絶世の美貌と激しい情熱を備え、桁外れに怪物じみていて、貧弱な体格の彼には心安らかな相手とはゆかなくとも、他の男たちをころりと参らせ夢中にさせてしまえる素質のある人間なのだろう、と。尋常ならざる強力な長所のあることを見抜いた彼は、それを使わぬ手はなかった。そうくれれば、幾通りもの組み合わせが出てこようもの。蒸気は蓋されたボイラーを壊しはするが、上手に使われれば、列車を引っ張りもしよう。ブラカッスーは、己の幸運の歯車をこの蒸気が回してくれるかも知れぬ、と考えたのだ。見かけは投げやりなラ・フラスクエーラだが、自分が手綱を取ってさばいてやれば、大胆かつ熱情あふれる女ゆえ、身を任すかと思えば拒んだりもしながら、あちこちの社交界を股にかけ、臆することなく世渡りしてゆくだろう、とふんでいた。だから、彼女をその気にさせてやろう、とも。とにかく、男にものにされようが、求められようが、相手の魂や心や肉体をも燃え上がらせることだろう！　度重なる火事の焼け跡に立っても、このブラカッスーならば、冷静な目を失わずにいようから、ささやかな蓄えを貯めこむ手段を、しかと見出すに至るだろう。老後はその蓄えで、田舎の川のほとりで釣りなどしながら、つつましく暮らしていくのだ。彼はそんな目論みを思い描きながら、トマトや甘口ピーマンを買い込んで、こんがり焼いた子牛の薄切り肉の周囲でさっと油炒めしてやれば、美味しい煮込みが出来上がるだろう、などと考えた。何ぶんにも、こうした自家製料理に目のない彼であったのだ。

一週間後に、ふたりはパンプローナを後にした。男は女を連れ歩き、女はされるがままになっていた。彼女にとっては、ここにいようが、よそにいようが、大したことではなかったのだ。おまけに、彼女が言うことを聞くようになってきていた。何故なら、いかにも彼が、意のままになってやっている風を装っていたからである。何くれとなく世話を焼いてやるおかげで、彼が愛想のいい人間のように見えたのだ。とはいえ、女の方は彼のことを、常々、かなり変わった人間だと思っていた。それはまさに、己の檻の中でパグみたいな子犬を飼うのが習い性の獅子、といったところだった。変わっていようが、役に立てばよいのだ。彼女は女たちにかしずかれるのを、好ましいと思ったことは一度もなかった。

男が家具の配置をしたり、自分が起きがけに部屋履きをつっかけようとする間、絨緞の掃除をしたりしてくれるのは、嫌ではなかった。それから、部屋着を持って来てもらい、綺麗な髪だと褒められながら、梳いてもらったりするのも。何故なら、ブラカッスーが召使同然に世話を焼くやり方には、女性に対する慇懃さを伴っていたからだ。彼はどうしても欠かせない存在になった。彼がそこにいないと、女は入用なものが見つけられないばかりに、万事お手上げになってしまい、その挙句、ある日、こんなことまで口にしてしまったほどだ。「本当に、ブラカッスーがいてくれなきゃ、何をどうしていいんだか！」と。しかも、彼は全く邪魔にならない男で、夜など切りのいいところで引き下がってくれるか、別の時にしてくれる。街から街へと移り住みながら、浮名を流しつつ、至る所で愛し愛される身の彼女は、これまで同様、己は自由なのだと思っていられた。だが実際には、奴隷になっていた。彼は甲斐甲斐しく世話を焼き、笑顔を見せながらも、彼女の周りを用心深く執拗にうろつき回り、徐々にその包囲の輪を縮めていったので、おしまいには完全に、しかもそうとは気付かぬまま、女は囚われの身となってしまった。それは、通常、欲望が与える陶酔感の高まりに曇らされ、明晰さを失った精神であり、煙にかすむ微光といったところだろう。そして、たまに激しい情熱の高揚をみるおりには、やたらと饒舌になって、自分を必要以上に立派に見せようとしたがるのだ。が、そうなると、ひどく激しやすく、極めて露骨な態度をとり、しかも手玉に取られぬよう見極めてかかり、術策から免れたいとの考えだけに心を奪われてしまったりする。それでもやはり、身体が温もると伸びをして動きが鈍る大きな野獣のように、たちまち元通りの怠惰な自分に戻ってゆくのである。感覚は相変わらず興奮したままなのに、心は惰眠を貪るといった具合に。したがって彼女は、あっさり騙されてしまうわけだ。男の方は、彼女をしかと捕まえたと確信したとたん、自らの勝利を憚ることなく表に出すようになった。まるで夜闇に紛れて、どこか秘密の出口から要塞に忍び込んで来た敵が、不意に姿を現し、軍旗を立てるようなものなのだ。愛想よく笑いかけ、媚びへつらってきていた彼が、今や言うことを聞けと言わんばかりの、厳しい目つきをするようになった。お世辞たらたら、ちやほやと拝み倒していた彼が、高圧的な口調で命令するのである。彼女に向かって言うのは、「してよい」か「するな」かであって、いずれにするかは、女のために彼が決めていった。「あいつは、やめときな。どうしてかって？　だって、貧乏だからさ」といった調子で。往々にして訳を言わないことも多かった。「そうしろ」、とだけで済ませてしまう。そこで彼女は、指示された男の方を選ぶことになる。惚れ惚れするほど美しく、迫力ある彼女が、こんな小男に屈服させられて、あっちへ行ったりこっちへ来たり、こっちはするけど、あっちはしないといった具合に、耳元をつままれる象同然の有様となった。逆らおうものなら、ぶたれてしまう。彼より力の強い彼女のこと、その気になれば、片手で首を絞めるとか、拳骨を脇腹に一発食らわせる、といった程度のことは出来たろうが。なのに、彼女はなおざりにしてしまい、堅い小枝の束をまともに背中で受け止めてしまった。そこなら苦痛も少ないので、屈服したまま、もはや身動きもせず、相手の重みに押さえ込まれたかのように、なすがままに大人くしていた。男の方は時として、女の腰を血まみれにした後で、急に上機嫌になり、「カワイコちゃん」などと呼んだりして、その蝮のような小さな唇で、作り笑いをしてみせる。すると、これでもう、女は大いに満足するのだった。

しかしながら、事はブラカッスーの思い通りには進まなかった。彼は蒸気を制御し使ってみせたものの、いまだ金運の歯車はひどくゆっくりとしか回らないでいた。スペイン北部のビルバオやトロザ、ブルゴスなどの小都市で見つかるのは、せいぜい資産もない若い学生たちか、けちな商人たちか、借金持ちの金利生活者たちといったところだった。放縦で豊かな大都市で華々しく売り出すには、資金不足だった。ところが、幸運な偶然に恵まれたのだ。ある晩、ブラカッスーが常より手荒くラ・フラスクエーラをぶつと、彼女は鋭い悲鳴をあげて、その声が長く尾を引き響き渡った。「オイ、オイ! お前の声は歌に向いてるぞ!」と言い出し、彼女が泣いているにもかかわらず、歌わせてみるのだった。実際、素晴らしい声で、アルトの深い声音から、最も高い音域のソプラノの激しく狂おしい響きにまで、音程をあげてゆくことが出来たのである。ブラカッスーは、「これで俺様も、いずれ左団扇《うちわ》さ!」と、うそぶいた。

彼は女をフランスのトゥールーズに連れて行った。そこでは、例の「バティルスの舞踏会」のスキャンダルなど、とうの昔に忘れ去られているはずだった。何故なら、何年もの年月が過ぎ去っていたからである。ラ・フラスクエーラは言われるがままに、教師についてみたり、高等音楽学校での授業を受けてみたりしたが、最初はそんな勉強が退屈でしょうがなかった。だが、音楽の魔物が、彼女を心の底から捕らえてしまった。快感をそそる旋律《メロディー》の心地よさときたら、生身の男の両腕に抱きしめられているかと思うほどで、諧調《ハーモニー》の快い波に身を任せていると、恍惚となってしまうのだ。彼女は熱い淫欲の褥に身を投げ出すように、音楽の世界にのめり込んでいった。そして、女性ならではの情熱をみなぎらせた歌い手となった彼女は、狂おしいばかりに芸術に身を任す娼婦と化した。ブラカッスーが揉み手しながら喜んで言うには、「こりゃ、どえれぇことになるぞ！」と。そうは言っても、ふたりは、いったい何で生活していたのだろう？　こうした音楽の訓練を受けるための出費を、いかにして捻出していたのだろう？　コロンヌへの道の途中にある、田舎の小さな一軒家に、彼が賭博場を開いていた。そこへは学生たちがやって来て、賭けをしては勝ったり負けたりするのだった。そこから幾ばくかの上がりはあったものの、他には何の利益も生まなかった。なにしろ、今やブラカッスーは、ラ・フラスクエーラの行動を、厳格なまでに念を入れて見張っていたからだ。どんな母親でも、これ以上に厳しくはなかろう、と思えるほどだった。「そうとも、お前の声のためなんだぜ、ヤレヤレ！」ついに、彼女がもう学ぶことなど何もなくなってしまい、ひとりの偉大な歌手になったのが確かだと分かると、彼は女を表に出した。それも突然のことだった！　彼の言うように、彼女を〈解き放った〉のである。彼女はキャピトル広場の劇場で歌うようになり、それも彼が女のために考え出してやったグロリアーナという芸名で、喝采を浴び、賛美され、大いに人気を博した。それからイタリアに旅立って、今度は、イタリア風でロマンティックな響きが耳に心地よいからと、彼が押し付けたグロリアーニという名前で出て、ボローニャやヴェネチアやフィレンツェでブームを呼んだ。それからというもの、ふたりは首都から首都へ、トリノからベルリンへ、ウィーンからマドリッドへと、旅を重ねた。彼女は我を忘れ、毎夜、男たちの燃えるような眼差しに気持ちを高ぶらせ、身も心も委ねて、男たちに我が物とされたり、男たちを我が物としたりするのだった。彼の方は満足しつつも、金に困っていたわけではないのに、抜け目なく冷静さを失わずに、監督たちや取り持ち女たちと交渉したりしていた。そして、相変わらず召使にして主人であり、髪を結ってやったり殴ったりしていた。それも、すでに有名になっているグロリアーニが、ヴェルディの『ラ・トラヴィアータ』で、イタリア座にデビューする日が遂に来るまでのこと。肉付きが良いうえ、色白で、ふさふさとした赤毛の彼女が、海緑色のサテンとチュールの二枚重ねのドレスをまとった途端に、気高く見えてきたのである。なにしろ、女王様がその衣装を、前々日に、ポンペイ風の屋敷での舞踏会で召されていたからである。

VI

終幕での彼女の姿には、どう見てもおかしなところがあった。役にうまく合っていないのだ。なにしろ、当人はピンピンしているのに、呻きながら死んでゆくのだし、しかもマズルカポルカの節にのって、とくるのだから。歌う度に持ち上がる彼女のふくらんだ胸が、はっきりと結核であることを打ち消しており、その懊悩のため息は甘いささやきとなり、苦痛の叫びは愛のあえぎと化していた。幾人かの観客が、あやうく彼女を野次るところだった。が、その後は、全員が熱狂的な喝采を送った。ただし、扇の羽飾りの影で、唇をかみしめる幾人かの婦人客を除いての話だが。彼女は理解の早い聴衆を前にしていたのだ。確かにこの哀愁をたたえた役は、彼女のはまり役というわけではなかった。彼女にかかると、この屍衣もはち切れてしまい、破れ目から生気が露出してしまったのだ。確かに娼婦ではあっても、瀕死の女ではなかった。彼女をあるがままに受け止めるべきだったのだ。まさしく、受けとめ方の問題なのだ。その証拠に、彼女は自らを差し出していたのだから。そのことから、成功のありようも特異な様相を呈していた。つまり、客たちがその歌い手に拍手を送るというよりは、女を抱きすくめようとして、両手を伸ばしていたからである。

抱きしめたいとの衝動が、おしまいには拍手の音に変わってしまっただけのこと。女王と似ていることもまた、興奮を呼び覚ました原因となった。似ているといっても、多分、どことなくといった程度のものだったはずが、第一幕の衣装でそうとはっきり分からせたからだ。大胆不敵にも、あの衣装にするとは！　それでもまあ、単なる「ご愛嬌」なのだから、構わぬではないか。そもそも、独唱曲《カバティーナ》を歌われる女王様のお姿を、毎日拝めるわけでもないだろうし。それどころか、陛下のタイツ姿まで拝見したかったのに、グロリアーナがお小姓姿で演じてくれなかったのは、残念至極と思われた。ひとりならずの観客が、たとえそれが似姿に過ぎないにしても、権威に弱いが故に判断力を鈍らされて、何時間かは、ひょっとして、それが女国王かも知れないとの錯覚を起こしそうになった。とどのつまり、十二回のカーテンコールがあった。見事なほど大きな花束まで贈られたが、それはゾイノフ夫人からのものだった。それから、下りた緞帳の陰で、グロリアーナがはあはあと息をきらし、汗びっしょりになりながら、香りの匂い立つ花びらに埋もれて顔を冷やしていると、劇場の定期会員たちに取り囲まれているのに気付いた。彼らは特権として舞台に上がって来ていたのだった。老いも若きも、ほぼ全員が勲章をつけていて、きちんとした完璧な身なりで、黒の夜会服に、胸元の広く開いたチョッキを着用していた。社交界の人々の出入りするこの種の舞台裏では、こうした服装が慣例となっていたうえ、ちょうどオペラ座では舞踏会が催されていたからでもある。彼女は次々と人々が押しかけて来て、挨拶攻めにされていると感じ、そっとお世辞までささやかれ、すっかり気をよくしたが、時おりそれをかき消すような熱狂的な感嘆の声も上るのだった。幾人かの音楽愛好家などは、薄笑いを浮かべつつ覗き込むようにして、ぎりぎりまで寄ってきて、彼女のほとんど顎の下あたりで、音もたてずに拍手するので、小刻みに手を打つ度に、しょっちゅう片方の手が彼女の胸の肌に触れるのだった。思い切り息を吸うとふくらむ雪のように白く熱い胸をのぞかせ、見事なまでに美しく一段と大きく見える彼女は、うっとりとした表情で鼻孔をふるわせ、赤く美しい口元をほころばせて、声も立てずに嫣然《えんぜん》と微笑むのであった。おしまいに、彼女は不意に切り上げると、男たちの服の袖に揉まれて、むき出しの腕を引っ張られながらも、衣擦れの音をたてつつその場を立ち去り、舞台裏のひんやりした空気が肩に当たるのを心地よく感じた。自分の楽屋に勢いよく飛び込んでいって、姿見のほうに走り寄ると、わなわなと慄きながら、鏡に映る真っ赤な己の唇に口付けしてみせた、すると鏡がぼんやりと曇った。

「あれっ！　あなた、こんなところに、おいでだったんだ」と、彼女が言った。

「そうですよ」と答える劇場支配人は、グロリアーナの背後の小円卓の傍に腰を掛けていた。彼が左手で押さえている一枚のひろげた紙には、文字が印刷された行と手書きの行が並んでいるのが見え、右手はインクをつけたばかりのペンをもてあそんでいた。

マルセイユなまりで喋るイタリア人のテノール歌手らは、この興行主のことを、どうしても「イル・シニョール・ショードゥリエーロ」と呼びたがったが、本当はショーデュリエ氏という名前の小柄な高齢の人物で、そり額のうえ、ビー玉のようなまん丸な目をしていて、鼻はつんと尖っていた。それに唇はひどく薄く、くすんだ赤ら顔で、顎には刈り込んだ硬い灰色の髭をはやしていた。か細くひ弱そうで、ぴょんと飛び跳ねるような身のこなし方から、壊れた自動人形を思わせるところがあった。おまけに自分の考えを話すおりにも、急に思いついたように、早口で、手短に、一瞬衝撃が走ったかのように二言三言ですませるのが常なので、まるで身振りをした勢いで、言葉もぽんと飛び出してくるかのようだった。誰もが即座にその目から読み取れるのは、馬鹿げた下らぬ考えであり、その鼻からは悪知恵がよく回りそうなところだった。実際に、愚か者であったが、それと同時に、単純そうに見えて食えない人間でもあった。あれこれ巧妙に小手先の策を練ったあげく、金銭的損失を出すこともあった。ずる賢くて陰険で、必要とあらばペテンもいとわぬこの男は、正直者と同様にへまなところがあった。他人を破産させるつもりが、自らが破産してしまうからである。挫折に挫折を重ね、今やどうしようもない貧窮の淵へと転落してしまった。妻へ新年の贈り物代わりに、かつての華やかな小道具の最後の名残である、芝居用の素晴らしい短刀を差し出しながら、こんなせりふを吐くことが出来たのも、彼ならではのことだった。「なあ、お前、これは九十万フランもした代物なんだぞ！」と。だが、この期に及んでも、完全に破産したわけではなかった。すでに負債はあったものの、いまだ破産には至っておらず、そのずる賢い抜け目のなさがフルに発揮され、避けがたい破局を、一月、一日、一時間と先延ばしにしてきたのだ。たとえ自分の家の金庫にたまたま金がうなっていようが、彼ほど巧みに借金の支払いに応じずに、済ませる者もいなかった。

債務者としては、天賦の才に恵まれていたことになる。彼はいかにも物腰柔らかく相手に取り入って、哀れっぽくよそおい、肩にそっと触れたりしながら、戸口まで相手を送り出してしまう術を心得ていた。とはいっても、ショーデュリエ氏が災難に見舞われることもあった。何人かのイタリア人の芸人が容赦なく債権を振りかざしたりするからだ。ある日、ひとりのプリマドンナが、彼のことを「醜い猿め」と呼んで、傘でめった打ちにしたことがあった。彼は自制心のある人間だったので、殴られるのは結構だが、支払いなどまっぴらご免と決め込み、あたかも自分の誠意の証人になれかしとばかり、間の抜けた眼差しで、天を見上げるにとどめておいた。無論、ふん、と無視してのこと。

彼はグロリアーナに向かって、こんなことを口にした。

「おめでとう。本当におめでとう。なかなかの才能だな。声も見事だし。情熱がこもってた。もしよければ、あなたと契約を結ぼう。証書がここにあるから、署名するだけでいい。あなたには破格の条件を出そう。まあ、三ヶ月で、三万六千フランってとこで、どうだろう。ラ・トレベッリには、これほど出してはいないのだから。これじゃあ、破産だよ！」と、溜息をつくかのような、上目遣いの悲しげな眼差しで言葉を続けた。「ま、仕方ないか。人間、そうそう変われるものじゃないから。なにしろ、わたしは一個の芸術家であって、単なる支配人ではないのだから。なのに誰も、私の言ってることを、正当に評価してくれないのだ。やれやれ、三万六千フランか！　ま、とにかく、署名しようじゃないか」

「えゝ、いいですわ」と、答える彼女。

彼女は契約のことなど、関心を示したためしが、ほとんどなかった。通常、そうした事柄を判断するのは、ブラカッスーの方だった。やってみようにも、その術すらなかったろうから、彼女はこうしたことに、かなり不安を抱いていたのだ！　だが、ともかく三万六千フランなら、まずは十分に違いない。彼女が立ち上がると、ショーデュリエ氏は小さな赤鼻の先をぴくつかせまいと、無駄な努力をしながらペンを差し出した。

そこへ、ブラカッスーが入ってきた。

彼はすっ飛んで行って、ペンを摑むや、支配人の顔めがけて投げつけた。

ショーデュリエ氏の唇の上に小さな黒い染みがついて、小間使い役の付けぼくろそっくりに見えた。もっとも、彼はいささかも動ずることなく、おめでたそうなその大きな眼をまん丸にするだけだった。

「糞ッ！」と、ブラカッスーは叫んだ。「何とか間に合ったぜ！」

「あのう……」

「老いぼれの食わせ者めが！」

「おや、まあ」

「俺のいねえのをいいことに、グロリアーナを丸め込もうってのか」

「そんな！」と、興行主はまたしても呻き声を上げ、いかにも感情のこもった眼差しで天井を見上げるのだった！

「とんでもねえ契約に、署名させようとしやがって」

「でも、月一万二千フランも出そうというのですぞ！」

「くそ爺め！　見損なうんじゃねえ」

「奮発して、一万五千でどうですかな」

「けち親父めが！」

「一万六千！」

「汚ねえ野郎だ！」

「一万八千！」

「この悪党が！」

「私を破産させようって気かね！　それじゃあ……」

「うだうだ言うんじゃねえ！」

「じゃあ……」

「とっとと消え失せろ！」と、ブラカッスーは男の肩をつかんで怒鳴った。

そして、その男を廊下に突き出した。

グロリアーナは涼しい顔で化粧台の前に座っていたが、そこには青いパーケリン地で裏打ちされた、モスリンの覆いがかかっていた。そして、コールドクリームをつけたタオルの端で、すでに汗で剝げかけていた白粉を落としていた。

「ところで、今晩は、どうしたってのさ？」と、彼女はちょっと振り向いて尋ねた。

彼は女の顎をつかむと、鏡に映してみせた。

「いってぇ、この顔を何だと思ってんだ？」と、彼は言った。

「もちろん、あたしの顔じゃないか」

「いいや、女王様の顔だぞ」

「えっ！」と叫ぶ彼女。

「それに、第一幕で着た例の衣装のこたぁ、どうなんでぇ？」

「おや、だって、偶然そこにあった衣装じゃないのさ」

「いいや、違う。女王様のドレスなんだぜ」

彼女はびっくりして、男の方を見た。

「おまけに俺が、月に一万二千フランか、一万五千、いやいや一万六千か、一万八千フランくれぇで、ひとりの女を引き渡すと思われてんだ。なにせ、その女と瓜二つのお方が、王冠を被り玉座におさまっておいでのことだし、金のブレード飾りのお仕着せを着た召使に託して、王国の官報に出てた衣装までも、その女に送りつけて来るくれぇだろ。絶対あんな話に乗るんじゃねえ！」

男は足取りも浮き浮きと、行ったり来たりするのだった。尾長猿のマカックみたいに唇をもぐもぐさせ、目をぎらつかせながら。

「今夜、おめえが歌ってる最中に、あれこれ考えてみたんだが。訳の分からねぇことだけど、それでも思い当たる節もあらあ。誰かが、おめえに、あの衣装を着せてみようとしたんだぜ、――服を脱がせて裸にするためだろうさ。うへー！　スカートを脱ぐ王様の愛人ってのは、高く売れるぜ！　つまり、何やら途方もねぇことが、起こりそうだって言ってるんだ。どういうことになるんだか、はっきりは分からねぇんだが。だがな、嗅ぎとれるんだ、俺たちのまわりに、策謀だの欲得だのといったものの臭いをな。俺たちが必要とされてるんだ。そこにゃあ、色恋沙汰もありゃあ、政治がらみのこともあるに違えねぇ。慎重に構えとけ、ブラカッスー！　いいな、へまするんじゃねぇぞ。おめえ、ひと山当ててみせるんだ。ほうれ、おいでなすった！　扉を叩くなぁ、幸運の女神だと、賭けてもいいぞ！」と言いかけて、はたと口をつぐんだ。

その言葉の通り、誰かが楽屋の扉を叩いたからだ。軽く、控え目に、一度ノックしたきりだった。

「お入りなすって！」と、ブラカッスーは答えた。

フレドロ＝シェミル大公が姿をみせた。いささか尊大で、ほとんどよそよそしい位だが、鼻眼鏡から深靴まで一分の隙もないいでたちで、いかにもお愛想からといった風に、下々の者を相手にする際のこつを心得ている、あの勿体ぶった態度を示した。

「グロリアーナ・グロリアーニ夫人は？」と、見事たくみに会釈しながら、問うのだった。

ブラカッスーはこう答えた。

「手前でござんすが」

「おやまあ、冗談では」

「大真面目でござんすよ。グロリアーニ夫人に御用のおありの節にゃ、あっしに話を通していただくことに、なっておりやすんで。ま、当人に確かめてごらんなすって」

グロリアーナが、その通りだと頷いてみせた。

「ところで、お顔を存じ上げておりやせんで」と、ブラカッスーは話し続けた。「ここへおいでになったなぁ、もちろん何か御用あってのことでござんしょね」

こんな挨拶に、フレドロ公は困惑した。麗しのプリマドンナと、白粉の匂いがぷんぷんする楽屋で、当たり障りのない粋な話のやりとりが出来るものと期待していたからだった。それに、如才なく駆け引きに富んでいる上、脈絡も取り留めもないくせ、創意工夫の感じられる会話を好んでいたことにもよる。つまり、あれこれ細かい点に話が及んだ後で、やっと核心に触れるところにもってゆく類の会話なのだ。だから、ふたりの間に割り込んでくる、ぶしつけで、ほとんど粗野と言ってもよい、こんな小男が彼には迷惑であり、うろたえさせもしたのだ。だが、時間を無駄にしている余裕など大公にはなかったので、そっけなくこう答えた。

「さよう、用事があってのことだが」

「承知いたしやした。グロリアーナ、席をはずしてくれ」

彼女はおとなしく立ち上がった。

ブラカッスーは毛裏付きのコートを取ると、彼女の肩に掛けてやり、耳元でこんな風につぶやいた。

「こいつぁ、面白れぇことに、なってきたぜ。出演者控え室へ行って、俺を待ってろ。まだ人が大勢いるだろうが、油断するなよ。おめぇは、あんまり好かれてねぇからな。もちろん、分かってろうが、おめぇは成功したんぜ。さっき控え室を通っていったら、ひでぇことを言ってたぞ！　あのでぶ女のペルサーノにゃ、特に用心しな。あいつの口元にゃ、濃い産毛が生えてるからな、それで性格が悪いんだ。もしもあいつが衣装のことを言い出したら、とぼけときゃいい。あゝ、それからテノールで褐色の髪のシニョールにも会うだろうさ。あいつぁ、出番がねぇけど、今夜はおめぇのデビューだったんで、興味津々でやって来たのさ。顎鬚をひねりながら、水から出た鱒みてぇな目付きで、おめぇを見るだろうよ。その手口で、世渡りもうめぇからな。あいつのこたぁ、お見通しさ。なにせ俺が靴磨きだったころ、奴はレストランのボーイをやってたんだ。シニョールと一緒は駄目だぞ！　俺より抜け目のねえ奴だ。もし、あいつにのぼせたりした日にゃ、叩きのめしてくれるぞ。さあ、とっとと行っちめぇ」

彼女が離れて行こうとしたので、大公は引き止めたそうにして、一歩前に踏み出した。だが、彼女はブラカッスーの方を仕草で示すと、羽織ったコートを翻し、そのまま何も言わずに出て行った。いやはや、こんな手合いの女王様には、こんな猿が総理大臣として控えているのか。そこで公は、この不愉快な話し合いを受け入れざるを得なかった。

ふたりきりになるや否や、仕切屋のブラカッスーは、この訪問客にさっと椅子をすすめ、自分自身も腰を下ろし、そしてやや前かがみになると、両手を膝にのせて、抜け目なさそうな鼻面を突き出し、好奇心をぎらつかせた小さな目をしばたたいた。

「さて」と、彼は切り出した。「手前はグロリアーナの化粧係を仰せつかっておりやして、友人でもござんす。それも、たったひとりの友人なもんで。恐れ入りやすが、お相手させていただくなぁ、いってぇ、どこのどなた様でござんしょう?」

才気煥発なはずの大公だったが、愚かな人間と同様に、下らぬことにやたらと見栄を張りたがるところがあった。名前を名乗ったまではよいが、そのぞんざいな言い方はあまりにわざとらしく、鼻眼鏡をはずしたり、またつけ直したりしては、こんなことまで言い添えた。自分はテューリンゲン王フリードリヒ二世の友人であるのだ、と。それにしても、事を急ごうというのでない限り、これは到底趣味のいいことではなかったが。

ブラカッスーは、しめたと思った。にもかかわらず、すでに漠たる期待に自尊心をくすぐられつつも、この王様の友人とやらが、人を見下した物言いをするので、むっときてしまった。思わず、「そいじゃ、おかかえの理髪師ででも、おありなんで?」と、尋ねてしまいそうになった。だが、何か思いもかけない、素晴らしいことが起こりそうな気がしてきて、ぐっとこらえ、仕返しの意図を込めて、こう聞き返すだけに留めておいた。

「で、何かお役に立てることでも、ござんして?」、と。

大公はますます気に食わなかった。どう考えても、ブラカッスーのように、ずばり質問してくる者が相手とあっては、己が秀でた鋭敏な人間であることを知らしめようにも、ことは容易ではなかった。おまけに、こんな取るに足らぬ人物など驚嘆させてみたところで、どうということもあるまいと思われた。取りうる唯一の方策は、召使に語りかける貴人といった口調で喋ることだった。そうすれば、見てくれも一層よくなるだろうし、対話する双方の置かれた状況とも一致することだろう、と。そこで、彼は手短にこう告げた、まるで命令する立場の人間ででもあるかの如く。

「では、我々は明日にも、ノンネブルクへむけて発とう」

何を持ちかけられるかと思っていたブラカッスーのこと、まったく驚くはずもなかった。

「発ちやしょう」と、受けて立った。「ノンネブルクへでござんすね、テューリンゲンの？」

「テューリンゲンのだ」

「我々とおっしゃいましたね？」

「ラ・グロリアーニと私だが」

「それと、このあっしめも？」

「グロリアーナ夫人が、よいと言うならだが」

「そう言うに決まってますぜ。ですが、いったい何をしに、わざわざノンネブルクまで行こうってんで？」

「私が演劇監督官に任命されることになっていて、『フロワールとブランシュフロール』を上演するつもりなのだ」

「ハンス・ハマーのですかい？」

「いかにも」

「とんだオペラを！　メロディーもない、ただの叙唱《レチタチーヴォ》だけってところで。いつも大太鼓と金管楽器じゃ、まるで市そのまんまでござんすね」

「音楽の話はよそう！　ラ・グロリアーニは、ブランシュフロールの役でデビューするのだ」

「じゃ、単発契約ということで？」

「ま、そんなことだ」

「冗談ジャネェ！」と、罵るブラカッスー。

彼は立ち上がり、ひどく嫌な顔をしてみせた。どんな夢だか分からぬが、その夢の高みから、つまらぬ現実に立ち戻ってしまったのだ。単発契約だと？　たったそれだけか？　しかも、外国だと？　田舎といってもいい所じゃないか。声をつぶしそうな、熱狂的な音楽を歌うためにだと？　なに、とんでもない。おまけに、複数契約を結ぼうって気もないとくる！　ただの演劇監督に過ぎない、こんなお偉方なんぞ、お引取りいただくか、他人の邪魔にならぬよう願いたいものだ、と。

フレドロ公は、自分の方から立ち上がりながら、こう続けた。

「条件については、そちらに任せよう。よし、これで話は決まった。グランド・ホテルに泊まっているのだね？　明朝、ラ・グロリアーニを迎えに行くから。九時四十分の急行で発つことにしよう」

「とんでもねえ！」と、ブラカッスーは言った。

「えっ、断るというのかね？」

「きっぱりと」

大公はかろうじて、当てが外れたという顔を見せずにすんだ。

「私からグロリアーニに話してみよう」

「駄目だと言ってるんで。これ以上は御免こうむりますぜ」

「じゃあ、それが最終回答だというのかね？」

「『御機嫌よう』ってくらいは、言い足してもよござんすが」

「ならば結構！　ブラカッスー君」と、大公は肩をすくめながら言った。

彼は扉の方へ近寄ってゆき、じゃあ失敬と、手で挨拶するのがやっとだった。だが、出て行きかけたかと思いきや、はたと立ち止まると、にやりとしながらこう言い添えたので、鼻眼鏡がずり落ちかけた。

「そうか君は、モナ・カリスの噂を、耳にしたことがないのだね？」

「モナ・カリスでござんすか？」と、受けて返したブラカッスーの目が、ぎらりと光った。

確か、その女の噂を聞いたような気がするぞ！　あの天才的な人物の伝説を知らない者など、何処にいようか？　セビリアのジプシー女の娘か、それともモンテロッソの女乞食の娘なのか、あるいはカルカッタのヒンズー教の舞姫の娘なのか。出身は定かでないまま、最初は下女から売春婦に、やがて踊り子になり、歌手にもなって、守銭奴ぶりは娼婦顔負け、物怖じせぬところは若い男並み、魅了し虜にする力は仙女さながら。ヨーロッパを股にかけては、大金持ちたちを破産させたり、憲兵たちに恥をかかせたり、かと思えば詩人たちを夢中にさせたりもする。それも足を跳ね上げ、スパンコールをちりばめたスカートを高くひるがえしては、目を眩ませたり、金色のカスタネットの音を響かせたりしてのこと。後には、ルイ十五世の命で密偵を働いた女装の騎士、デオンがポンパドゥール夫人に変身したかのように、王妃さながらの扱いを受けるまでになった。甘いソネットを朗誦しながらこの女の前に跪く、さる国王のおかげであった。それでもなおバレリーナのままであり続け、玉座の周りを半裸でカチュチャを踊ったり、閣議の机の上で素っ裸になってファンダンゴを踊ったりする始末だった。それから、憎まれたり熱愛されたりしながら、勝ちをおさめ、己の色恋沙汰に政治を巻き込み、有無を言わせず騒乱を押さえ込み、扇子で軽く叩いただけで、イエズス会派の修道士たちを、お払い箱にしてしまったというわけだ！

それにしても、もはや語る人もない今は亡きモナ・カリスの名を、どうして口になどしたのだろうか？　アッ、ソウカ！　ブラカッスーは、はたと思い当たった。それはかの有名な踊り子の愛人だった、テューリンゲンの現国王の祖父にあたる、フリードリヒ一世のことだった。新たなフリードリヒ王には、新たなモナ・カリスを与えようとの魂胆で、そこでグロリアーナ・グロリアーニに白羽の矢が立ったというわけか。ナンダ！　うってつけだったんだな。そうだ、その通りだ！　契約だと？　それは口実で、未来の寵姫がノンネブルクへやって来る理由付けが必要だからだ。あゝ、この一件は、なかなか巧妙に進められているな。ブラカッスーはざっと思いを巡らすだけで、今後どうなるかが、すぐさま見て取れた。つまりは豪華四輪馬車や、宮殿とか、宮廷人に、祝宴だの、といったものが次々浮かび、その宴に、王の愛人たるグロリアーナが、堂々と連なるってことになるんだろう！　自分自身はどうなるかだが……それは、まあ、王室の金庫には、金がうなっていようから。

彼は大公のほうに駆け寄り、有頂天になって叫んだ。

「はっきり、おっしゃって下さらねぇと」

「察しはついていたはずだがね」なにしろ、駆け引き上手な外交官のこと、完全にこの男に手の内を明かすのは、どうにも気が進まなかったので、素っ気なくこう答えておいた。

ブラカッスーは、なおも食い下がった。

「じゃ、王様はグロリアーナのことを、ご存知なんで？」

「ご覧になったことは、一度もないが」

「なにっ、そいじゃ、どうなるか、やってみなきゃあ、分からねえってことですかい。かなり無謀な企てでござんすね。やれやれ、こっちも何と迂闊なことで！　似てるからって言われてもねぇ！　呆れたお方だ。例の衣装を送って寄こして、効果のほどを確かめようとされたなぁ、まさしく旦那でござんしょう？」

「例の衣装だと？」と、大公は心底、驚いたように、鸚鵡返しに言った。

「呆れたお方だって、申し上げてるんで。でも、ま、旦那とこのあっしめがふたりして、しっかり話をつけ、世間をあっと言わせるようなことを、やってのけようって気になりやしたが」

「ブラカッスー君！」

「いや、ま、ま、お気を悪くなさらんで！」と、この小男は声を潜め、目配せしながら話し続けるのだった。「今じゃ、お互い、結構似たもの同士じゃござんせんか、殿下と化粧係のこのあっしめは。ふたりがするこたぁ、一部のお方にゃ、感心できねえことだって映るかも知れませんぜ。それも殿下のお立場上、あっしめよりゃ、はるかにそうでござんしょう。いや、まあ！　おっしゃるにゃあ、及びませんぜ、ふたりはグルでござんすからね！」

「とにかく、応じるということだね？」こんな馬鹿げた無駄話をさっさと切り上げようとして、大公はぶっきらぼうに返した。

「さようで！」

「発つのだね？」

「ノンネブルクへ、明日の朝、九時四十分の急行で！」

そして、ブラカッスーは扉を開け、廊下で大声で呼んだ。

「グロリアーナ！　どこにいる？　戻ってきていいぞ、グロリアーナ」

何の返事もなかった。大道具や小道具で足の踏み場もない通路には、誰もおらず、向こうの右手にある、出演者控え室の戸口がわずかに開いていて、壁の漆喰が明かりで白く見える中、そこだけ大きく暗い空隙をつくっていた。

「おい、おい、グロリアーナ？」

ひとりの劇場のボーイが通りかかった。ガス灯をひとつひとつ消していくところだったのだ。それぞれの明かりには黒いクレープの覆いのようなものがついていて、壁際にさっと引かれた。

「おや、まだおいででしたか、ブラカッスーさん」と、そのボーイは声を掛けた。「早く出て行って下さい、明かりを消しますよ」

「グロリアーナは、どこなんでぇ？」

「出て行かれたところですよ」

「えっ、何だと？」

「だから、出て行かれたところだって、申し上げてるじゃありませんか」

「なにっ、シニョールと一緒にか？」

「いいえ、黒人とです」

ブラカッスーは冗談だと思って、気を取り直した。だが、ボーイはかくかくしかじかと、事の次第を説明してみせた。「ついさっき、私は控え室にいて、ランプを運び出そうとして、皆さんが出てゆかれるのを待っていました。ラ・グロリアーニさんはその一角で、まさしくシニョールと談笑しておいででした。そこには、ラ・ペルサーノさんや、ラ・トレベッツリさんの御主人はじめ、八人か十人ほどの方がおいででしたから、ブラカッスーさんがお聞きになりたければ、聞いてみて下さい。門番の女が、グロリアーナ夫人にと、ボンボンの袋と手紙を携えた小さな黒人を連れて入って来ました。黒人の子供の可愛らしい妖精が、夢幻劇のセリから出てきたかと思ったほどでした。背丈はうんと低くて、真っ黒い肌に、色とりどりの絹の服を着ていて、リボンやひらひら飾りをつけたところなど極楽鳥みたいで、どうやら使い走りのボーイらしかったです。ラ・グロリアーニさんはプラリネを齧ると、もう一個をシニョールの口に入れたりしていましたが、手紙を読むなり、笑い出してしまわれ、もう笑われるのなんのって！　あんまり大笑いされたので、胸元が胴着からはみ出してしまい、シニョールの口髭に当たったほどで、それをラ・ペルサーノさんが『はしたない』と言われたりして。あげくに、グロリアーナ夫人が、『えゝ、えゝ、いいわ、なかなか面白そうじゃない』などと言われ、そして、別れの挨拶もせずに、噴き出し笑いをされたまま、その黒人と立ち去ってしまわれたのです。皆さんは、呆気にとられたままでした。ほどなく、一台の馬車が走り去って行く音が聞こえました」

ブラカッスーは、怒りのあまり顔を皺くちゃにして、歯軋りした。

「こんな風な邪魔が入ったとはいえ、まあ、大したことはあるまい」と、大公は歩み寄りながら告げるのだった。

「とんでもねぇ、旦那！」と、この仕切り屋の男が叫んだ。「グロリアーナのことを、ご存知ねぇからで！　もしあいつが一時間も、あっしめのところから逃げ出したとありゃあ、逃げっ放しになっちまいますぜ！　なにせ、首に紐つけ自由に出来るような雌犬じゃござんせん、雌狼なんでさぁ」

「いやはや、何たること！」

「すぐさま、あいつを探さなくっちゃならねぇ！　さあ、こっちですぜ」

彼は大公を連れ出した。ふたりは守衛室の前を通りかかって、手掛かりを得ようとしてみた。ほとんど何も教えてはもらえなかったが、確かに一台の馬車が劇場の戸口のところで待機していたという。見事な馬にひかれ、ブレードで飾り立てたお仕着せ姿の御者のいる自家用四輪型箱馬車だったとのことである。だが一体、誰がその馬車に乗っていたというのだろう？　誰にも分からなかったし、顔は見えなかったのだ。ただし、女管理人の幼い娘が言うには、「踏み台にのると、馬車の奥に誰かがいるのが見えたよ。若い男の人みたいだったけど」、と。その後、グロリアーナが階段から降りてきて、その馬車に飛び乗るや、たちまち馬車は発進し、車輪の音を響かせながら、それに輪をかけたような賑やかな笑い声の主たちを運び去ったとのこと。

「ラ・グロリアーニは、多分、ホテルに戻ったんだろう」大公はあっさりとそう言ってのけた。

「さあて。ま、ともかく、この目で確かめてみなけりゃね」

辻馬車が一台、通りかかった。彼らはそれに乗り込んだ。「グランド・ホテルまで行ってくれ。思い切り飛ばすんだ、礼はたんまりはずむからな」大通りでは、ドミノ姿や仮面をつけた人々を一杯乗せた馬車で込み合っていたため、馬は並足で進まざるを得なかった。

マンジャンと呼ばれている羽飾りつき兜をかぶる大道芸人兼歯医者とか、牛乳配達をはじめ、フランス衛兵やスペイン人、ナポリの漁師などに扮した人たちを、ひかないようにしながらのことだった。彼らは小糠雨の降る中、車輪と車輪の間の泥濘と汚水溜りの上を、あっちとみれば、こっちへと、ひょいひょい飛び越えていったが、彼らのはいている長靴下かタイツに泥水がかかってしまい、顔に黒い染みをつけたりする始末だった。

頭にきたブラカッスーに命じられ、辻馬車は迂回して、ようやくのことでグランド・ホテルにたどり着き、中庭に入って行った。旅行者かと思って、ボーイたちが駆け寄ってきたが、グロリアーニ夫人はお戻りになっていませんと断言した。しかし、ブラカッスーは一瞬、どうしたものかと考えた上で、フレドロ公に、「お待ちなすって、よござんすか?」と告げるや、階段の方に駆け込んで行った。戻ってきた彼は、燕尾服姿になっていた。

「おや、一体どこへ行くんだね?」と、侍従は尋ねた。

「オペラ座でさあ」

ブラカッスーには察しが付いたのである。グロリアーナが、「えゝ、いいわ。なかなか面白そうじゃない」と言ったというからには、さしずめカーニヴァルの馬鹿騒ぎの遊びにでも誘われたのであろう。そこで彼は、ラ・グロリアーニを捜し出すまで、今夜は手当たり次第に、仮面のレースをちょっと持ち上げて、確認してみようと目論んだ。それにしても、途方もない大仕事だが、いささかの偶然を当てにはしていた。たとえ、ありそうにないと思われる場合でも、何があるか、分かったものではないことだし。

辻馬車は再び動き出したものの、数分後には狭い通りで止まってしまった。それも、ガス灯で煌々と照らされた、建物正面に横付けされたのだ。ふたりの男は幅広い階段を数段登って行った。歓声や呼び声や笑い声がけたたましく響き渡る中、仮面をつけての浮かれ騒ぎに紛れ疲れ果てた者たちの間を縫うようにしてのこと。そうした場をかいくぐるように、立て襟の黒っぽい外套姿の人物が素早くすり抜けてゆき、ガラス天井で和らげられた埃っぽい明かりが黄色い靄で包んでいた。

休憩ロビーは金泥の色も鮮やかにまぶしく照らされ、熱気ときらめきが満ち溢れており、そこかしこで、青やピンクや藁色のサテン地のフード付き外套《ドミノ》を羽織る女性客が、押し合いへし合いしている黒い燕尾服に身をやつす男たちの、黒々とした集団をかきわけて進んで行くのが、その明るい色彩故に際立って見えた。明々と照明がともされ熱気あふれるホールでは、むき出しの腕や、肩が揺れ動き、金ぴかの衣装がオーケストラの激しい調べにのせて、鞭打たれるようにくるくると渦を巻く光景は、きつい匂いを放ち熱風にあおられる巨大な花籠の花々を思わせた。歩廊では、ボックス席の大きな覗き丸窓が高い位置に並んでいて、まるで見下ろされているみたいだったが、たまには赤い絹の覆いで半ばふさがれていることもあった。人気もまばらな片隅では、房飾りの金も擦り切れてしまったビロードの長椅子に、古着を着た幾人かの肥満気味のいかがわしい女たちが腰掛けていた。胴着の張り骨で持ち上げられ過ぎて、ぶよぶよに弛んだ胸の間に顎をうずめて欠伸をする「回春《ルネッサンス》」といったところで、タイツ穿きの太い腿を退屈げにゆっくり組んでみたりする。

軽食堂では、せわしなく行き来し大声をあげているボーイらや、テーブルについている黒い燕尾服の男たちでごった返していた。客の方は、膝に小姓姿の女をのせて、がやがや響く喋り声や、接吻を交わしているのか、それとも瓶の栓を抜いているのか、とにかく大きな物音のする中で、酔っ払い特有の笑い声をたてている。かくして、あたり一帯、いろんな音が入り混じり、耳を聾するほどの騒がしさだったが、そこに、時々、コップの割れる高い音が響くのである。ブラカッスーとフレドロ＝シェミル大公は不安に駆られながら、客の姿が見える前桟敷や、姿が隠れてしまう一階ボックス席の中などを、グロリアーナの姿を求めて至る所を探し回った。侍従の方はもじゃもじゃ髭に隠れた顔つきを眺めてみたり、仕切り屋の方は人だかりの中をさっと見回しては、腰の丸みや肩の曲線で見分けをつけてみたりしてのことだった。ことに、ブラカッスーがラ・フラスクエーラだと見当をつけるのに、顔をちらっと覗くまでもなかったろうから。そして、目当ての匂いをかぎつけるために、時として鼻の穴をふくらませるのであった。だが、とんだ骨折り損だった。シマッタ！　グロリアーナは、オペラ座にはいなかったということか。ふたりはへとへとに疲れ、汗をかいて、がっかりした様子で出て行った。

御者が尋ねた。

「どこまで行きやしょう？」

「舞踏会をやってる所を、軒並み当たってみるんだ！」と、ブラカッスーは怒鳴り返した。

その夜、他の舞踏会場は、オペラ座が太刀打ちできないほどの入場料の安さを誇っていて、イリュミネーションを灯したり、楽団にブンチャカブンチャカと派手な演奏をやらせたりしていた。辻馬車は、街なかからはずれた界隈の外周道路沿いの、白と金の高い柱廊玄関の前に横付けされた。時おり、そこから音楽と笑い声が溢れ出んばかりに響いてきており、玄関の上には、所々で消えてはいるものの、グローブ型の明かりが半円状に取り付けられていた。胸の悪くなるような匂いに息を詰まらせ、タバコの煙が目にしみる中、大公と化粧係は広々としたホールを横切っていった。ここでは、前よりもっと卑しい人々の群れが、カーニヴァル用のボロ着を狂ったように揺すりながら、汗と酒との悪臭漂う空気の中で、照明と匂いと騒音とに酔い痴れていた。「グロリアーナは、ここには、いそうにないな」と侍従が言うと、「そんなこたぁ、分かるもんですかい」とブラカッスーが返した。三時間もかけて、ふたりはこうした安キャバレーを片っ端からのぞいてみた。片っ端からのぞいた挙句、徒労に終わったのだ。ちらっと見かけて、一瞬、彼らに期待を抱かせそうな、他人の空似程度の者にすら出くわさなかった。

「どこへ行きゃあ、いいんですかい？」と、御者が聞いた。

ブラカッスーはこう怒鳴り返した。

「夜食を食いに出かけそうな場所を、軒並み当たってみるんだ！」

ふたりは野次を浴びながら、あちこちのレストランの大部屋を歩き回ってみたが、とにかく騒々しく、やたらと照明が灯されていて、人いきれと肉の匂いでむんむんしていた。皿の触れ合う音やナイフのきしむ音が響き、ばたばたとボーイたちが行き来する中で、仮面をはずした女たちがテーブルクロスのほうにかがみ込み、グラスの間にむきだしの両腕を置き、胸を皿に突っ込みそうにして、男たちを肴にして笑っていた。笑うその口元にはまだ紅が残っていたが、汗ばんでよれた白粉が剝がれ落ちた女の顔色は、くすんでしまっていた。階段を曲がった所の狭い通路沿いで、ふたりはあちこちの小部屋が不意に開けられるのを待ち受けた。そうしている間にも、外套姿《ドミノ》の客たちがフードを垂らし、ひそひそ声で相談し合いながら、小さな菫色の花をあしらった水受けの上で、銅製の白鳥の嘴から勢いよく流れ出る水に手をかざし、こすり合わせている。小部屋の扉が開いて、騒がしい叫び声や馬鹿げた言葉が、一気に外に漏れてきたり、そこの鏡に赤毛の髷《シニョン》やどぎつい色の口紅がぱっと映ったかと思うと、消えてしまったりすることもあるのだ。大通りのレストランから中央市場のキャバレーにいたるまで、彼らはグロリアーナを探し続けて、だんだんと高級ならざる夜遊びの場所へと当たっていったが、駄目だった。それから、辻馬車をひく馬がへとへとになり息を切らしたため、帰らせてしまったこともあり、彼らは街なかの市場の朝の騒音に身を任せていた。精根尽きて疲れ果て、放心状態で、目は熱気に、鼻は白粉とソースの匂いにやられてしまっていたのだ。そうこうしていると、突然、明け方のぼんやりとした薄明かりの中を、野菜の新鮮なきつい香りをのせて吹き過ぎる湿った風に、ほとぼりも冷めた。

ふたりとも同じ考えで頭が一杯になり、言葉を交わすこともなく歩き始めた。ともかくホテルに戻らなければなるまい。恐らくグロリアーナは、戻っているだろうから。ひょっとしてという程度のみならず、その可能性も高かったからだ。大公はついに相棒の不安に自分もとり憑かれてしまったくせに、そう信じようという気になった。ところがブラカッスーは、そうはいかなかった。あの手に負えない勝手気ままな女のこと、意志の弱さからというよりは、何やら尊大なまでの無頓着さから、黙って言いなりになっているかと思うと、急に言うことを聞かなくなったりするのが、彼にはよく分かっていたからだ。ふとした偶然がブラカッスーにラ・フラスクエーラを与えてくれたが、ふとした偶然が彼女を取り上げてしまうかも知れないのだ。彼女を取り上げられてしまうんだと！　この期に及んでか！　よりによって、思いもかけない幸運が舞い込んで、彼女のお陰で、自分が王様の気紛れの取り持ちを務めて、たんまり頂戴しようって時だというのに！　糞っ、忌々しい！　今晩、彼女を連れ去って、もはや放すことも恐らくないはずのその男の首を、この手でひっ摑んでおけばよかったものを！　ブラカッスーは拳を握りしめ、物思わし気に、ひどく渋い顔をしながら自問していた。

「見てみろ！」と、フレドロ＝シェミル大公が叫んだ。

「えっ？」

「見てみろ、と言ってるんだ」

ブラカッスーは面を上げた。ほの暗い朝靄の中、一本の長い街路が目に入った。人通りもなく、しんと静まり返っていて、どの家の鎧戸も閉まったままだった。低い壁越しに木々が飛び飛びに高くそびえていて、その枝が靄を切り裂くように伸びていた。あちらの屋根からこちらの屋根へと、鳥がぱっと飛び移り、一声鳴いては消え去ってしまった。

この通りはブラカッスーには馴染みがなかった。その町に着いて間がなかったのだ。侍従のほうはどうかというと、何度か来たことはあっても、滞在したことはほとんどなかった。このふたりの男は、グランド・ホテルの方へ向かっていると思っていたが、道を間違えていて、今や違った場所に迷い込んでしまったのだ。

「ま、大したことじゃ、ござんせんでしょ？」とは言うものの、ブラカッスーはいつになったら眠れるのやら、不安のあまり、その見込みが全く立たずにいた。「とにかく、必ず何とかなりやすって」

「まさに、それを言ってるんだ！　前を見てみろ。気がつかないのかね？」

「何テコッタ！」と、ブラカッスーは叫んだ。

高級住宅街では結構みかける居酒屋で、イギリス人の御者とかボーイたちがエール・ビールを飲んだりハムを食べたりしに来る店のガラス張りの表構えが、歩くふたりの右手少々前方にあるのが目に入った。まるで日の出間近のほの白い光が、店の中の明かりを薄れさせでもしたかのように、明かりが灯っているというよりは、ぼうっと白く浮かび上がって見えたのだ。おそらく、そこの主《あるじ》が、せっかくのカーニヴァルの夜だからと、女にもてる御者役の若い召使たちに、どんちゃん騒ぎみたいなものを夜通しする際の、宿代わりに貸してやっていたのだろう。ところが、開いて閉まったばかりのそこの扉の前に、小男らしき人影が見えるではないか。よろよろと千鳥足で、あちらへ行ったり、こちらへ来たりといった具合に、倒れそうになりながら、鉛色《にびいろ》の明け方の薄明かりの中で、青やピンクに、金と火炎色のひらひらした絹の衣装をはためかせていて、その服についている派手なリボンが風にあおられ、もつれながら舞い上がっていた。そして、色とりどりのこの衣装から、白い歯と白い眼をした、つややかな黒い顔がにゅっとのぞいていて、それはまるで螺鈿を象嵌されてもよさそうな、すべすべした黒檀の大きな玉を思わせた。

ブラカッスーが言った。

「グロリアーナを連れに来た、例の黒人の男の子だ！」

「多分、そうだろうな」と、大公は返した。「劇場のボーイが言ってた、まさしくその衣装だ。まったく、滅多とないチャンスかも知れないぞ！　あの小男に尋ねてみねばならない」

「よしなせぃ！」

「どうしてだ？」

「答えたりなんぞするもんですか、あいつめ、酔っ払っちまってるんですぜ。そこの居酒屋で飲んだり食ったりして、夜明かししたんでござんしょ。それに、口止めされてるはずなんで、たとえ素面《しらふ》でも、何にも教えちゃくれますまいって」

「ええい、忌々しい！　奴は行ってしまうぞ。どうするんだ？」

「後をつけるんでさぁ」と、ブラカッスーは言った。

彼らは、薄明かりの中を極楽鳥の羽根を羽ばたかせ、ペンギンみたいによちよち歩きで遠ざかってゆく、その奇妙な黒人の男の子の後ろについて歩き出した。その子は時おり立ち止まり、前かがみになって膝に両手をつき、それから頭をのけぞらせると、黒い顔の中にできた大きな傷口の縁に血がにじんでるのかと思うほど、赤くふくれた唇を丸めて笑い出すのだった。

「ひどく酔ってますぜ！」と、ブラカッスーは言った。

「一体、我々を何処へ連れて行く気だ」と、大公が尋ねた。何ぶんにも、夜じゅう、あちこち歩き回ったおかげで、リューマチの前兆のちくちくした痛みが、腰と腿に出てきていた。それに、放浪して回るのは、王侯たちの間だけだったからでもある。

　例の黒人は、とある街をうろつき回り、ハエでも捕まえる子供みたいな仕草で、壁の角を手でかすってゆくのだった。

　ブラカッスーがとっさに言った。

「馬車だ！」

　なるほど、一軒のこぢんまりした館の、幅も高さもかなりある両開きの表門の前に、一台の二人乗りの四輪馬車《クーペ》が停まっていて、その上には、ダーツをとった広い袖のゆったりした黄色い外套を羽織った御者が乗っており、金モールの花形飾りのついた帽子の縁の下には、肩覆いがかかっていた。時おり、目を覚ましては、たてがみを振る、馬の蹄鉄が舗石の上できしむ音が聞こえてきた。

　料理場で母から教わったのを覚えていたのか、アフリカの太鼓に合わせて踊る、バンブーラでも踊るかのように飛び跳ねながら、その黒人の男の子は門の前にたどり着いた。少年は馬車を眺めると、片方の車輪に両手でつかまって、角灯《ランタン》の火を燃えたたせるほど黒い頬を膨らませると、眠りこけている御者の鼻に息を吹き込んでみせた。御者はこんな悪戯をされても、返答をするかわりに、高鼾をかくだけだった。すると、黒人の男の子はそこから降りて、明るい色の変てこな衣装を着けたまま、相変わらず飛び跳ねながら、エーリアルの格好をした少年キャリバンといった様子で、扉の方をむくと、手探りで銅の取っ手の丸いふくらみを探し、そこにぶら下がって体を反らせた。澄んだチャイムの音が分厚い壁の向こうで鳴ったが、まるで詰め綿越しに響いて来るようだった。

「奴に逃げられるぞ！」と、大公が言った。

「ま、待っておくんなせい」と、返すブラカッスー。

扉が開くや、黒人の少年は前のめりに飛び込むと、羽飾りを小刻みに震わせながら、姿を消してしまった。だが、扉が再び降りる前にブラカッスーが駆け込んで、右手でそれを押し留め、握り込んだもう一方の手で戸板を叩き、大きな音を立てて、閉まろうとする扉の重い響きを真似てみせた。

次いで、彼はじっとしたまま、耳を澄ました。

その少年が敷石の上を踏む足音以外、物音ひとつ聞こえなかった。そして、おしまいには、どこかに落ちたのか、あっという鈍い声が響いたきりで、後は何の音もしなかった。

「入ってみましょうぜ」と、ブラカッスーが促した。

「えっ、何だと！」と、侍従は言った。

「じゃ、どうしようってんで？」

「まるで、泥棒紛いのことじゃあないか！」

「ハンス・ハマーのオペラで、グロリアーナをデビューさせるのは、諦めようっておつもりですかい？」

「ふむ、入ろうか」と、大公は答えた。

ブラカッスーは音も立てずに扉を元に戻し、運悪く誰かに出くわしても逃げ出せるよう、少し開けたままにしておいた。

ふたりは暗闇と沈黙の中に身を置いた。とはいっても、トンネルの穴のような丸い開口部越しに、新鮮な空気が彼らの元に届いてきたし、樹の枝は見えないものの、明け方の暗がりの中で遠くにうっすらと白く浮かぶ壁の上に、幹が聳えているのがおぼろげながら見て取れた。

「こっちですぜ！」と、ブラカッスーが声を掛けた。

壁の内側をまさぐりつつ、恐らく化粧漆喰になっているのだろうが、つるつるした表面に両手を滑らせながら辿ってゆくと、ようやくガラス格子の枠に行き当たる所まで来た。と、その途端、「階段の扉だ！　さあ、こっちへ来なせい」と、彼は再び小声で呼び掛けた。

大公は彼の肩につかまりながら、その後についていった。

さらに暗い闇の中を、ふたりは何段か階段を上っていったが、不意に誰かが姿を現すところに出くわし、灯りでも当てられ、悲鳴など上られはしまいかと、びくびくものだった。

「あれっ？」と、ブラカッスーが言った。

彼の半長靴が、何か丸くて軟らかいものに、ぶつかったからだった。それは階段の上にあって、動かないものだった。彼はかがみ込んで、階段をふさぐように横たわっているものの上をそっと指でなぞってみると、爪に当たる絹地の乾いた音が感じ取れた。

「あの黒人の少年だ！　酔っ払って、前後不覚で倒れ込んじまったようですぜ」

ふたりは少年をまたいで越えていった。今度は、彼らの靴底がふかふかしたものに沈み込んだので、きっと絨緞だったのだ。手摺につかまっていたブラカッスーは、手のひらにビロードが当たって滑らないのを感じた。

彼らは極めてゆっくりと上っていった。もはや言葉も交わさず、息をひそめて。

かすかな物音が彼らの耳に入って来た。何やら「おほゝ」と笑うような声が響いたかと思うと、多分、接吻を交わすためか、聞こえなくなってしまった。ふんわりした巣の中での小鳥のさえずりそのままだった。と、同時に、ほのかな香りが漂ってきたが、次第に強い匂いを放つようになってきた。間もなく夜食を取るための明かりと料理から漂ってくるらしき生暖かい空気が、何かもっとむんむんしたものに入り混じってのことなのだ。どうやら、愛し合う女同士のけだるい物憂さが放つものらしい。「グロリアーナだ！」と、鼻孔を膨らませながら、ブラカッスーは思った。

もはや段々は終わっていた。彼らは踊り場の絨毯の上に出ていたが、その両側にある扉は見えなかったが、見当はついた。物音はさらに間近になってきて、匂いももっとはっきりしてきた。多分、垂れ布越しのために、音がかすかにしか響かないのだろうが、笑い声や、サテンの衣擦れの音にかき消され気味の会話の声などが、ふたりの耳にまで届いてきた。彼らはソファやテーブルから立ち上る濃厚な香りを嗅いだ。壁とすれすれの所に、帳の房飾りで途切れ途切れになってはいるが、一筋のかすかな金色の線状の光が漏れているのが、ブラカッスーの目にとまった。

「グロリアーナは、ここにいますぜ」と、彼は言うのだった。

「入ってみよう！」との大公の答え。こんな思いもよらぬ出来事のおかげで、ついに肝が据わったのだろう。

ふたりは明かりを頼りに、先に進んで行った。ところが、ブラカッスーが膝を椅子にぶつけてしまったのだ。椅子が音を立ててひっくり返った。すると、扉が開いてまた閉まろうとする隙間から、明かりや磁器の白さと、それに金色のクッションの上の髪の毛などが、ちらっと見えたと思うと、ひとりの女性が燭台を掲げながら出てきた。手足もか細く痩せぎすで、身ごなしも軽やかに、羽織っている鹿毛色の絹のガウンの前をはだけつつ、怯えた様子で、黒い小さな三つ編みのヘア・バンドで巻き毛をとめた、褐色の細面の顔をのぞかせた。

「ゾイノフ夫人では！」と、侍従が叫んだ。

彼女はぷっと噴き出し笑った。

「あら、まあ、フレドロさまでは？」と、彼女も声を掛けた。「こんなところで、何をなさっておいでなの？　何処からいらしたの？　しかと、お分かりでございましょうね。貴方さまがなさっておいでのことが、とんでもない無作法なことだって。そして、もしこれほど、びっくりするようなことでなかったのなら、わたくしは決して許さなかったでしょうって。不意を突かれようとは、思ってもみませんでしたわ。まさかと思うことが起こった以上、とやかく申しますまい。わたくしを驚かせておしまいになったのですから、文句を言う筋合いもございませんし。それにしても、どうやって、わたくしたちの居場所を突き止められたのでしょう？　貴方さまは思った以上に、おやりになるのね。お見事ですわ！　わたくしは貴方さまが、せいぜい型どおりのありきたりの外交官、という程度の方かと思っておりましたけど、違っていましたわ。思い切って大胆に攻めてゆく方で、智恵を働かせることがお出来になる、ひと味違った方でしたのね。今夜、わたくしを探し当てたのが、外交官の鏡たるタレイランの弟子にほかならない、自分の夫でなかったとは！　でも、どうして、わたくしを探そうとされたのです？　あゝ、そうだわ、グロリアーナのせいでしょう、姿を消してしまったのですもの。じゃあ、馬車の奥の席で、燕尾服姿に帽子をかぶっているのが、わたくしだと見破られてたってことかしら？　そして、万事お見通しだったのね？　まあ、結構でしょう。で、ご一緒のこの方は、きっとブラカッスーさんでしょう？　ラ・フラスクエーラが、事の次第を話してくれましたから。あの女《ひと》がもう二度と戻らないんじゃないかと、心配なすったんでしょう？　まさか、取って食おうってわけでもございませんし。とにかく、あの女《ひと》がお目当てなんでしょう？　ちょうどよかったわ。ブラカッスーさんがお待ちかねよって、言おうとしてたところでしたの。まあ、どちらにせよ、こんな風な来られ方をなすったので、ひどく怖い思いをいたしましたわ。わたくしたちふたりは、一瞬、ひょっとして……って思ったほどでしたから。まさか、そんな。だって宅は、タジェロー将軍と、ジョンケールの駐屯地に行っているんですもの！」

夫人がふたりの男の顔に、手燭のまぶしい明かりを当てながら、こんなせりふと笑い声を浴びせかけている間、彼らは呆気にとられて彼女のほうを見詰めていた。

夫人は後ろを振り向き、ちょうど合図をするため指が二本入る程度に、ほんの少し扉を開けると、その隙間に口を当てて、陽気な声でこう呼んだ。

「グロリアーナ！」と。

金色を帯びた白い人の影が、わずかな開口部の背後を通り過ぎた。

「違うの……もうひとりのほうよ！」と、ゾイノフ夫人はますます激しく笑いころげながら、声を掛けるのだった。

扉の開口部が広がったと思うや、またすぐ閉まる扉の前に、グロリアーナが姿を現した。むんむんする熱気と匂いを放ちつつ、肉付きのいい白い肌もあらわに、衣服も乱れ息遣いも荒く、髪の毛と渾然一体となった金色に輝く姿をさらし、赤い唇で笑いかけながら。そして、毛皮の裏付コートをあわてて羽織ったものの、獣に体のあちこちを優しく愛撫されてるような気がして、顔や胸や露な腕の方に思い切り引き寄せるのだった。

ブラカッスーは、金箱に飛びつく守銭奴アルパゴンさながらに、彼女のほうに駆け寄ると、階段へと引っ張って行った。その一方で、手摺から身を乗り出したゾイノフ夫人は、燭台を高く持ち上げ、こう呼びかけた。

「わたくしの馬車にお乗りなさいな、グロリアーナ！」

それから、伯爵夫人は、呆然としてその場に立ち尽くす侍従のほうに向き直ると、

「さあ、あのふたりのあとを追って、おいでになるのです！」と、言うのだった。

「ですが、その……」

「何でございましょう？」

「私には、ご説明いただけませんのですかな……？」

「何か説明申し上げないといけないことでも、ございまして？　万事、明々白々でないとでも？」

「その反対に、万事が摩訶不思議ですからな！」

「おや、そんな風に思っておいでですしたの？　じゃあ、それだったら、何が問題なのでしょう？　けしからんと思われることでも、ございまして？　何かご不満な点でも？　グロリアーナを探していらして、見つかったではありませんか。女王さまの肖像をご希望でしたので、生きた肖像を差し上げるのですわ！　あの、少しくらいはお礼を言っていただいても、いいはずでございましょう、フレドロ＝シェミルさま！　このわたくしのおかげ

で、そっくりだって気づかれたことで、出世なされるのではなくって？　ねえ、例の衣装も、わたくしが送り届けさせたのですわ、貴方さまにすぐご理解いただけるようにって。スキャンダルになるかと思ってらっしゃるのね！　やれやれ、貴方さまにお喜びいただければと、わたくし、ずいぶん無茶をいたしましたのに。恩知らずな方だこと。まあ、いいでしょう。お礼なんて、おっしゃっていただかなくても結構ですから、どうぞいらして」

「なにとぞ！」

「まだ何かおありなの？　じゃあ、おっしゃって」

「ここは、どこなんでしょうか？」

「まさか、どこにいるかですって？　家にいるか他所にいるかは、事と次第《アヴァンチュール》によりけりですわ。わたくし、わたくしどもは何軒か家を持っておりまして、ほとんどそこに居りますけれど、見かけはわたくしどもの所有には見えない家が、他にもございまして、時にはそちらに参りますの。ですから、あちらにいようが、こちらにいようが、いちいち気にしたりなどいたしませんわ。それに、たとえ申し上げて差し支えない場合でも、わざわざそうするほどのことでしょうか？　さあ、これで、お答えになりましたでしょう、では失礼」

「もうひと言！　ほんのひと言だけ！　何故また、ここへ、連れて来られたのですかな……」

「ラ・フラスクエーラのことかしら？　あらまあ、やたらと詮索なさるのね！　何から何まで申し上げなきゃあ、いけないとでも？　考えをめぐらせ、想像力を働かせて、当ててご覧遊ばせ。コルネイユの劇のせりふじゃないけど、もし、お出来になるならの話ですが。この一件に政治的な駆け引きがからんでないなんて、考えられるでしょうか？　フレドロさま、わたくしはこう見えても、外交官の妻でしてよ！　多分、ある王さまの愛人になろうとする女と、つなぎをつけておきたかったのですわ。何が起こるか分かりませんもの、たとえば、万一、プロイセンと戦争などになれば、テューリンゲンが中立を保つのは、大いに結構なことでしょうし。おまけに、ある女性の、いえ、ふたりの女性の頭には、あれこれ気紛れな思い付きが浮かびかねませんからね。ほら、申し上げているでしょう、わたくしどもは、今、大変に真面目で、非常に厳しく身を律していて、浮かれ気分にはなれませんのよ。わたくしなど、イタリア女並みに敬虔ですし、あの女は、スペイン女並みです。まあ、とにかく、誰だって、ちょっとくらい冗談を言いたい時って、ございますでしょう。ちょうど、明後日、告解することになっておりますけど、告白することなんて、何もないんじゃないかしら。せいぜい、本当なら今回の件で傲慢の罪を犯したかも知れないところを、むしろ謙虚の罪を犯してしまったことくらいかしら、もしわたくしが過ちを犯したというのなら！　だって、そうでしょう、貴方さまは、わたくしに、さんざん馬鹿げたことを言わせておしまいになったのですもの。でも、そんな話に本当のことなんか、何一つ含まれてやしませんことよ。じゃあ、何ですの、わたくしが女王さまを大層お慕いするあまり、女王さまに生き写しの人間を間近で眺めてみたいと思ったのが、その理由だとでも。以前、例のおデブちゃんをお城にあがらせて、『熊番の女』を吼えんばかりの大声で歌わせた、わたくしたちですもの、グロリアーナに『ラ・トラヴィアータ』の乾杯の歌を、本当の夜食の席で、しかも本物の酒に唇を湿らせながら歌わせようなんて、気紛れを起こしたって、ちっとも可笑しくはないでしょうに！」

彼女はこうしたことを、彼の耳元で長々とまくしたてながら、階段の方へと押しやった。が、急に思い切り大笑いするのだった。

「いずれにしても、グロリアーナは恐ろしい女ですから、貴方さまがお仕えのご立派な王さまも、ご用心のほどを」と、彼女は言い放った。

それから彼女はするりと身をかわし、扉を開けると、また閉めてしまったので、明かりも消え失せた。

突然、真っ暗になったので、大公は手摺につかまった。耳を澄ますと、なおもくすくす笑う声に、どうやら声を潜めて優しくなじっているらしい声が、混じって聞こえてきた。だが、それきりだった。彼は手探りで降りて行って、馬車の中で待ち受けているグロリアーナとブラカッスーに追いついた。

その日の朝、九時四十分の汽車で、フリードリヒ二世の侍従は、プリマドンナとその化粧係を伴って、ノンネブルクの町へと旅立った。この町がそう呼ばれているのは、ルートポルト獅子王が女子修道院の跡地に礎を築いたからであり、現在はテューリンゲン王国の首都となっているのである。

第二部　フリードリヒ

I

日差しも弱く冷え冷えとしたテューリンゲンのとある山の白い頂で、ひとりの若い羊飼いが雪の斜面に立って、朝のうち、笛を吹いていた。

眼下には、アルプスの巨大な圏谷が花崗岩の段丘を連ね、針のように立ち並ぶ樅の木に覆われて、蒼白く靄の立ち込める断崖の底まで傾斜しながら広がっていた。ここかしこに群雲のたなびく薄青色の空の下、はらはらと降りかかり舞い散る雪片の渦を、時おり音もなく運び去る風の吹く中で、一月の太陽が凍てついた岩場を照らし出し、雲母のごとき雪をきらきらと輝かせ、木々の枝先に垂れて揺れる凍雨の雫を小さなシャンデリアさながらに光らせていた。

すらりとした長身に、黒い巻き毛の陰の顔は蒼白く、湖か空の深みを思わせる濃い青い目をし、うら若き美女かと見紛うその羊飼いは、見はるかす寂寞の境地にあって、ただひとり、その高みに立っていた。白い毛皮に全身を包んだ姿からは、あたかも身体の上に雪が降り積もったかに見えた。

ゆっくりと澄んだ音色で、沈黙をはさんで途切れ途切れに吹く曲は、凍りついた泉の水が溶けて、一滴、一滴、したたり落ちるのにも似た、類稀《たぐいまれ》な冷たい真珠の粒と化して、静寂の中に次々と響き渡っていった。

彼は吹くのを止めると、首を傾け、耳をそばだて、こだまが返ってくるのを待ち受けている様子だった。が、何も聞こえず、物音ひとつしなかった。ただ、吹き抜けた風のせいで、崩れ落ちた大きな石が斜面を転がって行き、枝の折れる音がして、止まっただけだ。

それから、彼は悲しげに、うら淋しい景色を眺めた。恋人の女が来ると言っておきながら、一向に姿を見せないのに、不安を募らせる若者にありがちな、物思わしげな姿で身を乗り出し、沈黙の中に人声がしまいかと耳を澄ましたり、何ひとつ動く気配もない雪の中に人影を探したりしているかのようだった。抱擁を待ち受けるかの如く、彼は腕を前に差し伸べたが、群雲をかき抱くことすらないままに、物憂げな仕草でゆっくりとその手をおろすのだった。

再び彼が笛を口に当てた。恐らくは約束の合図なのだろうか、あの甘い調べが風もない沈黙の世界で、もう一度吹き鳴らされるのだった。

一つ一つの音に、遠くから、か細い澄んだ音が、一つ一つ答えて来るのだが、それは、はじける水泡《みなわ》を思わせる音色だった。

彼はぽっと頬を赤らめ、喜びに目を輝かせて、おののいた。そして、また笛を吹き続けたものの、彼方から返って来る、かすかなこだまを聞き取ろうとして、次第に途切れがちになった。

こだまとは「ひとり鶫《つぐみ》」の歌う声のことで、時おり声は耳にすれども、さっぱり姿を見せぬところから、アルプスの神秘なナイチンゲールと言われていたのだ。白く物悲しい冬景色の中で、あの笛の音に応答するこの鳥の声は、夢に対して理想が答えるかの趣があった。

羊飼いは絶えず笛を吹き続け、ますますテンポを上げていって、うっとりと我を忘れた様子だった。どうやら「鶫」の方も近寄ってきていたのか、どこかの岩穴で声を張り上げていて、笛が奏でる調べの素早い音階の移ろいに、さらなる急テンポの鳴き声で張り合うのだった。もはやそれらは、つい今しがたまで漏らしていた、定かならぬ切れ切れの忍び音から、楽しげで情熱的な二つの旋律となり、ほとんど抑制もきかなくなって、絡み合ったかと思うと離れてゆき、そして又、ひとつに結ばれてゆくといった調子なのだ。まるで恋する二匹の蜻蛉《とんぼ》が、陽光を浴びて共に飛びつつ、羽音を響かせ合うが如くに。

不意に笛が鳴り止み、鳥の飛び立つ羽音がして、その声も聞こえなくなってしまった。羊飼いは蒼ざめると、むっとしたように後ろを振り向いた。足音がしたからだ。

確かに誰かが、雪を踏みしめて登りながら近づいて来ていた。かなり若い男だった。丸々と太っており、髪はブロンドで、羽飾りが楽しげに揺れる縁無し帽の下から、血色のよい上機嫌な顔がのぞいていた。金筋の入った緑色の狩猟服の腰の辺りで、水牛の角が揺れていた。

「何の用だ、カール？」と羊飼いは、ぶっきらぼうな口調で尋ねた。

「陛下」と、後から来た方が、深々とお辞儀をしながら言うには、「大変な事態になりましてございます……」

「なに、フレドロ公が戻ったのか？　持ち帰って参ったであろうな……」

「あの、それが、その、そうではございませんで！　母君がベルリンからお着きになられ、陛下との面会をご希望にございます」

「では、そなた、余の言いつけに背いたのか？」と、王は一歩踏み出して迫ると、怒ったように言うのだった。

「どうかご用心のほどを！」と答えるカールは、にやりと笑いを浮かべた。「なおも陛下が迫られるとあらば、礼を失することなきよう、私めは後ろに下がらねばなりません。となれば、この絶壁から必ずや転落する羽目に陥りましょう」

王は意にも介さず、血の気のない薄い唇を反らせて、言葉を続けるのだった。

「まあ、死ぬであろうな！　ということは、そなた、どうしても生きていたいのであろう？　男の愚かさと女の恥ずべき醜さを目の当たりにするのは、面白かろうな？　あゝ、言っておくが、カール、不滅とは言い難い生身の人間が束になってかかっても、風に流されてゆくあの雪雲ほどの値もない塵にすぎないし、母になりたての女の唇に合わせて赤ん坊が片言で喋り出して以来、発せられるどんな言葉も、そなたのせいで飛び去ってしまった鳥の鳴き声ほどの価値もないのだ！」

こんな風に語りかける彼は、悩ましげな憂いを含んだ顔立ちで、やや人馴れしていない風があるものの、美青年だった。シェイクスピアなら、『真冬の朝の夢』と題する夢幻劇で何かの役をやらせそうな、若きハムレット風の青年なのだ。

彼は雪の上に座り、物思いに沈んだ後、こう口にした。

「ところで、そなたの考えを説明するがよい。何故、余の隠れ家の秘密を明かしてしまったのだ？」

カールは、楽しげで人のよさそうなその顔に、幾分、重々しさを加えようと務めて、かなりの早口で、課題を暗唱している人間みたいな口調で答えた。

「陛下！　王国の政治状況は、かなり危険な状態にございます！　陛下の大臣たちが巧みな措置を講じれば、選挙が優れた手段になり得るのではと期待されたほどには、残念ながらなりませんでした。推薦による立候補と有権者数を定めた法律にもかかわりませず、カトリック愛国党は大した成功を収めたわけではございません。司教の方々が信者に与えておられる教書は、ドイツ全土を包含する祖国統一の夢に躍らされた国民たちを、説得するどころか、むしろ苛立たせてしまいました。それに、多くの国家主義的自由主義者たち、すなわちプロイセン人と反カトリック的な異端者たちとでありますが、圧倒的多数で選出されたばかりでございます。こうした人々は、我々を一体どこへ導いてゆくのでありましょうか？　総理大臣はわざわざ私の面前で、こうまで仰せになられたのであります。もしも何らかの戦争が勃発し、テューリンゲンがプロイセンとの同盟に引きずり込まれるならば、カトリックの我が国をプロテスタント国家に従属させるこの機会を、自由主義者たちはすかさず利用するであろう、と。当面、新たに選出された議員たちは、陛下の芸術大臣に対して、ハンス・ハマーの劇場建設を可能にする千四百万の予算を、どうやら認めそうにもございません。そして、陛下がハンス・ハマー自身を、王国から追放されんことを『嘆願』する旨の、かなり礼を失した上奏がなされると噂されております。フリードリヒ一世が、かの麗しのモナ・カリスを退けるよう請願されたのと、ほぼ同様にでございます」

カールは息切れして、口をつぐんだ。王は立ち上がっていた、唇を震わせ、威嚇せんばかりに眼光も鋭く、こう叫んだ。

「もしも彼らが、余と我が国の栄光に必要な金を出さぬと言うのなら」と、猟犬係が言うことを聞かぬ犬の群れでも鞭打つような仕草で、笛で空を打ちながら、「もしも彼らが余の元から、数ある人間の中でも、ことに偉大な唯ひとりの人物にして、フランスの若きルイ十四世のごとき大切なる唯ひとりの人物を、遠ざけよと申すなら、いずれかの狩の帰りにでも、帽子も取らず、拍車をつけた乗馬靴の音を響かせて、議会に乗り込んでくれん！さすれば、いかなる意向があろうとも、余の鞭のしなる音に、皆は頭を下げるであろう！」

「結構かと！」と、カールは可笑しくて噴き出しながら言った。「陛下の後ろに控えおりますこの私めが、ラッパを吹き鳴らしましょうほどに。必ずやあの弁護人どもを、怯えたノロ鹿の如く追い払うことになりましょう！　ですが、国王がなされようとし、かつ、なされんとすることが正しい場合でも、大臣たちが実行すべく努めるのは無理な相談かと。

それ故にこそ、彼らも不安になるのでございます。ですから、陛下、お気を付け戴きませんと！　二十日前には、ついに陛下の従僕にまで気付かれてしまいました。仙女ティターニアの洞窟の傍の湖のほとりで、彼らに背を向け、夢想にふけった姿勢で腰掛けているのが、フリードリヒ二世ではなくて、仙女の夫である妖精王オーベロンの衣装をつけたマネキン人形だったのだと！　そして、その時以来、宮廷中に、穏やかならぬ気配が感じられるようになりました。陛下の近習らが、明け方早々、あわてふためき取り乱して、部屋から部屋へ、庭園から庭園へと、主君を探し回っております。幾人かは馬に飛び乗り、『薔薇のお国』か『セイレンのお城』にむかって発ち、翌日、気落ちして帰ってくる始末でございますから。大臣たちはといえば、まことに同情に値する状態であります。フォン・ルートヴィヒベルク氏など、陛下が雲隠れされたとの第一報に接して、嗅ぎ煙草入れを思わず取り落としても、気付かなかったほどでございます。そして、無意識のうちに、空いた方の手の平に指を二本突っ込んだり、嗅ぎ煙草を吸うように、思い切り鼻に息を吸い込んだりされるようになってから、明日で三週間になりましょう！　ですが、くしゃみは、いつも通りされておいででございますが。フォン・リリエンタール伯爵は、フランシスコ修道会の『父なる神』というビールを、もはや朝から十四杯も飲んだりされなくなられましょう。おかげで、一日中、一杯機嫌に見えましょうが、ほろ酔い加減にはなられても、ぐでんぐでんにはなられぬことでしょう。陛下は、フォン・ローエンクランツ氏にお会いになられても、そうとはお気づきになりますまい！　あのお方の腹も、ひっこんでしまいました。ビヤ樽がアンチョビ用の樽に変わってしまったようなものでございます。昨日、いつもの習慣で帽子を手にヨハン・ヨーゼフ通りを通りかかっていた、フォン・シュトルクハウス男爵にいたっては、オーストリア大使の四輪馬車にむかって、鬘を持ち上げて挨拶されたほどでございまして！　確かに、国務評定官の皆様の苦悩ぶりには、私もまことに胸動かされるところがございましたので、そのお頼みとあっては、断り切れませんでした。それというのも、私めが一連の問題に通じているのではないかと、思われたからでしょう。たとえば、陛下が初咲きの黒とピンクのチューリップをご覧になりに、オランダまで出向かれたことを、陸軍大臣にそれとなくお分かり戴けるようにいたしました。また、国王が気紛れを起こされ、メールストロームの大渦に投げ込まれた伝説の鳥のアルキュオネの羽が、渦に飲み込まれないで何分ほど回っていられるのか、計ってみようとされたことを、司法大臣に漏らしました。フリードリヒ二世が確かな筋から、今年は青狐が珍しいほど沢山いると聞き及ばれ、目下、グリーンランド沿岸の西部地方で狩をされているとのことを、財務大臣はこの私めからお知りになられたのです。ついには主君が、メッカへ巡礼するのが望ましいと判断されたことと、それと気付かれぬよう、タンバリンを叩きながらアラビアのほうへ旅するロマ人のある部族に紛れ込んでしまわれたことをも、閣議の議長をつとめる宗教大臣には隠しおおせなくなりました！　実のところ、私の申すことを、信じて戴けたかどうかは存じません。ですが、フォン・シュトルクハウス男爵が、あまりに信頼のこもった眼差しで、こちらの話に耳を傾けて下さるので、たとえ男爵が駱駝の背にまたがり、陛下探索のため隊商を組もうと努められても、驚いたりはいたしますまい！　ご留意戴きたいのは、動揺ぶりは市中におきましても、宮廷内に劣らぬものがございます。陛下麾下のすこぶる体格のよいテューリンゲン人たちは、動きが鈍く遅いため、人間が行進しているというより、むしろ樽が転がっているというに等しく、その樽を抜くや、南北両ドイツの渇きを癒すに十分なほどでありましょう……なにしろ、フォン・ビスマルク氏がいかなる呼び方をしておいでか、ご存知でございましょう。それは〈オーストリア人と河馬の間におさまる動物〉であるとのこと。つまりその……ばかでかいテューリンゲン人は、大騒ぎしたがる報道記者並みに、すぐ取り乱し、ころころ態度を変えるところがありますゆえ。ただもうノンネブルク中が、あることないことを喋ってみたり聞いてみたりするような、混乱状態を呈しております。朝には、大学で教壇に立つ教授連が、国王のことを気に掛けるあまり、神の存在を否定し忘れました。そして、円形花壇にはさまれた噴水の周りをぶらつく学生たちは、一様に不安げな様子で、やがて来るゲルマニアの復興時に、自分たちが真価を発揮できる猶予を与えてもらえるかどうかとか、陛下がただちに首都に戻られるかどうかなどと、互いに訊ね合ったりする有様にて！　砲兵らはプロイセンのお従兄弟様から送られた大砲の砲口を営庭において磨きながら、官僚たちは彼らがこもる暗いニッチでペンの羽枝で鼻をかきながら、画家たちはアトリエにあって、アルブレヒト・デューラーに倣っていずれかのイヴに、あるいはオーヴァーベックに倣っていずれかのヴィーナスに、百合や薔薇の花を書き加えながら、彼らの国王が一体どうなってしまわれたのか、教えてもらえぬと嘆いております。その王たるや、砲丸の如く激しくて、書体の教師の如く達筆で、いかなる女たちや女神たちにも増して美貌であられるのです！『ブラッスリー・ロワイヤル』では、食事をする者が仔牛のソーセージを頬張ったまま、『えい、もう！　フリードリヒ二世は、果たして何処に行き給うたのだ？』と叫ばずして、一本たりとも食することはございません。物乞いたちも施しを求めると同時に、陛下の消息を尋ねるほどにて。もし、昨晩、オッティーリアがその赤い舌の先で、私のグラスから注がれた泡を味見してみた後で、こんなことを口にせずにいる位なら、ヴェーヌスブルクの小径でニンフたちの肩に接吻をした、けしからぬサチュロスに命を奪われても構わぬほどでした。つまり、世間の陛下への呼び名にならって、『〈蒼白の王子様〉が妖精の国に連れ去られてしまったって、本当なの？　そして、王子様が妖精たちの女王に、男の子と女の子のふたりの子供を授けない限り、私たちのところに戻してはもらえないってことも？』もちろん、『九ヶ月後には戻られるでありましょう。双子を期待されておいでなのですから』と、答えておきましたが」

「嘘をつく位なら、黙っておくべきだったろう」と、若き王はぴしゃりと言い返した。

「そういう私だとて、黙っておきとうございました」とカールは言った。「口の堅さという点からすると、巧みなお喋りに勝るものはございませんで。もし母君がベルリンからお戻りにならなければ、誰ひとりとして、陛下の居所を知るものはおりませんでしたでしょうに。あゝ、陛下、テークラ妃は恐ろしいほど鋭い洞察力を備えたお方であられます。オランダのチューリップだの、ゼウスがそれをもって波風を鎮めたとする伝説の鳥アルキュオネの羽だの、グリーンランドの青狐だの、ロマ人のタンバリンだのの話を、信じようとはされませんでした。妖精たちの女王に要求された双子の伝説までも、語り手としての私の自尊心にとって耐えがたいほどの軽蔑の色を浮かべられ、冷笑される始末でした！　母君は『王は何処においでなの？』とおっしゃりながら、私の目をまともに見詰められましてございます。まるでこちらを怖がらせようとして、見詰める術を心得ておいでになるかのように。しかしながら、たとえテークラ妃から脅されようとも、少なくとも本当のことは、ひと言たりとも、口を割ったりしなかったと存じますが……」

「母上が、余に仕えてくれている大事なそなたを、脅したとでも？」

「私には、そうはっきりとされたわけではございませんが。母君が私に問いただされたおり、王宮の庭園の湖のほとりでご一緒いたしておりました。陛下が聖杯の騎士の兜をかぶり、月光を浴びながら、夢想に耽って乗られた船を、一度ならず曳いたあの美しい白鳥が、岸辺の芝生の上にいるふたりのごく近くで、餌をついばんだところでした。すると、王妃様があの貴くも白い鳥をまじまじと見詰められましたので、そのご様子に私は震え出すほどでございました。もし私が陛下をお探し申し上げるのに同意いたさねば、間違いなく白鳥はパルジファルをではなく、お抱えのウィーン出身の料理人を相手にするところでした。そして、ローエングリンの乗る小舟を金の鎖で曳く、あの神聖な鳥の腿か手羽を、赤すぐりのジャムのソースで、あわや食するところでございました！」

王は考え込んでから、こう告げた。

「母上が何を私に仰せになりたいのか、見当がついたのか？」

「間違いなく極めて厄介な、何らかの事柄かと存じます」と、カールが返答した。「王妃様がプロイセンからお着きになられたからには。しかも到着遊ばされるや、直ちにフランシスコ会の小修道院長様をお召しになられたからには。様々な人物が私どもにもたらすやも知れぬ厄介ごとはすべて、フォン・ビスマルク氏の手を経てなされることでありましょうし。それに、神が意地悪にも使者として選び給うたのは、ドン・ベニニュス様なのでございますゆえ。王妃様と院長様が、プロイセンの策略や王国の宗教上の利害関係について、陛下と長々と話し込まれることになるのは、目に見えております。あゝ、相当困ったことになりましょう！　まあ、それでも、どうか政治談議と、フランシスコ会士のお説教以外のものが、陛下を待ち受けておりませんように！」

「おや、ならば、余が何を恐れねばならぬというのだ？」

「祝婚歌にございます、陛下！」

たちまち王は首からこめかみまで、ぽっと赤らめるのだった。あたかもうら若い女が、遊び人の男の下心を真に受けた時のように。

彼は即座に尋ねたが、その声は震えていた。

「教えてくれぬか、カール。そなたが聞き知ったことを、すべて言うがよい」

「陛下、私は詳しいことは何ひとつ存じませんが、かなり不安な何らかの事柄が画策されているとと踏んでおります。しかも、それは陛下のお気にまったく召さぬことかとも」

「いかなる疑念をいだいておるのか、聞かせてくれぬか」

「テークラ妃は、夜間に不意にお着きになられ、人目を避けるようにして王宮に入って来られましたので、栄誉礼のトランペットも吹かれず、太鼓が打ち鳴らされることもございませんでした」

「母上は厳格な性格の方なので、派手な儀礼は苦手であられるのだ」

「今回、母君が避けようとされたのは、公式歓迎が盛大に行われることではございませんで。それは、その……」

「ならば、何であったと申すか？」

「廷臣や召使たちの好奇心かと」

「ということは、ご自身がおいでになることを、隠されたほうが得策だと思われたのか？」

「ご自身のことではなく、同行されたお二方のことでございましょう」

「母上は、おひとりで来られたのではなかったのか？」

「何ぶんにも、陛下、私は眠る時は鳥の如く、歩く時は猫の如くでございますから。一昨日、暗くなってから、城の大門の一枚がゆっくりと開く音を聞きつけました。はて、このような時刻に、誰がやって来たのだろう？　おそらく陛下であられるのだろう。そう思って、寝床から飛び起き、服を着ながら、降りて参りました。すると丸天井の下を、人影が近づいて来るのです。城守に先導されており、その男が角灯《ランタン》を掲げておりました。私は壁際の、マクシミリアン＝クリストフの大きな石碑の脇の物陰で、じっとしておりました。母君であられると分かりましたが、その後ろを歩いてくる、ふたりの女性の姿も見分けがつきました」

「そのふたりに見覚えがあったのか？」

「あゝ、陛下、かろうじて見えたという程度でしたが、そのふたりの女性は、まるで万霊節の日の苦行会員そのままの服装をしておりました。何とか見当がつきましたのは、やってきたうちのひとりで、ヴェールを被って頭をぐらつかせていた人物の方は、どうやら相当年配らしく、スペインの付き添い老女そっくりの立ち居振る舞いや、歩き方をしていた、ということくらいでございました」

「もうひとりの方は、どうなのだ？」と、王が尋ねた。

「もうひとりの方は、しっかりとした足取りでやって参りましたが、人目を忍ぶこうした参内のあれこれを、いかにも面白がっている風情で、身ごなしも軽やかに、躍り出さんばかりでありました。目の高さまで下したヴェール越しに、丸く澄んだ生き生きとした瞳がうかがえ、その陰で笑っているかのように、ふっとレースが持ち上がるのです。おおよそ十八歳くらいだということは、間違いございません」

王はいっそう顔を赤らめ、顔を背けるのだった。

「翌日にも、調べたであろうな？」と、彼は言った。

「勿論でございます、陛下！　ですが、城守以外、誰ひとりとして、謎のふたりの人物を見かけた者はおりませんで。しかも、城守がこう答えたところからして、恐らく釘をさされていたのでありましょう。『カール様、夢でもご覧になっていたのでございましょう！』と。そこで、私は自ら探し始めました。私が立ち入らなかったり探し回らなかった、宮殿の部屋や、庭園の東屋など、一箇所たりともございません。ですが、徒労に終わりましてございます。幽霊の消え去った後に残されたのは、何の気配もない、静寂のみでありました」

「その者たちは、帰って行ったのではないか？」

「私は全く逆だと確信しております！」

「しかし……」

「あゝ、陛下、私が踏み込むことの出来ぬ部屋があることくらい、察しがお付きになられましょうに」

「どの部屋だ？」

「テークラ妃のお部屋でございます！」

「そなたは、そのふたりの女性が、母君の所にいると思っているのだな？」

「そう思うのかと仰せなら、間違いないと存じます。母君の礼拝室にパイプオルガンがあることは、ご存知でございましょう？」

「いかにも」

「それがでございますが、昨日の夕方、私が見張っておりますと、窓の下で耳にいたしましたのは……」

「母上は時おりオルガンを弾かれるぞ」

「母君が弾かれるのは、ほぼ決まって、何かの陰気な詩篇歌か、十八世紀のイタリアの作曲家ペルゴレージの魂が物悲しげな音を響かせる、アンダンテの聖歌のひとつくらいでございますが。陛下！　何と私が耳にいたしましたのは、『白鳥の騎士』の婚約のアレグロでございました！」

王はおののき身を震わせた。雪の上をあちこち歩き出し、時おり両手で頭を抱えてみたりした。と、突然、蒼ざめて、立ち止まった。

「カール！　カール！」と、風に巻き毛を揺すられながら、こう告げた。「逃れて行かねば！　よいか、逃れて行きたいのだ。我が街からも、我が宮廷からも離れて。つくづく嫌気がさす儀礼的な敬意の表明からも、うっとうしい駆け引きからも離れて。我が物顔に私を自由にしようとする、あらゆるものから離れて行くのだ。余がそれらの支配者なのだから！　断ち切ってみせようぞ、自らの鎖と、それらの鎖を。玉座とは責め苦の椅子であり、もはやそこに座すことを望まぬ。中世の宮廷叙情詩人ヴァルター・フォン・デア・フォーゲルヴァイデのように、あゝ、私は翼なき肉体のうちに、鳥の魂を秘めているのだ！　人間であることの重圧に、王であることの重大さを、これ以上重ねたくはないのだ。束縛から逃れ出て、姿を消さねばなるまい！　未知なる岸辺には、生きることへの恥ずかしさと後悔を、あらゆる者の目から隠してくれる、いずれかのほの暗い寂寞の境が、いまだあるに違いない。通り過ぎて二度と戻って来ぬ、ある人間がいたという記憶だけが、世間の人々のうちに残ればよいのだ！」

「私も旅が似合い性でございまして！」と、カールが言った。「陛下はフロリダがお気に召しますのでは？　そこはかなり住む人も少ない地域だと、伝え聞いておりますゆえ。芳香を放つ毒をたっぷり含んだ巨大な花が、黒い大きな湖のほとりに咲き誇り、その花の萼《うてな》に蜜を吸いに飛んできた鳥が、いまわの際に鳴く声に恍惚として酔いしれ、羽ばたきするものの、こと切れて、落ちてゆくのでございます。廷臣たちがそのような所まで陛下を追いかけてきて、自由主義的国家主義者らの危険な意図を告発されることなど、まずはなかろうかと存じますし、母君が陛下の元に、許嫁《いいなずけ》になるような女性たちを連れて行かれることも、差し控えられましょう。ですから、申し上げているのでございます！　さあ、参りましょう！　いや、そうは申しましても」と、カールは爪の先で鼻の頭を掻きながら付け加えた。「もはや、私たちがこちらに不在となりましたなら、ハンス・ハマーはいかが相成るのでございましょう？　この偉大なお方に王様が抱かれる熱烈な思いを、誰しもが感じているわけではございませんので。私といたしましては、あのお方を追放に処す好機をひたすら待ち構えておいでの、王妃様はじめ四人の大臣と二百人の議員が控えておられるうえ、陛下がもはやあのお方に喝采を送られなくなった暁には、口笛で野次るに違いない二、三千人の作曲家らがいるものと承知いたしております。それに、かなりのユダヤ人たちに、相当数のイエズス会士らが加わり、揃いも揃ってひどく機嫌の悪い人々ときております故、あのお方が夕方に森の片隅で、その手中に落ちるような破目になるのは、どうにもお勧めいたし兼ねますが」

「そなたは冗談まじりで、真実を語っているのだな」と、フリードリヒは物思いに沈みながら答えた。「我が事業をなし終えるまでは、自らの務めを放棄することは出来ぬのだ。余は王として留まらねばなるまい、ハンス・ハマーが神であるためには」

　さらにこうも尋ねるのだった。

「馬を曳いて参ったであろうな？」

「陛下お気に入りの二頭で、オリトリンデの雌馬と同じ、ナハトという名の黒い小型馬と、ブリュンヒルデの行進馬と同じ、グラーネという名の白い種牡馬にございます。馬はこの山の高原地帯に置いて参りました。陛下の乳母の山小屋の近くですので、馬がまばらに生える草をはんだり雪を口にしたりしている間、ヴィルヘルミーネ婆やがミルクと黒パンのスープを、私たちの朝食用に作ってくれているのです」

「では、ノンネブルクに戻るとしよう」と、王は憂鬱そうに告げるのだった。「さあ、カール、ついて行くぞ」

　この側仕えの青年の肩に手を置くと、フリードリヒはうな垂れて、雪と結氷の坂道を高原地帯に向かって下り始めた。

　彼はふと足を止め、辺りを見渡した。

アルプスの巨大な圏谷が花崗岩の段丘を連ね、針のように立ち並ぶ樅の木に覆われて、蒼白く靄の立ち込める断崖の底まで傾斜しながら広がっていた。ここかしこに群雲のたなびく薄青色の空の下、はらはらと降りかかり舞い散る雪片の渦を、時おり音もなく運び去る風の吹く中で、一月の太陽が凍てついた岩場を照らし出し、雲母のごとき雪をきらきらと輝かせ、木々の枝先に垂れて揺れる凍雨の雫を小さなシャンデリアさながらに光らせていた。

彼は笛を唇に当てた。

ゆっくりと澄んだ音色で、沈黙をはさんで途切れ途切れに吹く曲は、今一度、凍りついた泉の水が溶けて、一滴、一滴、したたり落ちるのにも似た、類稀《たぐいまれ》な冷たい真珠の粒と化して、次々と響き渡っていった。だが、夢に対して理想が答えるかに思われたアルプスのナイチンゲールの声は、笛の音に鳴き返す様子もなかった。

そこでフリードリヒは、一面の白い冬景色を永久に己が眼に焼き付けおかんと願うかのように、執拗にじっと最後の一瞥を投げかけ、山の高みの自由な空気を思うさま己が胸に吸い込み運び去らんと願うかのように、長く大きく息を吸い込んだ。それから、牧童姿の王は憂鬱げにこうつぶやきながら、ほの白い下り坂をたどってゆくのであった。

「人の気配を避けて棲む鳥は、さぞ余のことを怒っておるであろう。なにしろ、人中に戻ってゆくのだから」

II

ノンネブルクの王宮の一翼には、ほとんど誰にも立ち入りの許されぬ隠れ場所があり、そこへ王が身近に仕える数名の小姓を供に従え、孤独に引きこもるのである。宮殿の窓の下を日がな一日、行き交う者たちですら、その一角はあまりに謎めいていて、はるか彼方に存在するもののように思われたほどなのだ。

忙しげに人々が行き交い活気あふれる街中と、葉叢がそよぎ鳥の飛び交う王宮庭園との間にあって、その場所は夢想の霧の彼方に、夢幻境の如く、驚異の島の如く、見る者の眼に浮かび上がってくるのである。そこにあっては、自然のものは何ひとつとして鳴いたり緑を茂らせたりしてはならず、命あるものは何ひとつとして存在してはならない。それはほとんど、この世の只中における別世界であり、とある街の片隅の「楽園」なのだ。そして、この「エデンの園」は、さぞ心地よい場所かと思いきや、それと同時に、はなはだ漠として摑み難く未知なる点が多々あるが故に、どこか空恐ろしい感覚を与え兼ねぬ所でもある。たとえば、高い塀の向こうにあるのが、恐らくは墓地であっても、いかにも庭園があるかに思わせるようなものだろう。知りたいという欲求には、知らされることへ一種の怖さがつきまとうのだ。だが、そうは思いながらも、近寄ってみて、忍び込んでは、様子を窺おうとしてしまう。爪先立ちして、閉じられた窓の縁の向こうに、せめて視線だけでも投げかけ、中を覗き見しようと試みるのである。だが、無駄に終わるだろう。メルランがヴィヴィアーヌの洞窟の中で、いかにして時を過ごすのかと尋ねる、『青い騎士』の物語にあるように、「〈好奇心〉が問いを発すると、〈秘密〉が彼のために答えてやるよう、〈沈黙〉に合図する」ということか。

山から下りたフリードリヒ王のやって来るのが、まさしくそうした場所なのだ。

あまたの人々のかすかな話声が聞こえて来る暗がりを、彼が通り抜けようとすると、見えない手が真っ白な王の毛皮を脱がせ、別の衣装に着替えさせるのだった。それがすむと、彼はゆっくりと手探りで、一本の大きな柳の木の豊かに茂る葉叢をかき分けた。するとそれは、絹の擦れるような音をたてつつ、王の背をかすめていった。と思う間もなく、あたり一面に暖かい光がさっと射してきて、流れ出る黄金と溶解する宝石の輝きで彼を包んだ。

「パルジファル王に、幸いあれ！」

「英雄ジークフリートよ、今日は！」

「テセウス公よ、そなたに栄光あれ！」

「様々な試練に打ち克ち、イエスの御血を受けた聖杯を手に入れたかね？」

「森の小鳥たちの言うことが分かるようにと、ドラゴンの傷口に唇をつけたかね？」

「兜に獅子の口を飾っている、残忍なアマゾネスたちを打ち負かせたかね？」

「クンドリーの髪の毛の金の詐術を断ち切ったかね？」

「山の頂で炎に包まれて、ワルキューレがそなたの前に姿を現した時、胸が高鳴らなかったかね？」

「つれなきイポリットの傷ついた胸に、思い切って唇を押し当てたのかね？」

「聖杯を持ち帰り得た者に、幸いあれ！」

「怪物を退治した者よ、今日は！」

「女戦士たちに勝利した者よ、そなたに光栄あれ！」

　こんな風に語りかけるのは、いったい何者なのか？　と思いきや、鳥たちだった。それは、とりどりの羽をはばたかせ飛び交う中でも、冠羽のある一羽の白喉鳥《はっこうちょう》だった。キリスト磔刑の地カルワリオの丘で鳴いたことを思い出したのか、昼顔の花房に脚をかけてとまると、小さな喉を思い切りふくらませ、かわいい嘴を大きくあけて、聖杯の知らせやいかにと、パルジファルに問いかけているのだった。血のように赤い喉をふくらませながら、ドラゴン退治をした男に賛辞を述べるのは、大きく羽をひろげた一羽の鷽《うそ》であり、白い体でぐるりと飛翔しながら、女たちのおぞましい血で朱に染まった青年アテネ公に、くうくうと歓迎の意をこめて鳴くのは、古代のシテール島の鳩にも似た神聖な一羽の鳩だった。

　湖水のクリスタル・ブルーを思わせる、青く澄み渡った空のそこかしこに霧が流れてゆき、その高みから、黄金色に輝く真昼の太陽が森の空き地に照りつけていた。草いきれの匂いが芝で覆われた地面から立ち上っており、そこには星のように光芒を放つ雛菊が咲き乱れ、すずらんが鈴の音を響かせていた。そして、折れた植物の茎の上を緑色の蜥蜴が金属さながらに光る体でするりと走り去るかと思えば、花から花へとバッタが跳び移る音がした。幹が珊瑚で半貴石の節を持つ奇妙な木々が、黄金のゴム状の樹液をしたたらせ、リズミカルな風に揺れて大きなエメラルドの木の葉を上下させると、そこにルビーのチューリップが鮮やかな傷口のように真紅の血を流していた。そして、遠くに見える何本もの枝が絡まり合う木陰の、ラピス・ラズリで出来た岩陰からは泉が湧き出て、透き通ったダイヤの水がこぼれ落ちると、草むらを流れるうちに小川となってゆくのだった。時おり、不意にかすかな葉音が聞こえてきたが、どうやら姿を隠していたガゼルが、叢林を駆け抜け逃げて行ったからかも知れぬ。それとも、ニンフの誰かが水に脚を浸しているのを見つけられ、あわてふためき真珠の露を揺り動かしながら、木の陰に隠れてしまったからか。

林間の空き地の中央には、真っ赤に燃える太陽が熱く照りつけており、つややかに生い茂った枝葉がそよぎ、王の栄光を称える詩を歌う鳥たちが頭上を飛び交っていた。そんな中を、古代ギリシャの青年そのままに若々しく、はたまた乙女の如く初々しい姿でたたずむ、誇り高く汚れなきフリードリヒは、麻の長衣に銀の胴鎧をつけ、肩から真紅の細布をなびかせて、翼を広げた白鳥の飾りをあしらう兜を頭に戴いていた。それがため、どことなく、自らの王国に帰り着き、動物や植物に姿を変えた妖精たちにあちこちから挨拶される、神秘の力を賦与された、さる美貌の貴公子を彷彿とさせるところがあった。

彼は切り倒された木の幹の方へと、ゆっくりと歩んでいった。その幹には森に棲む獣の皮が敷いてあり、彼はそこに身を横たえた。身にまとう衣の裾を草の上に引きずったまま、毛皮に肘をつくと、呪文のごときルーン文字の刻まれた銀の楯に頭をもたせかけた。翼飾りのついた兜がそこに当たると、澄んだ音がした。

戦に疲れ、まどろむ若き男神そのままに、彼は身じろぎもせず、エメラルドの大きな木の葉がそよく様や、ふわりと舞い上がった鳥の羽毛が震え散り、太陽が輝く様を、ぼんやりと眺めながら夢想に耽るのだった。半ば閉じかけた睫の陰より見やると、空想のお伽の国がひときわ神秘的で、はるか遠い世界のものと映るのであった。

と、その時、木の枝の絡まるあたりで、物音がした。

いまだ眼光鋭い仔狼の首を頭にかぶり、あちこちに動物の毛を詰めた鹿毛色の皮衣をまとったカールが進み出た。そのいでたちたるや、北欧神話のアゼスの神々が、戦場に赴かんと馬の尻に乗せる、太刀持ちの小姓といったところだった。

「陛下、母君がおいでにございます」

王は夢から醒めたかのように、はっと身を震わせた。

「おや」と彼は言うのだった。「母上はここに来られることを、嫌だとはお仰せにならなかったのだな？」

「王妃様は、最初、ためらっておいでででしたが、やがて、『構わぬ』と、小声で応じられましてございます」

「ならば、お待ち申し上げよう。ふたりきりにしてくれ」

カールは引き下がると、間をおかずして、何本もの柳の長い枝を持ち上げながら、再び姿を現した。その枝は垂れ布が降りるように、蒼白い顔の大柄なひとりの女性の背後で、ゆっくりと元に戻っていった。

これぞフリードリヒの母であり、プロイセン王国の宰相をして、「もしテークラ妃が男子であったなら、この男こそ二年もたたぬうちに、ドイツ皇帝になっていようものを」と、言わしめたほどの女性だった。

彼女はその周囲に、畏怖にも似た、近寄り難い、ある種の敬意を払わせる雰囲気を漂わせていた。ヨーゼフ二世の死去以来、王にして大いなる希望の的でもあったはずの人物の寡婦として、山岳地帯のいずれかの城でひっそりと暮らしており、何かある日にはそこへ向けて、修道女や修道士らが行列を作って次々と登っていく様子が眺められた。あるいはまた、谷の修道院で暮らすこともあったが、その修道院は険しい斜面がもうひとつあるかのように横一列に並べた岩の上に建てられていて、建物の古い長方形の砲塁正面がまっすぐにそびえて見え、切妻壁には十字架が掲げられ、たとえそれが教会でも城砦かと見紛う造りであった。テークラ妃はそんな風にひとり俗世を離れて、果たして何に思いを致していたのか。明確に言い得る者など、誰ひとりとしていなかったろう。ヨーロッパのなべての君主が開くいかなる閣議であろうと、そこで様々な国民の命運の帰趨をいかにすべきか練るような人々の間では、はるか手の届かぬ所に身を置くこの寡黙な女性がどう考えるかと思うだけで、はっきりとは表明されないものの、漠たる不安が広がり片時も頭を離れないのだった。そして、恐らくは彼女があらかじめ想定し、どう対処すべきかを考えておいたとおぼしき、大きな宗教的または政治的な出来事が、運命の不思議なめぐり合わせと時を同じくして生じるのでなければ、彼女の方も二つある隠遁所のいずれかから離れようとはしなかった。

彼女は五十歳になっていた。痩せぎすで骨ばっていて、肌の色は古くなった蠟燭を思わせ、真ん中分けにした灰色の長髪からのぞく額には皺もなく、目は黒光りした鋼そのままに曇りなく非情な冷たさを帯びており、すっと通った鼻筋は男のようであり、骨が折れぬかと思うほどつんと反っていた。そして、とがった顎の上の唇は血色も悪く、話す時ですら開けずにすませそうなほど、口をきゅっと結んでいだ。上から下まで地味な色合いの共布の衣装に身をつつみ、まっすぐな長いプリーツがくるぶしまで達していた。衣服の野暮ったさとは相容れないその居丈高な物腰のせいで、どことなく、皆に言うことを聞かせてしまう陰気な女中、とでもいった感じがしないでもなかった。

彼女が入ってきた途端、鳥たちは王を称えるさえずりを止め、葉叢のそよぎは風が凪いだ時のように静まり返り、泉の水も涸れてそのダイヤの流れが絶えてしまった。王の意思からこの夢幻的な光景が中断させられたからなのか、はたまた王妃が自らの存在を見せつけ厳しい現実に引き戻し、虚しい魔法の幻惑をかき消してしまったからなのか。青く着色され所々に雲が描かれたクリスタルの丸屋根の下では、本物の日の光が射せば、そこの太陽などもはや巨大な一個の黄金の球でしかなくなった。樹皮を赤く塗られた木々には緑色の絹の木の葉がつけられており、そこにとまった白喉鳥や鶯の動きが、糸で手操られてでもいるかのように急にぎこちなくなり、片方の羽がうまく閉じられないまま、バネの音をきしませていた。少々黄ばんだ羊毛の苔の間と、薄地麻布《バチスト》で出来た雛菊の小さな白い星型の花びらやサテンの鈴蘭の上を、素早くはっていたトカゲは、もはや植物をたわませることもなく、ギザギザのかぎ裂きに引っかかり身動きしなくなってしまった。そしてバッタは、一本の金属の茎の先端にとまったまま、かすかに震えながら空中に留まっていた。何もかもが夢と見紛うばかりの美しさだったのに、あとには、薄汚れ色褪せた書割の醜悪さが残るのみだった。

　息子が身を起こそうとしかけたのを、恐らく自らが彼の傍に行こうとしてか、王妃は身振りでとどめた。それから、空気を裂くような鋭い発音と、花を次々と素早く刈り取ってゆく鎌の切れ味を連想させる声で、こう告げた。

「起きずともよい。私は立ったまま話しますから。ひと言申さねばなりませんので、よくお聞きなさい。お祖父様のフリードリヒ一世は、テューリンゲン王国の命運をひとりの女の気紛れに任せてしまわれたがため、退位を余儀なくされました。私の夫でそなたの父でもあるヨーゼフ二世は、多分、私が切り開いた道を進むのを躊躇されたからか、亡くなってしまわれました。フリードリヒ二世のそなたは、国を治め世間の常識をわきまえた振る舞いをするかわりに、夢みたいなことばかり考えている若者ですが、退位か死か、どちらの結末を選ぼうというのです？」

「退位するか、死ぬかなど、どうでもよいではありませんか？」毛皮の上に再び横になりながら、王は答えるのだった。「それにしても、母上、誰がそのような話をしているのですか？」

「そなたの母が、独りひっそり暮らしているところを、わざわざ出向いて参ったのも、そなたに注意せんがためのこと。一体そなたは現世の王国の君主なのですか、それともアヴァロンの島の空想上の封主なのですか？　世間からは、そなたが、いにしえのファルツ選帝侯のずしりと重い王冠の代わりに、鈴のついた道化の冠をかぶっているかに見做されよう。せいぜい、中世茶番劇の阿呆の王様といったところかと。我が子よ、気をつけるがよろしい。そなたは人間たちを支配する身なのです。空想にふけるなど、行動の妨げになりましょう。気をつけるがよろしい。議会によって公然と表明されたテューリンゲン国の意向からすると、そなたは玉座から降りることを余儀なくされ兼ねません。そこで、一歩身を引いた所から見聞きしている私だからこそ申しますが、大衆の無気力無関心の陰で『革命』が胎動し、その動きが高まってくることになりましょう。砂の下に隠れた潮のように、突如として表に噴き出て、岸辺の一切を押し流し、岩まで掘り起こしてしまうのですよ」

「母上！」と、王はきっぱりと言ってのけた。「もし王国の代議士らが、私に対して礼を欠くようなことがあれば、身振りひとつで追放してやりましょう。また、もし我が民が、私に抗して蜂起するのならば、その前に立ちふさがって、暴動を押し戻してみせましょう……槍でも使ってです」そして、フリードリヒは言い添えた。「なにしろ、私はアーサー王の宮廷の騎士ですから。それとも、道化なのですから、道化杖でも使ってでしょうか」

「そなたが打ち負かすことの出来ぬ相手が、いるではないですか」

「それは誰なのです？」

「この私です」

「あゝ、母上が私の敵であられると？」

「いずれそうなろうかと。いまだ娘同然だった頃の身では、椅子から転げ落ちる酔っ払いみたいに、玉座からおろされた舅に対して、軽蔑した苦笑いを浮かべるのみでした。さらに妻として、それも恐らく優しい妻として、与えられた運命の重さと不釣合いな非力な夫でも、愚痴をこぼさずにいた位ですから、たとえ抵抗されようが、嫌な目にあおうが、己が息子を玉座からおろすのは、あり得ることです」

「母上が恐るべきお方だということは、存じております。母上の威力は表に出ないものの、あちらに及ぶと思えば、こちらに及ぶといった具合で、不意に力が増していって、火山の未知の火口が口を開けて噴出する溶岩みたいに、一気に表に出て来るのです。ですが、母上、己が息子にその力を行使されたとて、何になりましょう？　テューリンゲンでは、女性たちは支配権を持っておりませんし」と、口元を軽くすぼめて、いささか悪戯っぽい笑みを浮かべた。「となれば、誰をとお考えなのです？　つまり私が姿を消してしまい、元は王であったのが、もはやただの人間に過ぎなくなってしまったなら、あるいはただの人間であったのが、もはや骸《むくろ》に過ぎなくなってしまったなら、いったい誰を私の地位につけるおつもりなのですか？　もしや、大叔父上のマックス公をでも？　シャンペンでほろ酔いになられ、エルスター河の畔で我が国の兵士らが死んでゆく間も、空《から》の砲弾と満杯の酒瓶で曲投げをされた、あのお方でしょうか？　今や七十二歳の子供みたいな酔っ払いの御老体は、御自身がお持ちのファラーゼ劇場で可愛い小姓の役を演じておられます。それも、オーストリアで端役を務めた後、テューリンゲンで公妃におさまった、白髪交じりのシルヴィアのごとき女性と共にです。それとも、兄弟のヴェルフになさるのでは？　彼はいつも大司教の衣装をつけて、城の人魚《セイレン》の池で水浴びをいたしますし、上着も着けずシャツ姿のままで大使たちを引見いたしたりしております。あるいは、クリストフ公のほうが好ましいとお考えなのでしょうか？　人間というより怪物ケンタウロスとでもいうべきか、いやケンタウロスというより馬というべき、あの人物の方でしょうか？　彼の宮殿の中には、サーカス小屋が建てられており、ハンガリー人に扮した公がサーカス・リンクの真ん中で鞭を鳴らしている間、元は女曲馬師であった彼の妻が、薄絹のスカートを穿いて紙の輪をくぐり抜けるのです。彼の一番の気掛りの種は、嵐の晩には黒馬に、雪の日には白馬に乗ることで、いつぞやの朝など、狩に出かけようとして急ぐあまり、祭式を執り行っている司祭に向かって、『それ、行けっ！　神父！』と、叫んでしまったほどだとか。確かに、母上、五十人もの寵姫を囲い、四百頭ものグレーハウンド犬を飼って、真珠のリボン飾りを犬の首にかけたり、鉄の首輪を愛人の首にかけたりしたテオドール五世以来、ミッテルスバッハ家のアルベルト系に属する我ら全員には、一風変わったところがございますね。ですから、三、四人くらい狂人がいたとて、表向きはテューリンゲンの統治権を保っていられるのです。それにひきかえ、私など、まだ突飛なところが一番少ないほうです。というのは、楽しい空想をめぐらせるにしても、英雄とか神の格好をしてみるだけに留めているからです。そして、ハンスの崇高な音楽を聞けない場合でも、ニュールンベルクのある魔術師が造ってくれた鳥たちが歌う甘美な歌詞に、束の間、耳を傾けるといった、ほほえましい気紛れ程度なのですから」

王は頭にかぶる英雄の兜の陰で笑みを漏らしながら、口をつぐむのだった。それはまさに、子供の愛くるしい笑みを思わせ、それも少女の可憐な笑みとほとんど変わらぬものだった。恐らくそうすることで、厳母をからかうのを少しは思いとどまったのだろう。が、王妃はこう突き放した言い方をした。

「そなた、お忘れか、ヨーハン＝アルベルト公を指名するのを」

フリードリヒは蒼白の面持ちになり、皮肉っぽく唇を反らせた。

「あのお方は敬虔で、思慮深くておいでです」と、彼女は話を続けた。

「彼には、修道院の個室を用意してあるというのに！」

「憲法がそなたの後継者に選ぶのは、まさしくあのお方なのです」

「私の意志以外に、法はございますまい！」

「でなければ、私の意志によるかです」

「それでは、母上が王にされようとしておいでなのは、彼なのですね？」

「王以上のものにです、フリードリヒ」

「えっ、それはまた、何にでしょう？」

「皇帝にです。あゝ、そなたは音楽に没頭するあまり、耳も聞こえなくなり、夢想に耽るあまり、心も乱されてしまったので、民族の悲願の声が高まりゆくのも耳に入らぬようですし、運命が何を生み出そうとしているのか、理解していないようですね？　かつては威容を誇っていたドイツも、瓦解し細分化されてしまっています。ヨーロッパ全土を席巻した昔の皇帝のマントは、擦り切れて穴があき、ずたずたに引き裂かれ、四十枚のぼろ布となり果て、散り散りになってしまいました。鉄の帝冠は数々の戦の取引で売り飛ばされ、粉々に打ち砕かれてしまいました。そして、王や王族、大公といった者たちが、捻じ曲げられた各々の突起部で、自らのために王冠を作り上げたのです。確かにそれらは、小人の頭には十分な大きさのものでしょうけれど。カールの、ハインリヒの、オットーの帝国はどうなり果ててしまったか、クニプハウゼン殿に聞いてみるがよい。羊飼いの飼っている雌羊の数より、家臣の少ないお方ですゆえ。それから、リヒテンシュタイン公にも。なにしろ二度の食事の間に、徒歩で国境を行き来できるようなお方ですから。さらには、公国が庭園というヴァイマール大公にもです。賭博場の封主たるホンブルク方伯《ほうはく》にも！　そして、ドイツが分裂し、衰退し、壊滅する間、長年の宿敵たるフランスは、富を蓄え祝宴に浮かれながら、ほくそ笑んでいるのです！　あの生気あふれる麗しの国が、ドイツの死骸の上で踊ったり踏みつけたりしているわけですよ。それでも私たちの祖国は、再び結合することを望んでいます。山積みになった硬貨が再び溶かされ、鋳塊として固められていくように。そうして元通り結ばれることで、強大になってゆくのです。一つになり、巨大なものになりたいと望んでいるのです！　その時期が、その時期が迫っているのです！　ドイツ語の響きが聞かれるような所であれば、どこであれ、そこの土地はドイツということになるでしょう。そうして、祖先たちがそれ以上の征服など愚かなことと、移動をやめた領内のぎりぎりの所まで、私たちは己が国境を広げてゆくのです」

「母上、それこそが、ベルリンで切望されていることにございましょう」と返す王。

「何ゆえノンネブルクでは、そのことに思いを致さぬのです？　再構築されるドイツという体には、頭というものが必要となるからです。核となる国にプロイセンがおさまる代わりに、テューリンゲンがそうなっては、何故いけないのですか？　私の見るところでは、ミッテルスバッハ家は、ホーエンツォレルン家と同格くらいかと！　それに、我らの家系が帝国を手中におさめんとするのは、何も今に始まったことでもありますまい。ハインリヒ・フォン・フランケン殺害の血に塗れて、カールマン一世はカール大帝の玉座に納まりそこねてしまったではありませんか。プロイセンは、確かに、恐るべき軍隊を持っています。ですが、あちらが人間の数で勝っているとすれば、こちらには神がついておられます。あちらが大砲を向ければ、こちらは十字架像を掲げるのです。ドイツ帝国がプロイセンによって形成されるなら、ルター派の国となってしまい、呪われたものとなりましょう。ところが、テューリンゲンによって形成されるドイツ帝国は、神より祝福されるものになりましょう。何故なら、カトリック国となるからです。あゝ、様々な夢を必要とする若者よ、さあ、答えるがよい、これに勝る素晴らしいものがありましょうか。つまり、歴史をやり直すことであり、カール一世に戴冠したレオ三世の司教座と同時に、カール一世の王権を再興することであり、カトリック教会には魂を、帝国には肉体を取り戻させることなのです。そして、冠を戴くあれらの英傑たちの如く、すなわち己が大理石の椅子に座し、手には王権の象徴たる球を持ち、眠れる獅子のたてがみに脚を置き、数々の伝説に埋もれて瞑想する英雄たちの如く、面を向けるは教皇にのみ、仰ぎ見るは神をのみ、と！」

「なるほど、それは多分、素晴らしいことかと」と、語る王の瞳は、ほとんど輝きを帯びもしなかった。

彼はこう言い足した。

「そもそも、そうした栄光が達成されるのは不可能でしょうから」

「達成されるのは可能です！」と叫ぶ王妃。

「いかなる手段によって、でございましょうか、母上？」

彼女は息子のほうに駆け寄ると、切り倒された木に腰を下ろした。もはや彼女は、とりつくしまもない厳しい態度も示さねば、陰鬱な顔つきもしていなかった。野心に燃える時でさえ、上気したり晴れやかな表情を見せたりなどせぬ顔なのに。そして、努めて笑みをたたえ、うちとけた母親らしいところを見せようとしていた。愛撫しようとするかのように両手を差し出すと、優しいほどの声音でこう言うのだった。

「今日は、何て聞き分けがいいことかしら！　私の申すことに、注意深く耳を傾けてくれて、ご立派よ、フリードリヒ。先ほどは、少々きつい物言いをしてしまいましたけど、悪く思わないでね。苛々させられていたものですから。でも、もう、よしにしましょう。少なくとも、私がそなたを退位させ、ヨーハン＝アルベルトを王位に就かせる気だなどと、思ったりするわけもないでしょうけど。それに、そなたがこうして、ものの道理をわきまえている以上、そんなことをしてみたとて、何になるというのでしょう。ですから、私たちの間には、もはや意見の対立などありません。ひとりの母とその子として、そこのところを一緒に話し合いましょう」

テークラ妃は、慈しむような口調で言葉を続けた。

「いかなる手段を用いて、そなたを皇帝にしようとしているかと、お聞きでしたね？　手段のことなど、心配せずともよいのです。それは無数の計り知れないものの組み合わせによるからです。そなたには、さして理解が及ばぬかも知れませんが。政治に嫌気がさしているのですね？　自らは何ひとつ為さずともよいのですよ、ひどく面倒なことなど何ひとつとして。いつの日か、そなたがいささかなりとも、それに期待を寄せる時が来れば、『いざ、陛下！』と申しましょう。そうなれば、皇帝陛下のそなたは、玉座につくだけでよいのです！」そして、『白鳥の騎士』の第一幕に出てくるハインリッヒ一世のような、冷淡そうな口元に不似合いな微笑をうかべつつ、こう付け加えるのだった。「あゝ、ただ、私を信頼して、ほんの少しだけ、言うことを聞いてもらわねば」

「いかなる事柄についてでしょうか？」と、フリードリヒは不安げな眼差しで尋ねた。

「心配するには及びません。つらい犠牲など、求めるつもりは全くないのですから。恐らく聞き及んでいるでしょうが、議会はそなたがハンス・ハマーを追放するよう望んでいます。でも私は、議会と意見を同じくするわけではありません。音楽を愛好したとて罪にはなりませんし、偉大な王は芸術や芸術家を庇護すべきでしょう。でも、例の劇場を建設するために、あれほど多額の費用をかけるのは、確かに行き過ぎでしょうね。テューリンゲンの財政は、日に日に逼迫してきております。ビールへの課税が我が国の最も確実な収益ですから、もしもテューリンゲンの国民が酒を控えるようになれば、私たちはもはや文無しになってしまうのですよ。劇場の件は、もう少し後回しにしたほうがよいのでは。戦争に負けたフランスのお金で、百倍も立派なものが建つでしょうから。待っていれば、ハンス・ハマーを庇護することだって出来ようもの。あれは天才です。この私は、一度たりとも、逆のことを言った覚えはありませんよ！　それに、彼だけが、そなたの戴冠式の行進曲を書くことが出来る人間なのです」

「要するに、母上は私にどうせよと言われるのです？」

「ほとんど何も！　いま少し人付き合いをよくして、姿を隠したり急に逃げ出したりするようなことを、しないでもらいたいだけです。しばしば大臣たちが、妙な立場に立たされてしまいますから。あの者たちは、たとえ私に意見を聞いた後でも、そなたのいない間に審議をするのは困難なのです。政令や行政命令に署名するために、そなたがそこにいることが必要なのです。王国議会は、議長空席のまま主宰されることなど、あってはなりません！」

「フォン・シュトルクハウス氏には、うんざりさせられますから、母上」

「極めて職務に忠実な者です！　あの者を正当に評価していませんね。ところで、話が変わりますが、時には臣下の前に姿を見せるほうが、望ましいでしょう。もし、彼らにそなたの人柄がよく分からないとなれば、どうして彼らに愛されましょうか？　ほら、二ヶ月前の『万国博覧会』の開会式の当日に、そなたはノンネブルクにおらず、山の中の乳母の元に行っていたではありませんか。そこで、ヨーハン＝アルベルト大公が、式典の主賓を務めることとなったのです。それは、人々の注目をかなり集めたに違いありません。国民は不満だったでしょうに。やがて彼らに、多大な努力を要請せねばならなくなることを、思い起こすべきです！　どうやら白馬に跨り、歓喜にわく民衆の真ん中を、手を振りながら通り抜けてゆくのが、かなり苦痛なのですね？　よいですか、心を広くお持ちなさい。そなたに自らの血を捧げてくれるであろう者たちに、そなたの顔を拝める喜びを拒んではなりません」

「大臣たちと執務をし、国民の中に入って行けと？　それが母上の要求される事柄のすべてなのですね？」

「おや、まあ、なんと駆け引きの上手なこと！　極めて重大な計画について、私から話しておかねばなぬことがあるのは、察しがついているでしょう？　いいですか、しかと理解するのですよ。これから話すことは、完全に政治に関わる事柄です。そなたが揺るぎなき王となり皇帝と目されるのに、たったひとつだけ妨げとなっている事柄があります。つまりそれは、私たちの家系に関わる話なのです。先ほどそなたの申したことは、正しかったのです。そなたの兄弟や叔父たちはじめ、従兄弟たちまでが、正常ではありませんからね。王家の城がいずれも精神病院と化してしまっています。それ故に、将来が危ぶまれるのです。皆の考えるところは、『フリードリヒの跡目は誰になるのか』ということでしょう。帝国に関わるとなると、女曲馬師の夫とかシルヴィア夫人の小姓ごときが、跡継ぎとされるような王族に帰属することなど、とても無理な相談だろうと、そなただとて考えるであろう？　その反対に、もしテューリンゲンの国王が、心身ともに健やかな直系の子孫に恵まれるなら、万事がどれほどうまく運ぶことか、思ってもみるがよい。その者が、ミッテルスバッハ大公家ならびにファルツ選帝侯家の血統を、皇帝の家系において花開かせうるのですから！」

王は顔を高潮させて立ち上がっていた。そして、唇を震わせながら、こう告げた。

「それでは、本当だったのですね！　私が結婚することを、お望みだというのは！」

「その通りですよ」と答える母。

「そして、まさに、その覚悟を決めさせせんとして、母上はああした栄光と帝国の夢を餌に、私を釣ろうとされたのでありましょう？」

「それで、私を恨むとでも？　えゝ、えゝ、分かっていますとも。私がそなたのために、ドイツかデンマークあたりの、全く面識もない、いずれかの姫君を妻に選んだとでも思い込んでいるのでしょう。多分、醜いか、あるいは愚かしい女性で、自分が愛する気にもなれそうにない姫君を、とでも。あちこちの王が、己の地位に対する自尊心を満足させるためや、有利な姻戚関係を確保するために執り行う、そうした類の結婚になるのを、そなたは恐れているのでしょう。まさか、フリードリヒ、そのようなことなど。私は己が息子の栄光と同時に、その幸福をも考えました。私におもねる者たちは、私が偉大な王妃であると申しますが、ひとりの良き母でもあるでしょう！　傍においでなさい、さあ、もっと傍に。私がベルリンから帰着することは、誰かから聞いていたはずです。確かにあちらへは参りましたけど、今度の旅は単なる口実にしか過ぎません。おかげで、リリエンブルク湖の城に滞在することが出来ました。ですから、もう察しはついているでしょう、誰を許《いい》嫁《なずけ》として連れてきたかが」

「リジだ！」と叫んだ王は、顔をさらに赤らめ、まるで恐ろしい何かの幻影が自分の前に立ちはだかりでもしたように、大きく目を見開き、見据えるのだった。

「その通り、リジ大公女です。知っての通り、そなたは、あの娘から好かれておいでだし、そなた自身も……」

「おっしゃいますな、母上！」

「フリードリヒ！」と、王妃は険しい様子で立ち上がり、声を荒げた。

「それ以上はひと言たりとも、と申し上げているのでしょう」

「おや、断ると言うのなら、覚悟するがよい！」

「お断りいたします、母上。でも、少しも怖くはありません。そもそも私に対抗して、何がお出来になるというのです？　私に帝国を与えたあげく、王国を取り上げてしまおうとおっしゃるのですか？　やってご覧になればいいでしょう。玉座を私から奪おうとされるなら、それも結構です！　ただし、自分の臥所には誰も入れませんから」

彼はそんな捨て台詞を残すと、絹の葉が茂る小枝と、絵の具で色付けされた樹皮との間に、逃げ込んでしまった。花をつけトゲのある茨の藪が、まるで目には見えぬ手でかき分けられるかに、彼の行く手に開かれていって、通り過ぎるや、緑の仕切りさながらに再び閉じられてしまうのだった。

そこで彼は立ち止まった。そして、いまだ顔は怒りに燃え、息遣いは荒いものの、微笑を浮かべ始めた。何故なら、ちょうど自分の前に、小さな星を散りばめた空から降り注ぐ淡い月光を浴びながら、一羽の美しい白鳥がゆっくりと金色の小舟を曳いて、静かな青い湖面を渡って来たからであった。

いかなる奇跡によって、宮殿の内壁に囲まれた中で、こうした夜景を夢見心地で眺め得たのだろうか。片や壁の外側には、恐らく真昼の太陽が照りつけていたことだろうに。

哀愁を帯びた月明かりの中、夕べの爽やかな風のそよぎに、白鳥の純白の羽が軽く毛羽立ち、かすかな波音の響く澄んだ水面に小波が立つのだった。そして湖岸の周囲では、細く伸びた葦の茎が揺れて互いに当たり、サーベル形のつややかな葉が擦れ合うのだった。ほのかな芳香が、夜露に濡れた緑の草木から立ち昇ってきたり、閉じかけた花の吊り香炉から放たれたりして、群雲を吹き流し千切れ雲にしてしまう気紛れな風に乗って、起き上がったかと思うと又しなだれる草むらを、縫うように漂ってゆくのであった。

岸辺にいるフリードリヒは、少し身を乗り出して、白鳥の長い首をなでてやると、その鳥は時には両の翼を白い二枚のヴェールのように広げるのだった。

するとその時、紺青色のおぼろげな線で描かれた月が高みに昇る空や、星屑を映し出す湖面や、ふるえる葦から、そして風や香り立つ匂いや、蒼白く霧にかすむ遠景からも、あたかも、そこの景色のそこかしこに、目には見えぬオーケストラのごときものが潜んでいたかのように、妙なる楽の音が響いてきた……

最初は、ほとんど聞き取れないほどの、定かならぬ、かそけき調べだった。が、それでいて、何たる甘美な音だったことか！　言うなれば、天使のごとき歌い手たちが、はるか彼方のいと高きところ、えも言われぬ神々しい光の揺らめく中に身を置き、山の頂にすら降り立つことを欲さぬかに思われた。ついで、徐々にではあるが、ゆるやかな曲線を描くように、次第に響きを増して高揚してゆくその天上の音楽は、甘美な音色をたたえたまま、燦然たる輝きが射しかからんとする如く、音量を上げて広がりゆき、遂に轟き渡った。驚異の曙光そのままに、光り輝く金管楽器の音色が高々と鳴り響く中で！

フリードリヒは、喜びにうっとりと口元をほころばせ、目を輝かせて聞き入っていた。

恐らくは、視覚的にも捕らえていたに違いない！　五感のすべてが聴覚的な悦楽にむかって解き放たれ、渾然一体となるに至った時には、視覚はかつて聞かぬ妙なる響きに引き込まれ、音の中に物の形を感じ取るものなのだ。そして、天下った天使らが、光溢れるこの楽園の王を、その翼で包み込むのであった。

だが、鷲が地上をかすめるや再び舞い上がってゆくように、高らかに鳴り響いたあの楽の音も、燦然たる輝きが遠のくにつれ、穏やかな和らいだ音色となっていった。そして、天駆けるような響きも次第に低くなり、ゆっくりと遠ざかりゆくと、それは徐々にではあるが、はるか遠くの空高く、えもいわれぬ神々しい光に包まれて、もはやほとんど聞き取れぬほどの、定かならぬ、かそけき調べでしかなくなった。が、それでいて、何たる甘美な音だったことか！

そこでフリードリヒは、ひと時、悲しげに物思いに耽った後、小舟に乗り込むと、白鳥に向かって、「いざ、進め！」と告げるのだった。あたかも、満天の星空を思わせる湖の上をたどってゆくことで、空に舞い昇ってしまった天使たちが、天国の高みから己を呼ぶかすかな声に、追いすがれるものならばと願うかの如く。

だが、白鳥がその羽を風にはらませながら、脚で水をかいたのに、金色の小舟は離れようとはしなかった。小さな手が、岸辺から、それを引き留めていたからである。

「リジだ！」と、王は顔色を変えて叫んだ。

はたして、そこには、ひとりの乙女がいた。血色のよい、ややぽっちゃりした体つきで、短いブロンドのほつれ髪が、可愛いらしい巻き毛となって額にかかる彼女は、岸辺に跪いたまま、笑いながら小舟を引き寄せていたのだ。そして、愁いを帯びた月の光にも、その若々しい頬の赤みや、生き生きとした目の悪戯っぽい輝きと、あどけない口元の初々しい快活さが、陰ることもなかった。

「そうよ、フリードリヒお兄ちゃま。わたくしよ、リジよ！　わたくしを待ってらしたのじゃあ、なかったの？　ほら、ここにいましてよ。ずいぶん長いこと、お目にかかっていませんでしたね！　そして、その間に、王さまは、ひどく冷たい方におなり遊ばしたようで。あなたの母上さまが、ついさっき、わたくしに何ておっしゃられたか、ご存知かしら？　お兄ちゃまは、わたくしと結婚する気など、おありでないとか。でも、そんなこと、まったく信じられなかったわ、まったくよ。だって、フリードリヒお兄ちゃまが、わたくしのことを、お嫌いじゃないことくらい、知ってますもの。リリエンブルクまで会いにいらして下さらなかったし、手紙も書いて下さらなかったけど、王さまなら、とってもお忙しいでしょうしね。ねえ、フリートお兄ちゃま、昔みたいに、あなたの『可愛い奥さん』に、なってもいいわね？　ほら、覚えてて？」

「一体どこから来たのだ？　誰がここに入ってよいと言った？　出て行ってくれ、ひとりにしておいて欲しいから、出て行ってくれ！」

そして、怒りを通り越して恐れを感じているかのような声で、こう告げながら、王は櫂をつかむや、荒々しく水をかこうとした。が、リジは、小舟が岸から離れる前に飛び乗ると、身体を揺するほど大きく笑いながら、フリードリヒの胸に飛び込んだ。そうこうするうちに、船は沖へ出ていた。

彼は得体の知れぬ恐怖に喘ぎつつ、叫び出しそうになるのを堪えたり、なるべく触れられまいとしたりするかのように、頬や唇を手で覆いながら、身を引き離し、頭をのけぞらせ、逃げようとした。だがリジは、銀の銅鎧の端に顎を当てると、王の両肩に手をまわした。そして、短い巻き毛を揺らしながら、開いた薔薇のような瑞々しい口元をほころばせて、彼の顔に微笑みかけるのだった。

「まあ、やだわ、こんなふうに、人嫌いになってしまわれるなんて！　まるで、怖がってるみたいじゃなくって？　わたくしのほうは、平気なのに。だって、とってもうれしいからよ。ちょっとでいいから、笑ってみて、わたくしを喜ばせるために。あら、お嫌なのね。分かったわ、ふくれっ面なんか、なさって。わたくしが、ここまで探しに来たからでしょう。でも、恨んだりしちゃあ、だめよ。だって、『さあ、行ってもいいわよ』って、おっしゃって下さったのは、母上さまなんですもの。それに、ほんとうを言うと、宮殿のこの一角がどんな所か、見てみたかったの。びっくりするような物が山とあるって、みんな、噂してるでしょう。あゝ、変わってるけど、とっても素敵ね。まるでお伽の国にいるみたいじゃなくて！　もし、なりたければ、お兄ちゃまは『ダイヤ』の王子さまに、わたくしは『真珠』の王女さまになれるわね。そして、お話の終わりには二つの宝石が、みごとな一本の婚約指輪になるんだわ！　まあ、お兄ちゃまったら、『白鳥の騎士』の衣装をつけてらして。じゃあ、わたしは、エルザってとこかしら。ねえ、フリートお兄ちゃま、これは本物の空なの、ほら、頭の上にあるのは。それに、本物の月や、本当の星なの？　ここは真夜中だけど、外は昼間なのよ。湖水にしても、この湖はどうなの？　鳥だって、この白鳥はどうなの？　本物じゃあないでしょう？　ねえ」と問い続ける彼女から、少しばかりの陽気さが消えていた。「こうしたものを見せてもらえて、とってもうれしいんだけど、心配になってもくるわ。なんだか、心から安心して、楽しめないみたいな気がしてきて。たぶん、ここにある素晴らしいものが、どれも本物じゃあないからだわ。つまり、わたしたちは、偽りのものに囲まれてるって、わけなんでしょう？　こんな風に、神様がお造りになったものの偽物を造るなんてことは、よくないはずよ。天のほかに、もうひとつ別の天を手に入れるなんてことは、たぶん駄目なんじゃないかしら。ほら、神様に逆らおうとした、憂鬱な悪天使がいたでしょう？　エデンの園を見た後で、自分ももうひとつ造ろうとした。きっと、その悪魔の楽園にそっくりなのが、わたしたちが今いる、ここの景色なんだわ。平原も、湖水も、夕空も、本物そっくりだけど、それを眺めてると気持ちが悪くなってきて、おかげで胸が苦しく心臓も凍りそうになるわ。あゝ、それは、ここには、神様がおいでにならないからなんだわ。それに、フリートお兄ちゃまからして、何だか、ほかの男の人たちと同じような暮らし方は、なさってはいないみたいね。すっかり変わってしまわれたのね。わたくしのことが、ちゃんと見えてて、こっちの話を聞いて下さってるのか、どうも自信がなくなってしまったわ。おそらく、お兄ちゃまは、もう元のフリードリヒじゃあ、なくなってしまわれたのね。ここに見えてるお星さまが、天の星じゃあないみたいに。ただの品物に偽りの命を与えたように、お兄ちゃまもまた、偽りの生活を送っているんだわ。ねえ、大好きなお兄ちゃま、思い出してよ、いっしょに駆けた美しい野原とか、黄金色の暑い日ざしや蒼白い月光を浴びた大きな木々のことを、それに大空を吹き抜けていって、ふたりの髪の毛をもつれさせた、爽やかなそよ風のことも！　自然って、なんて広々として、心地いいことかしら！　ここじゃあ、まるで魂が牢屋に閉じ込められてるみたいだわ。リリエンブルクの湖に戻ったほうが、よくってよ。あちらだったら、水も清らかに澄んでて、一面の空が映って見えるんですもの。ねえ、覚えてて？　池のほとりで傾いてた、あの葦のことを。ふたりにとっては、風に揺れる緑の屋根になってくれて、その陰にいると、まるで葉っぱとお日様の、小さなお家にいるみたいだったでしょう？　いい匂いが湿った地面から立ち上ってきて、水面をかすめるように飛ぶ雲雀のかわいい鳴き声や、遠くで歌う洗濯女たちの声が、風にのって聞こえてきてたわ！」

今や彼は、さほど怯えることもなく、前よりは注意深く耳を傾けていた。彼はこの若々しい薔薇色の顔を覗き込んでいたのだが、その乙女の顔からは、たわいない笑いが消えていって、少し悲し気で、ほとんど憂いを含んだような微笑が浮かんでいた。彼はきっと思い出してきたのだろう。その目には、ほろりと心を動かされたらしい、同意の色が読み取れた。

リジは気付いた。もはや彼が怒ってはいず、他人を寄せ付けぬわけでもないことを。

すっかり嬉しくなった彼女は、両手を叩いて声を上げた。

「あら、やっぱりお兄ちゃまは、そうあって欲しいって、思ってるとおりの、大好きなお兄ちゃまのままだったわ」

そして、彼女は口付けをしようと、王の首に飛びついた。

彼はぱっと飛びのいた。髪を振り乱し、形相も変わり、まるで蝮にでも噛まれた人間みたいだった。

「あゝ、何て騒々しいんだ、放っておいてくれ」

「フリードリヒ？」

「放っておいてくれ、出てゆくんだ！」

「何かいけないことでも、したっておっしゃるの？」と聞き返し、彼の両手を取ろうとした。「お兄ちゃまの口は、わたくしの許婚《いいなずけ》の口じゃあないとでも？」

「出て行ってくれって、言ってるだろう！」

それから、有無を言わせぬ態度で彼女を押しのけると、櫂をとろうとして、うつむいた。岸へ戻りたくなったからだが、そうする間もなく、乙女の方がそれを掴むや、湖に投げ込んでしまった。水が勢いよく飛び散って、きらきらと輝いた。

「よし、望みとあらば、受けてみよ！」と叫ぶ王は、命令するような仕草で腕を伸ばした。

こうした身振りが合図となったかのように、月光に照らされたそこの景色を揺るがさんばかりに、凄まじい轟音が鳴り渡った。雲が重く垂れ込めてきて、稲妻が走り雷鳴がとどろくと、夜空は黒雲に覆われ、澄み切った蒼色も星の輝きもかき消されてしまった。その一方で、折れた葦の合間越しに、いきなり四方八方から突風が巻き起こってきて、静かだった湖面が闇の中で嵐の海と化してしまい、そこに浮かぶ船は木の葉のように揺れて、寄せては砕ける波に揉まれながら上下するのだった。

リジは王の衣にしがみついて、苦悶の叫び声を上げた。だが、王の方は落ち着き払い、立ったままの姿が暗闇の只中で仄見えた。そして、光を放つものとては、その兜に載る銀の翼のみとなった。

次いで、どっと打ちかかる波に呑まれ、小舟は転覆し、船底をみせて沈没していった。嵐の最中にあって、波立ち騒ぐ湖の上を、金の鎖につながれて、翼の生えた波しぶきの如く滑ってゆく白鳥の白く揺れる影のほかは、何ひとつ見えなくなってしまった。

III

リジは幼少の頃、山の上にある大きな城に住んでいた。

最初のうちは、クラナッハの辺境伯だった父の宮殿で暮らしていた。ところが、伯爵は夫人が二十歳の若さで息を引き取るのを目の当たりにし、心痛のあまり亡くなってしまった。オーストリア皇女の夫人とは従兄妹夫婦だったのに、心から妻を愛していたからである。伯爵にはリジ以外に子供はいなかった。その代わり、大勢の親戚がドレスデンやウィーン、ノンネブルク、ベルリンといった所にいた。それらの親戚の代理人である謹厳な外交官たちが、緑のクロスを張った会議机の周りに集まった。彼らが全員一致で決めたのは、リジの年齢からして、わずか六歳の君主がクラナッハに君臨するなど、たとえ摂政の補佐があっても、もってのほかであり、また、故人の領国はその傍系血族に戻されてしかるべきである、ということだった。とはいえ、いよいよ相続分配の段になるや、合意が成立するには、それほど速やかに事が運んだわけではなかった。烏の群れが屍に飛びかかってゆく時こそ、皆で仲良くやるのだが、いざ嘴で肉を細かくつつくとなれば、互いに喧嘩する羽目に陥るものなのだ。それでも、やっとのことで皆が折り合いをつけるに至った。つまり、ザクセンは陶器を生産しているためフルダでよしとし、ノイシュタットの行政区は特産の優れた毛織物の故に、オーストリアから当然のこととして要求され、所有されることになってしまった。カトリック国のテューリンゲンは、美しい教会のあるブランケンハイムを自国領に加えることにし、プロイセンに至っては要求する理由も示さぬまま、クラナッハまで手中に収めたのだった。言うまでもないことだが、辺境伯領の臣民に諮《はか》ってみようなどという考えは、誰の頭にも一瞬たりとも浮かびはしなかった。こうした相続に関する一族内の取り決めに、全く関わりを持ち得ないからだった。オーストリア出身の母の忘れ形見として、幼きオーストリア皇女と呼ばれてもよいリジについては、リリエンブルクの領地が取り置かれた。もはや森林となった庭園の中ほどにあって、沼地に変わってしまった湖に臨むその城は、崩れ落ちて廃墟と化していた。だが、山があるお陰で、その空気は非常に爽やかだった。なお皆は、彼女のことを油断なく見守ってゆこうと取り決めた。この幼な子もいずれ成長して一人前の乙女となれば、恐らくは、いずれかの王族か皇族、あるいは公国の君主といった男性と結婚するであろう。となれば、その人物に諸権利の返還要求を起こされ兼ねず、厄介なことになるからである。ただし、彼女が十四、五歳頃になって、修道生活に身を捧げたいとの一途な思いに駆られない限りは、の話だったが。又そうなれば、それはそれで神の意に叶うことであろうし、世間の人々にも歓迎されることだろう、とも。高貴の出の尼僧たちがすぐさま大修道院長になるような、名門の修道院もあることであり、その暁には彼女らはもはや誰の邪魔にもならずに済むのだから。リジには古城があてがわれると同時に、女官長という肩書きで、老婦人のお目付け役がつけられた。この女性は修道者の肩衣《スカプラリオ》を首に結び、苦行衣を服の下に着けていて、しかも、ことのほか信心しているハンガリーの聖女エリザベートに祈りを捧げるため、毎夜、四度も起きるほどだった。

　他の子供なら困惑の種になりそうなことが、むしろリジを喜ばせた。

それは丸々とした可愛い女の子で、つぶらな瞳で真っ直ぐにこちらを見詰め、健康そのものの真っ赤な頬をしていて、人見知りもせず賑やかで、決してじっとしていなかった。少し前までのクラナッハでの行儀作法の窮屈さが、気詰まりだったのだ。すでにうら若き君主然とした態度を示さねばならず、極めて型通りにうやうやしく挨拶しようとする、金ぴかに飾り立てた人々の接吻を受けるため、勿体ぶって手を差し出さねばならなかったからだ。時としては、そんな年配のお歴々の顔を見て、どれほど笑い出しそうになったことか！　中でも特に、真っ赤な鼻をした侍従がおり、その人物に向かって舌を出してみせることが出来たなら、さぞかし愉快だったろうに！　だが、頭の硬い連中が、「おやまあ、姫様！」と彼女をたしなめるのがおちだった。

　今や彼女は、様々な制約から逃れ出せたのだ。リリエンブルクに到着した翌日には、かろうじて館の右翼の修理はなされていたが、たちまち気兼ねすることなく、廃墟や森や空き地を好き勝手に駆け回った。暗くて陰気な住まいにも、蒼白い顔にしかめ面をしたお目付け役にも、怖気づきはしなかった。なにしろ、この老婦人というのが、城に出没する幽霊さながら、ゆっくりと音も立てずに、廊下を通り過ぎたりするのである。少女は己を取り巻くそんな物悲しい雰囲気の中でも、子供らしい笑い声を辺り一面に響かせ、あれやこれやと面白いものを見つけては、楽しみの種にするのだった。それに、この小公女には幼い田舎娘のようなところがあり、また二通りある幼年期の過ごし方のどちらを選ぶかなど、恐らくは無頓着だったのだろうから、木登りに夢中になってスカートを破いてしまったり、我を忘れるあまり、粘土質の地面に足を取られ、くるぶしまではまり込んだり、草叢から両手一杯に引き抜いた湿った草の匂いを嗅ごうとして、鼻を汚したりする有様だった。それはまるで、花が温室から取り出され、地面の真ん中に植え替えられて開花するようなものであり、鳥が籠から外に飛び出して、屋外で大空高く飛翔するようなものであった。漠然とだが、自分の権利を侵害されたのは分かっていた。いくら子供であっても、それなりに公平であるよう、注意を払うべきなのだ。全くその通り、彼女は寄ってたかって身ぐるみはがれ、追い払われて、幽閉同然の身にされたと感じていた。だが、身ぐるみはがれたといっても、何を指してのことなのか？　贅美なら、彼女には黄金のマント同然で、荷が重過ぎよう。追い払われたといっても、何処からかと問われれば、牢獄からであろうし、幽閉されたといっても、何処にと問われれば、自由の世界に、ということになるだろう。あゝ、小さな玉座のごときものに、肘を腰につけて座ったままでいるより、日の光を浴びて原野を駆け回るほうが、どれほど楽しかったことだろう！　彼女ははじけるように笑った。もはや冠も被らずにか？　その代わり、木靴を履いていたではないか。

彼女のお目付け役たるアルミニア・ツィンマーマン嬢は、やんごとなき姫君に似つかわしからぬこうした振る舞いについて、度々、説教するのだった。一族の者たちは、もはやリジに大公領を所有させたくないくせ、作法は王侯並みに守らせたがり、身分ゆえの特権は除いて、うるさいことは押し付けたままにしておきたかった。留まり木が金だからというので、それを取り上げられてしまった、インコでも想像してみるがよい。しかもそのインコが、相変わらず忌々しい細綱で、木の杭に繋がれたままの姿を。

リジはその小さな頭に、もはや宝冠を戴くこともなくなってから、すっかり遠慮なく振る舞うようになってきて、人目など気にせぬお転婆ぶりで、反抗してみせた。それに実際のところ、彼女に全く統治権を与えなかった以上、最低限してやれるのは、好きなように遊ばせておく位のことだったろう。少女は自分が思うように楽しんでもよいはずだし、礼拝室みたいなうっとうしい所に、引き籠ったままでいる気などなく、楽しければ草の上を転げ回ってみせ、やりたければ何度だって服をやぶいてみせるからと、きっぱり言ってのけた。恐れをなしたアルミニア嬢は、十字を切る始末だったが、リジは返事がわりに親指を鼻先に当てて、からかってみせたあげく、古い城壁地帯に生えている茨の茂みに、鳥や動物の巣を探しに出かけてしまった。お目付け役はその後を追いかけて行こうと考えたが、いつも跪いているせいで、脚の関節が硬直してしまっていることを思い出した。そこで、ひとり勝手に体面をつくろって、諦めるのだった。土地の人々は、リリエンブルクの廃墟に、全く性格の異なる二種類の幽霊が出没すると噂した。すなわち、アルミニアという

「黒衣の夫人」と、リジという悪戯好きの小妖精を指してのことだ。

少女は、城館正面の広庭を、家禽の飼育場にしてしまった。蔦の這う古い城壁の中に鳩が巣を作ったり、恐いもの知らずの蜥蜴が日向ぼっこをしにやって来る、傷んだ敷石の間に生える苔を、雌鳥がついばんだりするのだった。粘土質の泥のたまった沼では、騒がしく動き回る鴨の群れがいた。波状に黒光りする羽を持つ七面鳥が、袋状の柔らかな赤い皮膚を喉から垂らして、偉そうにのし歩いており、その一方では、鶏冠が赤紫で冠羽が金色の一羽の雄鶏が、石ころと化した瓦礫の山のてっぺんで羽をばたつかせ、しわがれ声でコケコッコーと鳴きながら、陽光を浴びて鶏冠を逆立てていた。それに他の様々な鳥が、ピイピイさえずったり、カチカチ嘴を鳴らしたり、甲高い鳴き声をあげたりするかと思えば、ココココと雛を呼んだりし、鳩がクウクウと甘い声で鳴いたりするといった具合で、騒がしくて耳がおかしくなるほどだった。おまけに、逆立てた羽で姿が隠れてしまった鳥たちは、押し合いへし合い、ぴくぴく動き回っては、飛び立とうとする始末。そんな最中に、リジが短いスカートを膝の間にはさみ、腕まくりして、すっかり幼い農婦といったいでたちで、平たい籠から燕麦やとうもろこしを取り出してばらまくと、それを鳩が地面で奪い合いの喧嘩をし、鶏は羽ばたくや思い切り飛び上がり、空中でぱくりと喰らいつくのだった！一度など、雌鳥のうちでも白い外来種で、冠羽が金色のなかなか綺麗な一羽が、病気になったみたいだった。その鶏は群れから離れ、丸まって頭を翼の先に埋めており、リジが跪いて覗き込み、数粒のキビを含んだ可愛い口から餌をやろうとしても、嘴すら開けられないほどだった。ちょうどこの鶏がお気に入りだったので、ひどく心配になった小公女は、はたと奇妙な治し方を思いついた。その可哀想な鳥を片方の手でそっと押さえると、小さな王冠さながらの金色の冠羽を、はさみでちょきんと切り落としてしまった。すると翌日には、鶏は羽も艶々してきて、楽しげに飛び跳ねており、他のどの鶏にもまして元気よく鳴いていた。「まるで、あたしみたいだこと」と、リジは思った。

山の反対側の谷間には、小さな集落があった。この辺境伯の令嬢にとっては、出かけて行って村の少年少女たちと一緒に遊べるなら、それ以上の喜びはないのだった。元々、彼女の遊びの相手役の子供たちが、誰になるかは決められていたが、それより幼くて、もっと気に入った、代わりの子供たちが見つかるかも知れないからだ。最初のうち、そこの子供たちは、全く彼女に敬意を表さなかった！　そして彼女の方も、接吻されるために手を差し出す必要もなかった。しかしながら彼女は、他人が否応なしに従ってしまう、ある種の力を発揮するようになった。ほかならぬ学校教師の息子のユストゥスまでが、十一歳にもなっていて、いつも本ばかり読んでいる真面目な少年だったのに、リジに感化されていったのだ。その結果、彼女の合図ひとつで、少年は自尊心が傷つく危険を冒しても、ためらうことなく塀を乗り越え、リラの枝や彼女の大好物の小さな青りんごを取って来る、といったことまでするようになった。だが、リジがこうして優位に立てたのは、決して生まれが良いからではなくて、人の上に立つのが当たり前と思わせる長所を備えていたからだ。なにしろ、ここの少年少女たち全員が公女を大そう慕っており、その言うことならちゃんと聞くのだった。何故なら、こんなにも賑やかで、いたずら好きのお転婆娘など、見たこともなかったからである。彼女は輪になって踊る素敵な踊りが何でも出来て、様々な遊びを知っており、何か新しい悪戯を思いつくのだった。三、四年の間というもの、犬の尻尾にちょこんと鍋が結わえてあったり、小学校の先生の庭のチューリップが一本引っこ抜かれていたり、牧師のフロックコートに孔雀の羽が一本ピンで留めてあったりすると、きっとリジがそんな悪さをやった張本人か、それとも唆したのか、そのどちらかだろうと言われるのも無理のないことだった。それに、長時間にわたって村から抜け出し、野越え森越え遊びに行くようなことを企てるのも、彼女なのだから。子供たちはそこへ、まるで騒がしく飛びゆく雀の群れのように、一団となって消えて行ってしまい、時には夕靄の立ちこめる頃になって、ようやく戻って来ることもあった。おまけに髪の毛は棘だらけの上、唇は木苺の実で黒ずみ、スカートや半ズボンはズタズタといった有様で。母親連中が叱りつけたのは無論だが、子供たちはとても楽しかったのだ。

正直なところ、母親たちが心配したのももっともで、そんなに遅くまで歩き回っていて、危ない目に遭わずには済まされまい。案の定、リジとその仲間の子供たちが、一度、恐ろしい事件に遭遇する羽目になった。

夕日に赤く染まり金色に輝く村はずれの道に沿って、彼らが集落の方に戻って行こうとしていた時のことだった。彼女が息をはずませ、楽しげに顔をほてらせ、巻き毛を風になびかせ、けんけん跳びをしたり、草や野生の花を山と腕に抱えたりしていた。他の子供たちはというと、彼女の後から、いささか疲れ気味だが遊びに夢中になって、絹を裂くような音をたてる長い木の枝を引きずっていた。と、その時、不意に八人から十人くらいの覆面をした小柄な男たちが、樹の間から飛び出して来るなり、「金を出せ。さもなくば、命はないぞ！」と叫びながら、さんざん遊び回っていた子供らを取り囲んでしまったのだ。

どんなに怖かったかは想像がつくだろう！　少年少女らは悲鳴を上げ、恐怖に身がすくんでしまい、巣の中の雛鳥のように体を寄せ合った。中には跪いて両手を差し伸べ、「どうか痛い目に合わせないで！」と泣きつく者もいた。ところがリジだけは、その可愛く悪戯っぽい顔を束ねた花の間からのぞかせて、怯えたというよりは驚いた様子だった。彼女は、山賊のうちで一番年かさの男でも、せいぜい十二、三歳くらいだと見て取った。それに彼ら全員が、表に刺繡をほどこした、絹かビロードの上等の上着を着ていることをも。彼らほど年少で、まともな身なりをした追いはぎに、出くわしたという話など、彼女は耳にしたこともなかった。

とは言っても、何らかの危険が及ぶ可能性はあった。何故なら、襲い掛かってきた連中が黒い覆面姿で、いかにも恐ろしげな感じを与えており、怯える子供たちの群れに小型のピストルを突きつけていたからだった。そのピストルは恐らく玩具だろうが、本物の武器らしくもあった。そこでリジは、盗賊らと示談に持ち込むほうがよかろうと判断した。そして、半ば笑いつつ、半ば怒りつつ、首領とおぼしき人物にこう告げた。どうしてかというと、その男が他の男たちより大きかったのと、彼の着ている上着にどれよりも見事な刺繍がほどこされていたからだ。

「ねえ、あたし、六クロイツェル銅貨を一枚あげるわ。あたしの持ってるのはそれきりで、ほかの子ときたら、なんにも持ってやしないのよ。まあ、とにかく、六クロイツェルあれば、お菓子やサクランボが買えるでしょう。さあ、このお金を受け取って、どうか、あたしたちを通して下さいな」

首領はフンとばかりに肩をすくめ、こう怒鳴った。

「六クロイツェルだと！　そんなはした金か。俺たちゃ、そんじょそこらの奴らとは、わけが違うんだぞ。それしきのものを召し上げるのに、手間暇かけるなんて、もう馬鹿馬鹿しくて、やってられるか！　よし、もしもお前たちに金がなけりゃあ、人質にしてやるまでだ。お前たちの家族が、それ相応の身代金を払って寄こすまでな、たとえば四、五千ターレル位ってところだな。さあ、行くぞ、俺たちと一緒に森まで来るがいい。そうすりゃ、お頭《かしら》がお前たちをどう始末するか、決めてくれるだろうさ」

「でも、あなたたち、ほんものの追いはぎだって、間違いないの？」

覆面をした小柄な連中は、こんなふうに疑われて、自尊心をいたく傷つけられた様子だった。何とか盗賊らしく見せようとして、彼らはリジの遊び仲間に、容赦しないぞといった言葉つきや態度を示し始めた。そうされたほうの子供らは、震えたり、めそめそ泣いたり、「あゝ、おっかあ！　あゝ、神さま！」などと言うのだが、ピストルを握りしめ、いかめしい顔付きをし、情け容赦なさそうな盗賊どもに、両側から挟みうちにされて、とうとう縦一列に並ばされてしまった。それから、緑の葉が茂っていて、所々は木漏れ日のせいで薔薇色に見える、木々の枝を縫うように歩き出した。それらの枝は一行の行く先々でかき分けられてゆくのだが、又すぐに葉を揺すりながら、元通り交わってしまうのだった。

列の先頭にいたリジが、時々、遊び仲間の方を振り返ってみた。そして、ちょっとした身振りか掛け声で、皆を慰めたり励ましたりしようとした。そんな彼女はまるで、堂々たる態度を示すことによって、自軍の参謀の挫かれた士気を奮い立たせんとする、敗軍の将といった感があった。

林間の空き地に着くと、そこにはビロードの鞍覆いを掛けた小ぶりの白馬が数頭いて、一杯花をつけた草をはんだり、灌木の樹皮をかじったりしていた。かなりの古木の樫の木の根元には、同じように覆面をしたひとりの少年がいて、苔の上に頬杖をついて横になっており、見たところ、深い物思いに耽っているか、うとうとしている、といった雰囲気だった。

きっとその人物が、ほかの者たち全員を率いていたのだ。何故なら、彼は真っ赤なサテン地に真珠で縁取られた見事な服を着ていたからだ。帯には宝石が嵌め込まれた螺鈿の十字がきらめいていて、縁無し帽には赤と金の羽がひらひら揺れて毛羽立っており、まるでそこに一羽の綺麗な鳥でもとまっているかのようだった。

空き地に響く足音に、その男は誰がやって来たのかと目を向けると、ひとに命令し慣れていることに加え、飽き飽きしていることをも忍ばせ兼ねぬ、やや間のびした声でこう尋ねた。

「おい、どうした、若頭カール。何の知らせだ？　それにしても、そいつらは誰だ？　言ってみろ」

「ろくな稼ぎもありませんで、お頭《かしら》」公女が最初は盗賊の首領だと思っていた子分のカールが、こう答えた。「こ奴ら百姓どもは、有り金全部だと言い張るもので……」

「六クロイツェルもよ！」と、リジは大胆不敵にも口を挟んだ。それも、彼女の背後に固まって縮まっている遊び仲間の子供たちが、大雷鳥より綺麗な羽根で一層華やかに装った立派な身なりの首領を、目をまん丸にして見詰めていたというのに。「そうよ、六クロイツェルもなのよ！　あたしが、そのまま持っておくことだって、出来るのよ。だってそれは、あたしのお金であって、あなたたちのものじゃあ、なくってよ。でも、まあ、あげちゃうわ。だって、みんなの家じゃあ、あたしたちの帰りを待ってるから」

首領は身を起こした。

「お嬢ちゃん、嘘ついてるな」と、彼が問うた。

「ポケットを調べればいいでしょう！」と、返す彼女。

「ほかに持ってるじゃないか」

「何を持ってるっていうの？」

「その花さ」

そして、黒い絹の覆面をつけた口元に、物憂げな笑みを浮かべた首領は、リジの目の辺りまで、こぼれんばかりに花をつけた、綺麗な野草を指差した。というのも、彼女はとんだ騒動に巻き込まれたにもかかわらず、それを手放すまいとしていたからだった。

「あたしが摘んだ花ですって！」

「それをくれないか？　身代金代わりにな」

「あら、いいけど！」と叫ぶ彼女。「でも、六クロイツェル銅貨はいらないの？」

「いらないさ」

「まあ、泥棒にしちゃあ、変ね！　だって、そうでしょう？」

彼女はぷっと噴き出すと、首領の顔めがけて、その大きな花束を投げつけた。飛び散る雛菊や矢車菊や金鳳花《きんぽうげ》が服の飾りにひっかかったため、その男は帽子の羽根飾りから長靴の拍車にいたるまで、全身を花で覆われてしまった。彼もまた笑いながら振り払おうとして体を揺するや、たちまちその姿は、風に揺れて花や葉が散り落ちる小さな灌木同然になってしまった。

それをきっかけに、誰も彼も機嫌がよくなった。村の子供たちが事態の好転に気付く一方、盗賊の頭《かしら》の気分が晴れたお陰で、子分たちも陽気になってきて、歓声を上げながら覆面を外すのだった。そうなると、もはや人質も見張り役の区別もなくなってしまい、ただの遊び戯れる子供の群れと化してしまった。ある幼い女の子がふとリジの真似をし、草を一摑み引っこ抜いて、腹心の子分カールの鼻めがけ投げつけようとすると、他の子供までがそれを見習った。そうなるともう、たちまち森の空き地では、いななき始めた白い仔馬《ポニー》の間や、茂みの中や、木々の周囲などを、皆して走り回るわ、追いかけっこをするわ、逃げたり跳びはねたり、互いに競い合って笑いころげ、ふざけてみせる有様で、ついには雨霰と飛び交い散らばる小さな花を浴びて、ぼろ着の子供たちと絹の刺繡入りの服を着た少年たちとの、入り乱れての取っ組み合いとなり、村の子らの服が破けてしまうほどだった。

腹心の子分のカールが、「おい、静まれっ！」と叫んだ。

子供たちは驚いて、遊びを止め、じっと動かなくなった。

「あら、どうしたの？」と言うリジは、乱れた髪の毛が目にかかり、薔薇色の頰から汗がひと筋、滴り落ちた。

「いいか、静かにするんだ」

なるほど、規則的に歩んでくる大勢の人間の足音が、木々の枝の向こうの、すぐ傍の街道のほうから響いてきた。

腹心のカールは声を潜めて、こう続けた。

「ちょっと待ってろ、音をたてるんじゃないぞ。すぐに戻って来るからな」

彼は木々の間に飛び込んで行った。びっくりした子供たち全員が、その後姿をまん丸な目で追っていると、彼はやがて姿を現したが、慌てふためいて息を切らしていた。

「俺たち、やばいぞ！」

「警察なの？」と叫ぶリジ。

「一体、誰がやって来たんだ？」と、首領が問うた。

「傅《ふ》育《いく》官ですぜ！」

「ひとりか？」

「いや、奴ひとりは馬車に乗っていますが、他にも人間がいて、大勢でついて来てるんです」

「若頭、守りを固めろ！」

「二、三十人を相手にしようってわけですかい？」

「だから言ったろう、隠れ家用のほら穴が、いるんじゃないかって！」

「見つからなかったんですから！　それに、たったの四日じゃあ、穴ひとつ掘るのも難しかったでしょうし」

「となると、逃げずにはいられなくなった、ってことか？」と言う首領の声もこもりがちになり、もの思わしげに顎に手をあてがった。

「そんな時間もないんです。いいですか！　奴らは前に進むのを止めました。誰か裏切った奴がいて、我々の隠れ場所がばれてしまったってことでしょう。囲まれちまいますぜ」

「ええい！」と首領は、忌々しげに握りしめた拳の先を噛むと、吐き捨てるように言った。

ところが傅育官《グーヴェルヌール》のことを総督《グーヴェルヌール》だと思い込んだリジは、何が起こったかは大して分からないものの、友達になったばかりの者たちが、進退窮まったらしいことだけは察しがついて、ひと役買おうとこう口をはさんだ。

「ねえ、お頭《かしら》さん。ほら穴のかわりに、お城ならいかがかしら？」

「城だって？」

「そうよ」

「でも、君、城って、どこの？」

「もちろん、あたしのよ」

「城を持ってるって、君がかい？」

「そう言ってるじゃない。あゝ、でも、あんまり綺麗でもないし、新しくもないけど！　それでも、とにかく身を潜めることくらい、出来るでしょう」

「廃墟みたいな城かい？」

「とっても古いのよ」

「地下室もあるだろうな？」

「深くて、暗くて、怖いわよ！」

「カール！」と、首領はうれしそうに叫んだ。「地下室があるそうだ」

「そりゃ、ほら穴より、はるかに好都合ですぜ！」と、カールが答えた。「急ぎましょう。ほら、聞こえませんか？　誰か枝をかき分けながら、草の上を歩いて来るみたいな音が」

「じゃあ、いらっしゃいな」と、リジが言った。

「そうだな」と答える首領。「ここからは、遠くないだろうな、その廃墟ってやつは？」

「えゝ、遠くはなくってよ」

「で、表街道を通って行かないと、駄目ってわけじゃあなかろうな？」

「小道があるわ。でも、あなたたちを探してる人たちがいるって、本当なの？　あら、その人たちが近づいて来たみたい。さあ、お頭《かしら》さん、行きましょうよ！」

彼女が素早く森に入って行くと、少年や少女たち全員が慌てふためき、わいわい言いながら、その後を追った。その有様は、危ないと見てとった鳥が、一斉に、木々の枝の奥に姿を消してしまうところを思わせた。

実を言うと、公女は毅然とした風を装いながらも、不安がなかったわけではない。警察から追われている人物をかくまうのは、いささか頭の痛いことだった。それにリジは、アルミニア・ツィンマーマン嬢が、ここにいる見知らぬ者たちを見て、きっと怖い顔をするだろうとも考えたからだ。確かにそうだが、アルミニア嬢の顔色など、あまり気にしてはいられなかった。やはり、絹ずくめのいでたちで、六クロイツェル銅貨も受け取らず、皆で一緒に森で遊んだ愉快な盗賊たちを、捕まえさせるわけにはゆかなかった。

かなり長いこと、ほとんど口もきかずに、羊歯《しだ》や樫の若木の幹を越えながら歩いて行った後で、お尋ね者たちは夕闇がたちこめる平原に出た。すると、彼らの正面の、樅の木が段々に植わった高い丘の上に、まだ青みの残った空の薄明かりの中で、リリエンブルクの荒城が異様な姿で黒々と聳え立っていた。

「要塞だ！」と、首領が叫んだ。

「あれで応戦しましょうぜ」と、腹心のカールが言った。

「それがいいわ、じゃあ、行きましょうよ」と、リジも応じた。

　この驚くべき出来事を誰にも話さないと固く誓った村の子供たちだったが、その約束が守られたかどうかはともかく、彼らを帰らせた後、小公女は盗賊たちの先頭に立って、丘をぐるりと回ってゆく小道を登り始め、ようやくにして、年ふりた城の朽ちかけた門の所にたどり着いたのである。子供たちが家路につくかたわら、丘の斜面には夕靄が立ちこめてきて、草木の緑を黒く見せ、岩を闇に包み込み、沈黙のヴェールをかけるかのように、巣穴の雛鳥たちのさえずりも、草にすだく虫の音も消してゆくのだった。そして、迫り来る夕闇に徐々に沈んでゆく荒れはてた城そのものも、角張った線が和らぎ、灰色がかった空に溶け込んで、おぼろにかすんでいった。最後まで夕日に赤く染まっていた雲も色褪せ、空には薄明かりも消えてしまったからだった。

　今や、夜の冷気が体だけでなく、あたかも心の中にまで降りてくるかに思われる、夕べの物悲しさのせいで、お尋ね者たちは恐怖に近い一種の気詰まり感に襲われた。もはや小声で交わす無駄話も聞かれなくなり、頭を垂れたまま、ぼうっと両腕をぶらつかせ歩んでいた。リジ自身も漠とした不安感に捕らえられて、黙り込んでいた。幸いにも、リリエンブルクの巨大な車寄せがすでに見えてきていた。それは真っ黒に煤け、崩れ落ちた花崗岩の山に両側から挟まれ、鬱蒼と茂った樹木の陰に口を開けたような構えで、半開きになっていた。その古びた門からして、快く人を迎え入れるような雰囲気とはほど遠く、恐らく大抵の少年が石の鬼の口を思い浮かべたことだろう。だが、この深淵の入り口こそが目指す所だったので、一同はあわててその中に忍び込もうとした。ともあれ何処でもよいから、たどり着ければよかったのだ。

「あっ！」と、リジが叫んだ。

そして、そこに到着した者たち全員が、ぎょっとした様子で悲鳴を上げて、後ずさりした。

不意に、血のように赤い松明の明かりが、門の隙間から漏れてきたからだった。その明かりは風にあおられ、少年たちの方にまで伸びてきた。煙と影の尾を引く小さな箒星の赤い核さながらに。

「あれは、我々を迎えに出てきた、召使たちではないのかね？」と首領が聞いた。

「あたしには、召使なんていなくてよ」と、リジは呆気にとられたまま答えた。

そうこうするうちに、明々と燃える松明の灯で、人の顔やお仕着せの金色の飾りが見分けられるようになった。

「捕まっちまいました！」と、カールが叫んだ。「傅育官《ふいく》の手の者ですぜ」

「まさか！　どうして奴らが先回りして、ここに来てるんだ？」

「さあ、どうしてだか。俺たちの後をつけてきて、それから先回りしたのかも知れませんぜ。表街道を通ってです。傅育官が四輪馬車に乗ってましたから、召使たちは駆けて来たんでしょう。やっぱり、奴らだ、ほら！」

そう言い終わるか終わらぬかのうちに、炎をあげて燃える松の枝を掲げた大柄な従僕たちが、びくびくしながら一群れに集まった盗賊らを、ぐるりと取り巻いた。リジは泣き出してしまい、はらはらと涙をこぼした。何故なら、仲良しになった首領が、ひどい目にあわされるのではないかと心配したからだった。

だが、松明を掲げ持つ者たちは、敵意を抱いているようには見えなかった。それどころか、敬意をこめた態度でお辞儀をし、そのままじっと身を屈めているではないか。警察側の人間が盗賊にこれほど丁寧な対応をしようとは、リジは夢にも思っていなかった。

さらに彼女が驚いたのは、クラナッハの宮廷のあの赤鼻の侍従を連想してしまうような、金ぴかの房や紐で飾りたてた、でっぷりした老人が進み出て、心から恭順の意を示しつつ、頭を下げて、盗賊の頭の前で跪くところを目の当たりにした時だった。

「やれやれ、若君！　若君！」と老人は、そんな場面に見事ふさわしい、感極まった声音で呼びかけてきた。「ようやく殿下をお見つけし、喜びもひとしおに存じます。四日間というもの、私どもに、どれほど心配をおかけになったことやら！　このように殿下が、こっそりお城を抜け出されたなら、母君はじめ多くの忠臣たちを、困らせておしまいになることに、お考えが及びませなんだか？　あゝ、けしからぬお仲間たちと遊ばれるから、こんなことになるのでございますぞ。恐れ多くもご養育を仰せつかった若君におかれましては、くれぐれも不真面目な近習どもを信用なさらぬよう、幾度もお願い申し上げたではございませぬか。ことに、あのカールの小悪魔めを。驚いたことに、いつぞやあの者が宮殿の庭園で、シラーの『群盗』を、大袈裟な口調で朗誦しておりましたからな。心も精神も堕落させるだけにしか役立たぬ、お粗末な悲劇だと申しますに。まあ、とにかく本日のところは、万事、ことなきを得ましたが、殿下におかれましては、もはやこのけしからぬ近習どもを引き連れ、追いはぎ同然に森を駆け回ろうなどという気は、起こされまいと存じます。また、この度の困難なる事態にあたり、十分に手を尽くしましたる点も、お褒め頂けるものかと。すでに先ほども、殿下のお身柄を拘束しようと思えば、出来なくもなかったのでありますが、村の子供たちが打ち揃って、その場に居合わせていたことでもあり、騒ぎになってもいかがかと存じまして。むしろここで、殿下をお待ち申し上げた方が、得策かと考えましてございます。殿下には、そこのところを善しとし給いますよう……」

「もうよい！」と、頭《かしら》は仮面を外しながら、威厳のある声で告げた。

「あら、まあ、なんて綺麗なお方だこと！」と感嘆するリジ。

「フォン・シュトルクハウス先生、どうか咎めたり、文句を言ったりするのは、それまでにされたい！　私を見つけ次第、ノンネブルクまで連れ戻すよう、恐らく命令されたのであろう？　まあ、そう申してくれれば、よかったものを。いざ、参ろうか」

「もしも御意にかないますなら、出発は明日ということに、いたしとうございます」

「何故なのだ？」

「もう遅うございますゆえ。夜間の移動は、殿下にはご負担かと」

「では、一刻も早く、母上のご不安を、和らげたい気はないのだな？」と、その若君とやらは少しばかり口を尖らせて、皮肉っぽい顔つきで言うのだった。

「そのご不安も、間もなく解消いたしましょう。と申しますのも、ノンネブルクに急使を遣わせたところにございます」

「ならば、よかろう。ところで、今夜はどこに泊まろうというのだ？」

「殿下のご意志とあらば、こちらにて」

「この崩れかけの城にか？」

「たぶん地下室にでは？」と、腹心のカールがしゃしゃり出て、からかい好きで屈託もなく嬉しげな少年の顔を丸出しにして、尋ねるのだった。

「この城は、リリエンブルクと呼ばれておりまして」と、フォン・シュトルクハウス氏が勿体ぶった口調で続けた。「リジ公女様ご所有のものにて、女官長のアルミニア・ツィンマーマン嬢が、喜んで殿下をお泊め申し上げたいと、声をかけて下さっております」

「よし、ならば入るぞ」

そして、その歳若い首領は、かなり当惑気味の手下たちに付き従われて、暗い柱廊玄関の左右に並ぶ松明の列の間を進んでいった。

が、リジが彼の後を追いかけた。

「だったら、あなたは泥棒じゃあ、なかったのね？」

「そうさ」と、彼が答えた。

「なんてお名前なの？」

「フリードリヒだよ」

「で、そのあとは？」

「フォン・テューリンゲンさ」

「フリードリヒ王子さまなのね！」と、彼女は言った。

「あゝ、そうだけど」

彼女はぷっと噴き出してしまった。

「あら、やだ、妙なこともあるものね！」

「何がだい？」

「あなた、あたしの従兄なのよ。えゝ、そうよ、そうなの。だって、あたしは、リジなんですから。ほら、亡くなった辺境伯の娘の」

そして、小公女は顔をほころばせたまま、自分の従兄の首に飛びつくのだった。

この少年盗賊の一味が、古びた館に落ち着いて泊まれたかというと、必ずしもそうはゆかなかった。まずは、リジがフリードリヒと部屋を共用してもいいと言い出したので、そのような提案など、ことに姫君にとっては不謹慎だと分からせるのも、ようやくのことだった。言われた方の少女とすれば、家畜小屋や森では、鳥と一緒に高い所をねぐらにしたり、皆で寝床を共にしたりするのにと思い、膨れ面をして片隅に引っ込んでしまった。とうとう、アルミニア嬢が自らの祈禱室をテューリンゲン王子に譲ることにし、結局、カールは他の近習たちと地下室で寝ることにした。彼らはそこで風邪を引いてしまったが、ともかくもロマン派の悲劇にあるような麗しの一夜となった。

翌日、フォン・シュトルクハウス氏は、テークラ妃の命令を受け取るまでは、出発しないほうがよかろうと考えた。案の定、一通の書簡を携えて、急使がやって来た。それによると、フリードリヒの母は、その傅育官《ふいく》がリリエンブルクに留まったことを良しとし、ノンネブルク市を騒がせた重大事件の最中に、少年が姿を現すとなれば都合も悪かろうから、なお数日の間は教え子とともに滞在しているように、との指示がなされていた。

実際、重大事件は破局に至ったのである。

二年前から、美女モナ・カリスが、ポルト＝サン・マルタン劇場でシルフィード役を演じた後に、テューリンゲンの宮廷でポンパドゥール夫人的な役割を演じていたからだった。老フリードリヒ一世が、一風変わったこの若い女に、完全にのぼせあがってしまうには、ひと目見ただけで事足りた。そして、スペイン舞踊のファンダンゴを踊る彼女の踊り振り故に、聖テレサ会参事の大綬を王妃自らの手で授けさせたほどだった。恋多き女で常軌を逸した振る舞いをする彼女は、陰気なテューリンゲンの人々をうっとりとさせるとともに、唖然とさせもした。おまけに、この国を荒廃させ、自らも破産の憂き目にあった。何故なら、後になって、こう言うことが出来たからである。「わたしがノンネブルクに着いた時には十万フランの所持金があったのに、王様がそれを食いつぶしておしまいになったわ！」と。ついには、様々な称号と巨万の富や城館と大邸宅まで与えてもらったり、修道士のとんがり帽子をかぶる紙人形を倒す子供の遊びそのままに、大臣たちを弄んでみたり、軍人やブルジョワたちが自分にさっさとお辞儀をしなかったと言って、唾を吐きかけたりしたせいで、彼女は大半の宮廷人と、大半の市民を敵に回してしまったのだ。確かに、放縦であるのと同じくらい自由主義的な彼女は、イエズス会士らを追放したり、検閲を廃止したりはしているが、テューリンゲンの国民は、こうした政治的な方針には全く感謝しなかった。つまり、この国の人々は、この若い女のお陰だなどと、一切思いたくはなかったのである。ある問題のせいで、皆の抱く苛立ちが頂点に達したことがあった。すなわち、青、黒、緑、黄色の帽子をかぶった学生連中が、ビールの小ジョッキをかちかち合わせながら、とかくモナ・カリスのことを風刺歌でやっつけたがるので、彼女は赤帽の学生団体を設立しようという気になったのだ。大半は貴族の青年で、彼女のためなら死ぬ覚悟さえある者たちだった。どうしてかと言えば、彼女の目には星のような輝きがあり、また、朝方、いまだ閨房のほてりのおさまらぬまま、レースの衣装に身をつつんで、彼らを招き入れるのが常だったからであった。おまけに、その衣装というのが透け過ぎなので、まるで雪と薔薇の花の上に漂う、霞といった趣のものだった。当然ながら「赤帽組」は、「黄帽組」や「緑帽組」、「黒帽組」ないしは「青帽組」からは、悪意を含んだ目で見られていたことでもあり、罵り合いや口論や決闘騒ぎが持ち上がった。だが、いかほどモナ・カリスが度胸のあるところを見せたことか！　ある夕べなど、彼女の信奉者の何人かが、場末の居酒屋でライバル組の連中に囲まれてしまうことがあったが、彼女は舞踏会の衣装のまま駆けつけて来て、こんな風に叫びながら、乱闘騒ぎに身を投じたりした。「遊女《アソビメ》ハ、滅ビル定メ！　蕩児モ、滅ビル定メ！」と。そして、ピストルを握ると、「赤帽組」の最前列で弾を込めた。その間、ヒルシュシュタイン伯爵は、彼女の裳裾が戦いの邪魔になるので、持ってやっていた。だが、群集がその騒動に首を突っ込んできたので、喧嘩沙汰から暴動に変わり、革命に発展してしまった。時あたかも、怒りと自由を求める機運の高まりが、フランスから及んできた頃のことだった。モナ・カリスは夜間にベルリン馬車で、ノンネブルクを退去せねばならなくなった。車中では、四人の警官が彼女の取り巻き連中に取って代わり、彼女の老いたる愛人はこんなことを口にして王位を退いた。すなわち、「民衆が王の住居にまで押し入るほど、法が軽んじられておる時、なすべき最善の道は、位を辞し引退することである」。確かに、もしフリードリヒ一世が退位を告げなかったならば、間違いなくそれを迫られていたはずだった。ところが、テューリンゲンの国民は、自らの勝利をあまり役立てようとはしなかった。何故なら、彼らは王ひとりを厄介払いしたものの、あえて王政を廃止する気はなかったからだ。そして、王位を追われた老人の息子で、テークラ妃の夫であるヨーゼフ二世が、テューリンゲン王に即位したのである。

そんな政治的な大混乱の最中とあって、真っ赤なサテンのチョッキを着込み、幹線街道でカール・モーアやライン地方の盗賊団の首領シンデルハンネスを気取ってみせる、風変わりなこの少年のことを、王妃が気遣う余裕などほとんどなかったのだ。ひとたび王妃となるや、それ以上気にかけることもなかった。それに彼女には、ヴェルフ王子という、もうひとりの息子もおり、そちらは大司教に身をやつしセイレンの城館の泉水で水浴したり、シャツ姿のままで大使たちを引見したりするといった悪癖は、その頃はまだ身についていなかったからだ。フリードリヒがリリエンブルクにいる以上、そこに留まっていてもよかったのだ。彼が自由を欲するというのか、ならば与えてやればよかろう。それに、山の新鮮な空気が、この小さな頭脳の興奮を鎮めてくれようから。リジ公女の後見人を自ら買って出ていた外交官らと共に、手はずが整えられた。いくつかの左官工事が古い城館左翼では常態化して行われていたので、そこにこの少年王子がひとりで泊まることになった。何故なら、こんな軽挙をそそのかした、けしからぬ張本人の近習たちは、ノンネブルクに召還されてしまっていたからである。はるか未来に思いを至していたテークラ王妃のこと、相続権を奪われたクラナッハ辺境伯の忘れ形見を、己の末の息子に娶わせる可能性について、すでに気付いていたのだろうか？　恐らくそうだったろうが、ともあれフォン・シュトルクハウス氏は、事態の展開にそうそう満足していたわけでもなかった。そもそも王子の養育係というのは、大都市の首都にある宮廷でなら、人も羨む地位なのだが、廃墟同然の城で、言うことを聞かぬ少年のお守りをさせられるとあっては、大してうれしい気がしなかった。しかしながら、さすが教育者だけあって、甘んじて受けたのだ。ありがたいことに、彼にはある弱みがあった。というより、取り柄があったというべきか。つまり、そのお陰で暇つぶしをすることが出来たのである。ネッカー川からイーザル川に至るまで、フォン・シュトルクハウス氏が、日々、その太鼓腹を膨らませるべく食す食べ物の量に匹敵するほど、大量に食べることが出来る人間など、誰ひとりとして見当たらなかった位なのだ。美食家としての数々の武勇伝では、彼が引き合いに出されるほどで、がつがつと食べ尽くす人食い鬼の伝説をも信じさせるに足るものがあった。アルミニア・ツィンマーマン嬢がリリエンブルクで小礼拝室を自分のために設けていたように、彼はそこに巨大な台所設備を自分用に置いたのだった。女の養育係は祈りを捧げ、男の養育係は食す、といった具合に時が流れていった。リジとフリードリヒはというと、森で鳥がさえずったり、陽光の降り注ぐ湖の水面でトンボが震えたり、きれいな白い雲が大空をよぎっていったりする度に、何もかもが鄙《ひな》びた暮らしの中での気晴らしの種となった。

公女にはそうしたことが楽しかったが、フリードリヒの方はそうでもなかった。というか、少なくとも、そんなことには喜びを感じている風には見えなかった。それどころか、道端の緑の棘の間に蟇蛙がひっくり返っていて、そこで一匹の蜂が釣鐘型の小さな花冠の金の舌さながらに、ブンと羽音をたてていたりすると、幼い公女がぱっと顔を輝かせ、「ほらあそこ見て」と指し示したりするような時でも、そちらに視線を向けたようでいて、ろくろく見もせず、寂し気な笑みを浮かべさえする始末だった。

それは物憂げな少年で、物思わしげに、世間を避けたいといった様子で、人と交わろうともしなかった。その上、おずおずと人目に付くまいとしている仕草や、ほとんど常に顔をそむける態度とか、日差しが眩し過ぎると言わんばかりに、ぱっと目を閉じてみせる虚ろな眼差しからして、他人とは距離を置き、世間から逃れて姿を消してしまいたいとの欲求がはっきりと窺い取れた。自分が何処にいようと、他所に行ってしまいたいという、執拗な欲求を感じていたのは無論のことである。はるか彼方からやって来た人間でもあるかのように、何事につけ、異邦人そのままの場違いな感じを与えていた。

彼の顔色がひどく蒼くて、しかも、急にぶるっと身震いすることがしばしばあるので、熱病にでもかかったのだろうかと周囲の者は言っていた。恐らくはその通り、熱病にかかっていたのだろう。

彼は普段、建物左翼の最上階にある広々とした部屋にいた。ほとんど家具もなく、鏡一枚もない所だった。窓に掛かるくすんだカーテン越しに、日の光が差し込むと、石壁や大きな円卓のクロスの上に、灰色の埃のような小さな斑点が映るのだった。そして、薄明かりの中を漂う目には見えぬ靄のように、冷気が床のタイルから昇ってきたり、梁から降りてきたりするこの陰気な部屋は、長い間使われずにいた牢獄の医務室、とでもいった様相を呈していた。痩せて顔色が蒼白く、顎がほそく尖った、やや面長のその少年は、一日中、大きな円卓の周囲をうろうろ歩き廻るのだった。時たま振り向いたり、急に足早になったりして。まるで、テーブルクロスの陰から出てきた獣に追いかけられ、足を噛まれはしまいかと恐れてでもいるように。光が強過ぎたり、物音があまり近くから聞こえて来たりすると、はっと慄《おのの》いたりするのだ。その物音とは、坂道を行く車輪の軋む音とか、木樵が斧を振る音とかで、澄んだ小鳥の鳴き声がすることもあったが、分厚い壁布越しに伝わってくると、外からの光や音が怯えた亡霊に苦痛を与えまいか、自らの心の奥底に押さえ込んだ不可解な沈黙を刺激しはしまいかと、いかにも恐れているようだった。

時としては逆に、光や音をはじめ、大自然のあちこちで見出される、生きとし生けるもののすべてに対する、狂おしいほどの愛着の念に、突如として捕らえられることがあった。巻き毛をふり乱し、頬を紅潮させ、眼をぎらつかせて、引きこもっていた孤独の殻を破って飛び出すと、リジに向かって、「来るんだ！」と叫んだりすることもあった。そして、彼女を連れ去ると、森や岩を越えて行き、木々の枝に飛びついていって、草の上に降り立つと、夢中になって転げ回ったりしてみせた。そして、大地のいい匂いを嗅いだり、大空から一面に降り注ぐ熱気を吸い込んだりするところなど、囲いから逃げ出してきた雄の若駒そのままだった！　だが、ほどなく、雪の中であっという間に姿を消してゆく薔薇の如く、上気していた頬の赤みも消えてしまい、力なく両腕をたらし、気弱に沈んだ様子で辺りを見回すのである。まるで、ついさっきまで見えていたはずのものが、もはや見えなくなってしまったかのように。しかも、その眼差しには、現実に見える世界への軽蔑と、幻影の世界が失われてしまったことへの、悔いの気持ちがにじんでいた。「あら、フリート、いったいどうしたの？」と叫ぶリジを、荒々しい仕草で押しのけながら、逃げ出してしまう。そして、人気のない部屋に戻ると、目をほとんど閉じたまま、もっと蒼白い顔で、再び円卓の周囲を回り始めるのだった。

彼は、こうした無気力状態のままで成長していって、時たま発作的に興奮する程度だった。沈黙の中で、話し声が聞こえていたのだろうか？　暗がりの中で、幻影を見たのだろうか？　まだ、そこまでのことはなかったろう。が、少なくとも、いかなる国の言葉ともつかぬ、はるか彼方から届く声音だけは、聞こえるような気がしていたろうし、現れた途端、すぐかき消えてしまう、朧《おぼろ》なものの影だけは、垣間見ただろうに。もう少々明確な形で味わった思いとは、深い虚しさであり、それと、こうした虚無感から生じる、哀感といったところだった。彼の心象風景をたとえてみるならば、何の姿も見えねば歌声ひとつ聞こえてこぬ場所で、闇に覆われているがため、空虚なものかと思われた。だがそれは、暗くて判然としなかっただけで、正体が明らかになるには、夜が明け染めるだけで事足りた。みずみずしい若葉の茂る緑豊かな所か、それとも実った麦で一面の黄金の海と化した所かであり、水音をたてて回る水車から勢いよく流れ落ちて、白く泡立つせせらぎの水や、霧たちこめる丘の斜面に、目覚めた小鳥たちがさえずる中で、灯りのともる金色の藁葺き屋根の家々がある風景なのだ！

フリードリヒの魂に日の光を当て、その正体を明かしてくれたのは、まさしく詩人たちだった。

最初のうちは楽しいとも思わず、気分も晴れないまま、彼らの作品を読んでいた。年が若過ぎたため、そこから得たものは、漠とした夢想や、あてどない夢への子供じみた愛着のみであった。詩人たちの思いが理解出来るようになるや、たちまち夢中になり、かつ、己自身をも理解出来るようになった。彼らが希っていることや、愛していることは、そうとは気がつかぬままに、自分がずっと希い続け、愛し続けてきたことだったたと、突如として悟ったのだ。それまで経験したことはなかったものの、想像上では認めていた一筋の光を、不意に浴びた盲人のようなものだった。そして、それが今や、待ち受けてくれていたものの如くに思えてきたのだ。あたかも、これまで己が抱いているとも思わなかった欲求が、いかなる性格のものであるかを、具体化することで知らしめてくれたかのように。そうなのだ、フリードリヒが「理想」なるものに思いを致すや、たちまち、長きにわたって曖昧模糊としていた己自身の思考の形態と輝きが、まさしくそこにあると感じたのだ。彼は己の魂を詩人たちの魂に陶然として重ね合わせた。それはあたかも、姉たちが歌いながら教え導く、妹みたいなものだった。夢のことごとくが我が物となったのだ！　夢かと見紛うエデンの園の若きアダムとなり、伝説にある黄金郷《エルドラド》の金の兜をかぶったあの征服者となった。ある星と別の星との間で交わされる天使の会話に、詩人のクロプシュトックと共に耳を傾けたりもした。また、ウェルギリウスのような詩人たちがダンテを導いていった、不気味な美をたたえた地獄にまで下ってゆき、それからベアトリーチェのいる、天国の光溢れる世界へと飛翔して行くのだった。恋する女たちの悲運の涙に、シラーを読みながら自らも涙した。夕べ丘の斜面を下る路地で、ゲーテの本に読み耽り、未だ顔は知らないが何処かにいるはずの許婚《いいなずけ》のために、ヘルマンがドロテーアに語り掛けた台詞をつぶやくのであった。あゝ、今となっては、ひとり不機嫌に、閉じこもってばかりいようとは、もはや思わなくなってきた！　並みの喜びなど及びもつかぬ、そうした喜びや苦悩があるからには、この世の生がそうした恋愛や栄光で織り成されているからには、自分自身も思い切って人生を享受してみよう！　愛読する詩の主人公たちのように、甲冑が陽光を受けてきらめくような戦いで、自らが勝利をおさめてみよう、そして、城館の窓辺に、うつむき加減で、大きな百合の花に似た姿を見せる、清らかにして誇り高き姫君たちに、恋をしてみよう！　そうだ、恋だ、何はさておき、恋をするのだ！　そして、ある朝、リラの房より露がはらはらとこぼれ落ちる花陰を、上から下まで薔薇色と白でまとめた衣装を身にまとい、笑みをたたえ、春の香りを漂わせながら、自分の方へと歩んでくるリジの姿を見かけると、彼女に両手を差し伸べて、こう言いながら駆け寄った。「好きだよ！」と。すると、リジが答えるには、「あたしも、あなたが好きだったわ」、と。

事実、公女は大分前から、彼のことが好きになっていた。恋愛感情といっても、彼のうちでは突如として開花したものだったが、彼女にあっては長い間その萌芽を育んでいて、すでに花を咲かせていたのである。林間の空き地で出会ってからというもの、幼心にもこの少年に夢中になってしまっていた。何故なら、いまだ年端もゆかぬ身で盗賊の首領になるなど、なかなかのことであるし、又、彼が帽子につけている、羽根飾りのせいでもあった。それに加え、陽気で元気そのものの彼女は、彼が寂しそうにして、生気をなくしてゆくのに驚いてしまったのだ。そして、すでに恋心を抱いている際には、その恋故に味わうあらゆる感情が、すなわち驚きですらが、そこに重ね合わされてゆくものである。その少年がふさぎ込み、人目を避けたがり逃げ回るため、とうとう少女は彼のことを素敵だと思うようになってしまった。一度たりとも捕まえられぬ蝶々こそ、こよなく美しいもののはず。どの鳥よりも麗しい声で鳴くのは、とりわけ人前に姿を見せぬ鳥なのだ。彼が間違ったりすることなどあり得ないと信じ込んでいたので、自分が彼のように憂鬱になったり、人見知りしたりしないのを、いけないことのように思った。また、彼女の方が元気なので、自分はそこまで素敵ではないのだと考えた。彼女は、自らも悲しそうにしてみようと努めてみたが、出来ない相談だった。彼女が笑うのは、花が芳香を放つように、水が小石の上でせせらぎの音を響かせるように、自然の掟に従ったまでのこと。だが、彼が自分の方に目を向けている時などは、真面目くさった顔をして見せようとした。そして、フリードリヒが引き籠っている部屋へと上ってゆく、螺旋階段の段々の上に座り込んだりすることも、しょっちゅうあった。何ぶんにも、彼がうるさい人々を遠ざけ、階下の部屋を通ってゆく召使たちにまで、「扉はそっと閉めるよう！」と言いつけて、引き籠っているものだから。いかなる人影も、物音ひとつですら、この蒼白の若君の長い夢想を中断させないようにと。彼女がそこの階段で、彼のことに思いを馳せていたのに、がらんとした部屋で物思いに耽る彼の方は、恐らく全く考えもつかなかったろう。

初めてふたりが、互いの思いを打ち明けてからというもの、彼らは無上の喜びに酔いしれ、我を忘れ、甘美なまでに渾然一体となった、ふたつの魂と化した。十七歳の彼と十五歳の彼女は、同じ枝にからまる二本の小さな野薔薇の如きものだった。一本はすでに開花しており、もう一本はいまだ蕾《つぼみ》のままだったが、互いに相似た存在で、香りまでが全く同じだった。露と葉叢と穏やかな空とに彩られた、青春の盛りの四月の朝に花開いた歓喜を、ふたりして同時に味わい得たが、その喜びは見事なまでに若々しい周囲の自然の優美な魅力と調和し、かつ、それとあまりにも似通ったイメージのものだったので、春という季節に恋がひとつ花開いたというべきか、それとも恋の中に春そのもののが見出されたというべきか。ふたりは手に手を取って、黙ったまま、いつまでも散策し続ける楽しみを知った。それは、夜明けのほのかな光が、地平線に薔薇色の微笑を添える間のことであると同時に、ふたりの心のうちに昇り行くもう一つの太陽が、同じ薔薇色の微笑で唇を染める間のことでもあった。時おりリジが、子供のようにひとり駆け出して行き、すぐに息を切らしながら戻って来た時には、鳥の巣さながらに口元近くまでこんもりと盛り上げた、咲き乱れる菫や鈴蘭を両手に抱え込んでいて、「ほうら、いかが?」、と叫ぶこともあった。すると、少女が桜草を唇に近づけ過ぎていたため、自分にキスを送ってくれているのか、花をくれようとしているのか、彼には区別出来なくなったほどだった。顔色はやや蒼白いが、清らかで夢見るような瞳が青く輝くその美しい若者が、この少女の笑いに答えて微笑む様を目の当たりにした、みずみずしい周囲の自然も、感嘆のあまり心に火がついたかの趣を呈した。そして、このふたりの許婚の周りでは、新緑の木々の枝は葉をそよがせ、里に戻り来た鳥は羽音をたてて飛び立ち鳴きながら、こぞって婚約を交わすのだった。

とは言え、いかに彼が優しく愛情細やかであっても、リジはいつもいささか意外に思うことがあった。魅力的な彼ではあったものの、やはりどことなく変わっていたからだ。彼女に向かって、ひどくおかしな話を語ってみせたりするのだが、それは怖い気さえしてくるような激しい内容の事柄だったりする。彼は少し前にもやったように、森や岩場を越え、それも高ぶる感情にまかせて彼女を連れ回すし、しかも今では、あまりの夢の高みに連れ去られるので、彼女が眩暈《めまい》を覚えてしまうほどで、本当に恐怖を感じるまでになった。ふたりして、かほどの本物の喜びや楽しみを味わっているというのに、単なる空想に過ぎないようなことを、どうしてそんなに気に掛けるのだろう。それは彼が現し世で生きてゆくにはあまりに繊細過ぎたからだが、さりとて身を置くことが出来そうにもない場所で生きていこうと、いくら頭の中で思ってみても、何になるというのだろう。深遠なるものは、それがたとえ天上的なものであれ、底なしの淵であることに変わりはなく、人はそこに呑み込まれてしまうものなのだ。自らに合った生き方を見出した時には、もはや己を見失ってはなるまい。神が我々をこの地上で生きてゆくようにと、そこに置き給うたからには。それらは花であっても、星ではないのだから、摘んでみようという気を起こさねばなるまい。とはいえ、彼女は若者を責める気にはなれなかったし、もし責めたければ、出来ないわけでもないのに、そうは思いたくなかったのだ。恐らく彼の気持ちにも、もっともなところはあろうかと考えてのことだった。なにしろ、彼はかほどの美男なのだし！　自分ときたら、ご大層な難しい話など何も分からぬ、ただの小娘にしか過ぎないのだから。彼が身振りも狂おし気に、遠くに見える何かに目を奪われたかのように、「クロリンダよ！我はタンクレディなり。ベアトリーチェよ！　ダンテに天国の門を開けてやるがよい。マルガレーテよ、メフィストフェレスが深淵の斜面に我を運び去る間、紡ぎ車で糸を紡いでおるがよい！」などと叫んだりする時、彼女の方はまさか「そうじゃあなくってよ」とも言えずにいた。少女は大人しく、そんな空想じみた芝居遊びに調子を合わせてやっていた。

そのため、女戦士の如く大胆不敵に振る舞ったり、聖女の如く光の中で合図の金色の棕櫚の枝を振ってみたり、姿を消した恋人の口づけをなつかしみながら待つ女の如く、窓辺で糸を紡ぐ真似をしてみたりといった具合に、次から次へとやってみせた。だが彼女には、ただ単に自分たちが、フリードリヒとリジであることの方がよかったのだ。

　湖畔には、小さな丸天井のように、こんもりと葦に覆われた箇所があり、湖面を渡る風に吹かれた水がひたひたと寄せて来ては、そこの砂地を塗らして行くのだった。やがて日も暮れかかろうとする頃、アルミニア・ツィンマーマン嬢が祈禱室で祈りを捧げ、シュトルクハウス氏が台所で夕食の支度を取り仕切っている間、この少年と少女はふたり一緒にその場所に行っているのが常だった。そして、身を寄せ睦み合い、声を潜めて語り合う彼らの姿は、緑の茂みと陽光からなる鳥籠の中で、互いの羽を繕い合う二羽の鳥を思わせた。

　一度などフリードリヒが、待ち合わせの時刻に来なかったことがあった。地平線の辺りまで互いに追いつ追われつ流れ行く、二片の美しい雲を眺めていて、遅れてしまったからだった。片方の雲は黄金の甲冑の如くきらきらと輝き、もう一方の雲は血を流す傷口の如く真っ赤に染まっていたがため、大空での「ドラゴン」と「大天使」の戦いを思わせた。やがて、その二片の雲は消え去ってしまい、フリードリヒはあわてて湖に駆けつけた。

　彼が柳の枝を分けながら、こんもり茂る葦の小さな丸天井の方に近寄って行くと、草の葉の擦れ合う音がして、誰かがそっと忍び込んだのか、何かが動く気配がした。「あの娘《こ》がもう来てるんだ」と、彼は思った。足音を忍ばせながらも、彼女を驚かせようとして歩を速めた。自分が不意に姿を現したなら、一瞬ぎくりとしても、すぐに口元をほころばせるだろうし、怯えたあまり、彼女ならではの愛らしい叫び声をあげるかも知れない、などと楽しみにしてのことだった。

彼は、木割りにしている葦の間に、素早く首を突っ込んで、中を覗いてみた。すると、眼を大きく見開き、口をぽかんと開け、茫然自失の体となった。落ちないよう葦にしがみついたまま、息もつけずに、長いこと見詰めたままの彼の様子は、恐怖に駆られながら、深淵を覗き込んでいる人間の姿そのままだった。

それから、突然、大急ぎで逃げ出した。怯えきって、何かの幻が追いかけて来るのを振り払おうとするかのように、両手を後ろにやりながら。野を越え森を越え、丈高い草の中や灌木の茂みの棘の間を分け入って、巻き毛を逆立てつつ疾走するのだった！　こんな風に狂ったように駆け巡っていると、一帯が岩ばかりの場所で躓いてしまった。精根尽き果て、そこに倒れ込むと、頭を抱えて泣きじゃくり始め、いつまでも苦しげに泣くのだった。

目の当たりにしたのは、いとしい清純なリジの代わりに、丸々太って汗臭く、だらしない身なりの村娘だった。おまけに、娘は木綿の布のスカートをめくり上げ、逞しいひとりの若者に身を任せており、男は太い両手でその肩を抱いていたのだ。

ぎょっとしたまま、しばらく見詰めていると、こみ上げてくる計り知れない嫌悪感と共に、あさましい男女の性の神秘と、性行為の薄汚れたおぞましさを知ったのであった。

何ということだ！　これが女というもので、これが愛というものなのか？　様々な夢や愛の言葉の行き着く果てが、そんな汚らわしいことでしかなかったのか？　乙女らがにっこり微笑み、ぽっと顔を赤らめ恥じらいを見せたとて、恋の虜になった若者たちが思い切って献身的な愛を捧げたとて、その背後に隠されていたのが、そんな下劣な行為だったのか？　エデンの園の坂道の通じる先が、そんな汚辱の境だったのか？　清らかな女戦士たちや気高い騎士たちをはじめ、許嫁《いいなずけ》を置いて何かの旅に出てしまった青年たちが、星明かりを頼りに恋文をしたためる間、小さな一本の花に口付けをする当の乙女らも、妖精の王オベロンやクシフィリヌスらのごとき人物を跪かせたような、詩に謡われた妖精たちや劇に出てくる姫君たちも、あの女神たちやあの神々も、あの天使らまでもが揃いも揃って、結局は同じ水飼槽《みずかいおけ》の豚と成り果てるとは！　所詮、男は男を、女は女を、手本にするものなのだ。

　彼はそんな考え方をする自分に腹が立った。あらゆる生物が成長を遂げてゆく際、ああした卑しい姿にたどり着くなら、何時いかなる所にあっても、夢の崇高さが増すことなどあり得まい。理想への情熱の高まりが、結局のところ、ああした下劣で恥ずべき形をとって実現するよう目指すしかないとは、信じられなかったし、また信じたくもなかった。何たることか！　ロミオがジュリエットに求めていたのは、こんなことだったのか？　サン＝プルーがジュリーに期待していたものとは、ヴィルジニーが砂浜で死を迎えなかったら、ポールに与えたかも知れなかったものとは、クララがエグモントに拒もうとしなかったものとは、こんなこと、こんなことだったのか！　あゝ、堕落だ！　あゝ、恥知らずなことだ！　天使が目指すところが、獣になるという以外の何ものでもなく、雪が落ちてゆく先には、泥になるという以外の道が何もないとは！　彼は自分にこう言ってきかせた。「違う、違う、まさかそんなことなど、あるわけがない！」と。だが頭の中では、明らかに共通点があることを、否応なしに認めざるを得なかった。いかなるダイヤにも、こうした瑕《きず》はあるものだし、いかなるリキュールにも、こうした澱《おり》はあるものなのだ。白く凍てつく山々の峰にいるセラフィタたちですら、熱く情熱的な薔薇に埋もれたヴィーナスたち同様に、忌まわしい染みがついていて、しかもその女神たちと、雄としての男を求めて受け入れる、雌としての女たるあの豊満な田舎娘の間には、美貌という差しかないのだから。それも、品位を欠いた下劣さの中で、かろうじて感じ取れるかどうか、といった程度のものではないか。浅ましさの程度が最も低い段階から、この上もなくおぞましい段階での話であって、汚らわしいことに変わりなかろう！　あゝ、今となっては、詩人たちが嫌でたまらなくなった。何故なら、もはや彼らのうちには、現実との共犯関係しか見出せなくなったからだ。彼らは精神や知性を欺く者たちであり、腐敗したものを愛させるため、その上に香水を振りまく者たちである。詩の律動を飛翔させることにより、また比喩で感情の高まりを表現することにより、彼らはあらゆる鈍重さに翼を与えており、肉欲の獣性を魂の中で霧散させてしまっているのだ！　もしや彼ら自身も、欺かれているのだろうか？いや、欺いている方だろう。どうして彼らは唇のことを、薔薇の名前で呼んだりするのか？　どうして眼のことを、空と等しい青さをたたえた言葉で歌ったりするのか？　最も低俗な者たちが最も罪が軽く、淫らな者たちの言うことが正しいというわけだ。しかし、少なくともその者たちが、誰ひとりとして騙したわけでもなければ、罠を隠していたわけでもなかろう。それは餌に満足した正直な豚であって、「これはうまい！　共に食うがよい！」と言っているだけなのだ。ところが、最も純粋な者たちとなると、人間性を越えた境地に飛翔してしまうために、我々の目にはほとんど神の如く映るものだが、実は彼らこそ最も罪深い者たちなのだ。いったい誰が清らかな喜びの楽園を、女たちの腹の上と胸の間に花咲かせてくれるよう頼んだというのか？　おゝ、残酷な誘惑者らよ！　女の腹は子供を宿して産み、胸は歯形を入れられひび割れ、そして乳を出すことになるのだ。髪の毛が太陽と黄金で出来ているというのは、間違いなのだろうか？　きめ細かな艶肌が百合の花のようだというのも。それに涙が明るく光る露と真珠の冷たさを感じさせるというのも！唇はナメクジの口づけに涎をたらすのだ。詩歌はその魔法のごとき魅力で、真実を包み込んで隠しながら、腐肉の周囲を飾る花綱と化すのだ。そして、芳香と花に飢《かつ》えて唇を寄せても、蛆虫と膿漿が口一杯に広がり、吐き気がこみ上げきて、急に離れてしまうのだ。

　すると、もう、彼は神に我慢がならなくなった。何故に物事の現実がこんな有様なのか？　もし自然あるいは未知の創造主の不可思議な意図が、ある強力な力で男を惹きつけて、女に向かって駆り立ててゆき、性的結合を生じさせるよう要求するのなら、どうしてこの抗し難い力の源が、別のものであってはならなかったのか？　異性から望まれるものが、どうして望むに値するものではないのか？　満ち足りた思いが、嫌悪感で終わってしまわねばならぬのは、いかなる目的あってのことなのか？　薔薇や小鳥や素晴らしい空の青さを作り出し給うた神が、花々の魅力や翼や見事な蒼色を、実際に女にはお与えになれなかったろうか？　異性を惹きつける魅力は、その対象がもっと清らかだったといって、劣るわけでもなかったろうに。男は同じくらい陶酔感を覚えながらも、避けがたい嫌悪感への恐れなしに、汚れなく初々しい花の萼《うてな》に子を宿させていただろうものを。口づけを受ける唇が、どうして物を喰らう唇と同じでなくてはいけないのか？　だが神の悪意は、恥辱にまみれつつ喜びを味わうように、汚濁に身を染めるのを好むようにと、人間に強いたのだ。「快楽は、自らの汚物の中に求めるがよい！」と。そこで誰しもが、品位を損ねるようなこの掟に従うことになったのだ。そして、自覚せずとも実際の話、恐らくそれが雄犬を雌犬の方へと駆り立てるもととなる性欲というものであり、例の娘と若者に葦の覆いの陰で性行為をさせることにも繋がったのだろう。フリードリヒ自らに、我を忘れ心の底からリジを愛しく感じる気持ちを抱かしめたのが、まさしくこうした欲望、いや、こうした本能だったのだ！

　彼が虚ろな眼差しで、口元をゆがめ、片膝を抱え込み、こんな風に物思いに耽っている間に、夏の夕べの熱気が満ちてきて、木々の太い枝に重くのしかかり、地面の割れ目やしなだれた草の間から、強い匂いを立ち上らせてきていた。その草の中で、虫が目には見えぬ炎のはぜるような音をたてていた。木陰には、消えかけの竈の火が絶えるのにも似た息苦しさが感じられ、木の葉のさやぐ音や、鳥の巣のさざめきも消えてしまい、しんと静まり返ってしまった。ついさっき目の当たりにした、あの光景への不快感でいっぱいのまま、羞恥心に全身を震わせるフリードリヒは、大気の暑さから生じた、けだるい雰囲気に包まれて、木の葉のざわめきに愛撫の音を聞き取ったり、樹皮や草から性の淫らな匂いの立ち昇るのを感じたりしては、たじろいでしまっていた。

すぐそばで、木の枝が擦れ合う音がした。彼が振り向くと、にこやかな顔をしたリジがそこにいた。

少女の存在に恐怖を抱かされた彼は、森の中に逃れて行った。

丁度リリエンブルクの近くまで戻って来た時、自分を探している傅育官《ふいくかん》と出くわし、いまだ食べ物を頬張っているその口から、重大な知らせが伝えられた。つまり、ヨーゼフ二世が重態だということや、ヴェルフ王子が少し前から明らかに狂気の兆候を見せていること、さらには王位継承者となる可能性の高いフリードリヒに、テークラ妃がただちにノンネブルクに戻るよう命じたことなどだった。

その傅育官は、こうも言い添えた。

「殿下には、明日にも出立すべきだとの、お考えにございましょう?」

フリードリヒは黙ったままだった。果たして、聞こえていたのだろうか? 彼はひどく打ちひしがれて、うつむいてしまった。父の病に、兄の発狂と、不吉な出来事がたて続けに二つも続いたわけだから、恐らくその二重の苦しみから、うなだれてしまったのだろう。

フォン・シュトルクハウス氏に、「出立の命令を、いたすべきでございましょうか？」と問われた王子は、「はて、そう言われても。待ってくれ、何も急ぐことはなかろう」と言わんばかりの、困ったような曖昧な仕草を返すのみで、黙って城に引き上げてしまった。

彼は自室に籠った。分厚いカーテンのせいで一層暗くたちこめる夜の帳が、その部屋の冷たい壁を暗闇で覆い尽くし、不気味な遠景でも描き出すように、その陰を隅々にまで広げていった。彼は、かつてそうしていたように、うつむき加減で両手をだらりと垂らしたまま、円卓の周りをぐるぐる回り始めた。時おり、びくっとして立ち止まることもあった。現実の部屋か想像によるものかはともかく、その暗闇の中で何かおぞましいものが出現し、それとばったり出くわしたかのように。それから、ぜんまいを巻かれた自動人形さながらに、憂いに満ちた様子で、機械的にぐるぐると回り出すのだった。

彼の体と同様、その精神も、陰鬱な物思いの堂々巡りの、いかなる輪の中を回っていたのだろうか？

入り口の扉の向こうで、小さな物音がした。フリードリヒは怖くなった。そこにいるのがリジだと分かっていた。自分がつっけんどんな態度をみせたので、多分、病気なのかと思って心配になり、どんな様子か確かめに来て、「おやすみなさい、フリートお兄ちゃま！」と声を掛けようとしたのだろう。差し錠を掛けておいたかどうかも、彼はもはや覚えてはいなかった。恐らく少女は、いつものように笑い掛けながら、ランプを手にし、生き生きとした様子で入って来ようとしているのだろう。その灯りに照らされ、自分を前にして、彼女がぱっと顔を輝かせるだろうと思うだけで、フリードリヒはわなわなと震え出し、身を縮めてしまった。まるで、何かの化け物が自分を捕まえにやって来ると聞かされて、縮こまってしまう子供そのままに。ところがリジは、あえて入る気がなかったのか、現に扉が閉まっていたからなのか、とにかく足を踏み入れようともしなかった。床石の上を去ってゆく衣擦れの音がしただけだった。

フリードリヒは、やっと危険が去ったとばかりに、ほっと息をつくと、再びぐるぐる回り出すのだった。

何時間かが過ぎていった。もはやリリエンブルクで目を覚ましている者は、誰ひとりとしていないはずだった。闇と沈黙に包まれて、あまねく眠りに支配されていた。どこかの教会の時計台がゆっくりと時を打ち、十一時を告げた。

すると、フリードリヒは扉の方に歩いて行き、それを開けると、螺旋階段を手探りで降り始めた。

涼風がさっと吹いて来て顔に当たり、髪の毛の中を吹き抜けるのだった。元々は城の正面中庭だったもので、リジが鶏小屋にしてしまった場所に入って行っていた。降り注ぐ星明かりのもとで蒼白く浮かぶ廃墟の上を、木蔦が黒っぽく這い上がっているのが見えた。果樹の枝の上や城壁の割れ目の間のそこかしこで、鳥の羽の毛羽立つ音や、眠りから醒めた鳩がクウクウ鳴く声がした。

フリードリヒは格子柵を押し開けると、厩に出た。真っ白なチロル馬を手でなでてやると、馬はたてがみを揺すって、いなないた。すばやく馬に鞍を置くと、中庭に戻り、手綱を引いて横切っていった。それから、荒っぽいやり方で鞍にまたがるや、両膝を揃え手綱を取り、愛馬が怯えているというのに、土埃が舞い上がり崩れ落ちた石ころが跳ねる中を、急な下り坂を早駆けで降りて行かせた。疾走する馬の白いたてがみが風にあおられ、闇の中にあっては、急流にほとばしる水しぶきの如く見えるのだった。

フリードリヒは、一体、何処へ行こうとしているのか？　当の本人にも分からぬまま、出奔してしまった。

彼はリジから逃れて行ったのだ、そして、偽りの夢の数々が己を虜にした、この厭わしい城からも。人間や動物たちが繁殖してゆく、あの森からも。要するに、その日まで自らが送ってきた生活から、逃げ出そうとしていたのだ。わけても、己が連れ戻されて王位に就かされようとしている、ノンネブルクから逃れ去ろうとしていたのだ！

王だなどと！　この自分がか！　男たちや女たちの王にか！　あさましい欲情をむさぼる奴らに囲まれ続けるだけでなく、彼らの長《おさ》とならねばならないとは！　今や姦淫の罪を犯す男たちと、春をひさぐ女たちの、淫らな群がりとしか思えぬ、そんな人間たちの導き手のひとりになろうとしているとは！　そんな群れの雄山羊になるべく、自らが求められているとは、そんな雌牛小屋の雄牛に、そんな種馬牧場の種牡馬にだ！　王とはいかなるものなのか？　巨大な公の娼家の斡旋屋が、王冠をかぶっているだけではないか。彼は逃げ出して行った、嫌悪感で一杯になって。

馬がつまずいて倒れ込んだ。フリードリヒは石ころの上に転げ落ち、両手が血塗れになりながら起き上がって、辺りを見回した。自分の居場所が何処なのか、見当もつかなかった。そこは狭い小径で、両側には樅の木が生えていて、山の中腹のようだった。この辺りには、遠乗りでやって来たことなど一度もなかった。固い地面の上に横倒しになり、為すべもなく喘いでいる、馬の傍に行ってやった。無理やり起き上がらせようとしたが、疲れ切った馬はじっとしたまま動かず、呻き声を上げた。では、フリードリヒがリリエンブルクを後にしてから、かなりの時間がたっていたというわけか？　となると、すでにかなりの道のりをたどって来たのか？　そうはいっても、まだ夜も明けていないではないか。岩の間に立ち並ぶ樅の木の鬱蒼と茂る枝が、黒い両手を大きく広げて、行く手を阻もうとしているかに思われた。

打ちひしがれた彼は、石の上に座り込み、両腕をだらりと垂らしたまま、うつむいた。多分、物事をそうはっきりとは、もはや考えられなくなっていたのだろう。目蓋が重くなってきて、夢うつつのまま行きつ戻りつ、つらい思いを巡らせているうちに、己の魂が揺すられながら、寝かしつけられてでもいるみたいな気がしてきた。そして、砂の中にはまり込んでゆくように、徐々に眠りに落ちていった。

彼が目覚めた時には、空には太陽が輝いていた。葉がまばらにしかついてない梢の辺りで、つつき合う鳥たちに思い切り揺すられた木々は、きらきら光る朝露を振り撒いてきた。周囲の様子をぼんやりと眺め回した後、彼ははっと思い出した！　あゝ、そうだった！

葦の覆いの陰にいた村娘と若者のことや、人間の誰しもが獣みたいなそのふたりと同類だということを！　彼は馬の方に駆け寄った。馬はやっと起き上がっていて、岩場低くに生えている苔を食《は》んでいた。さらに遠くへ、さらに遠くへと行かねば、何をおいてもなすべきことはそれなのだ！　だがフリードリヒは鐙《あぶみ》に足をかけたものの、鞍にまたがろうとはしなかった。実人生から逃れ去らんがため、何処へ行こうというのか？　王位に就くのを避けんがため、何処へ身を隠そうというのか？　なるほど、日常現実の塵芥にまみれたままでいることなど、自分には出来ようはずもなかろう。だが、しかし、魂はともかく、外形が普通の人間のままでいながら、汚らわしい他の人間どもと混じっているのを、いかにして忌避すればよいのか？　雲雀《ひばり》なら、束の間は厩肥の山にとまっていようと、羽ばたいて飛び去って行けるだろうし、蛆虫なら、そこが気に入れば、棲みつくことも出来るだろう。自分は翼を持たない以上、蛆虫同様、飛び立つことなど出来ようか？　大空が存在しているのは、這いつくばるべく定められた者たちのためなのか？　となれば、俗世の外に逃げ場はないというのか？　あゝ、いかなる逃避も不可能だというのか？

　はっきりとは聞き分けられないが、何かの物音が、はるか深い谷底から、彼のいる所まで届いてきた。まるで群集の激しいどよめきの声が、拡散されてゆくうちに弱まってしまい、不明瞭なざわめきにしか聞こえなくなったのかと思われた。そして、時おり、怒声と威嚇の叫びの耳障りな声が、空気を引き裂くように、唐突に響き渡った。

　フリードリヒは樅の木につかまりながら、大きな岩に登ってみた。そして、陽光に照り映える谷間を見下ろした。

彼はあっと叫んだ！　そして、今度は、天に向かって両手をあげ、口をあんぐりと開けたまま、目を大きく見開き、その場に釘付けになってしまった。

はるか彼方には、風変わりな町の家並みが、街路に沿って奥の方まで続いていた。町外れの小高い丘の上には、きらめく槍が立ち並び、輝く兜で埋め尽くされており、途方もない数の雑多な下層民たちが入り乱れ、ひしめき合い、騒がしくわめき立てながら蠢《うごめ》いていた。そして、狂ったように怒声を発しつつ、一本の大きな十字架に向かって、各々が長い袖を振り上げていた。日の光で金色に染められたその十字架には、ひとりの男が架かっており、頭を横に傾けていた！　それとは別に、もっと低い二本の十字架がその左右に立てられていて、そこにも他のふたりの男がいた。

これは一体どういうことだ？　何の真似だろう？　幻覚か、それとも夢なのか？　フリードリヒが正気を失ってしまったというのか？　それとも、夢の中で目覚めたと思い込んだだけで、まだ眠っているのだろうか？　いや、違った。目はしっかり開いているし、精神にも全く異常はない。あゝ、勿論、幻影に惑わされているわけでもなさそうだ。手を伸ばしてみると、岩の硬さも感じ取れる。そして、自分の背後で、乗ってきた馬が草や苔を食んでいるのも聞こえているのだ。

彼は相変わらず見続けていたが、あっけに取られた分、今や、しかと見極めてみせようと、思い切り注意を集中したおかげで、陽光に照らされた靄越しに、遠くの状況がもっとよく見分けられるようになった。

人々の服装は、古い聖書や昔の福音書の版画に見られるようなものと、そっくりだった。つまり、長い外套の上には、三日月形をした銅の飾り兜が、逆立つ鳥の羽毛の如く並んでおり、そこかしこにはユダヤの律法学者がかぶる黒い角帽も見受けられた。それに、鷲の標章を掲げる軍旗の下で、騎馬の人物たちが、ローマ帝国軍団の装束を身にまとっていたからだ。

ひとりの男が群集の中から抜け出て、一番大きな十字架に架けられた人物の方に近寄ると、恐らく長い槍なのだろうか、それとも葦かも知れないが、とにかく先が丸く膨らんだ物を掲げてみせた。「あっ、イエス様の口元に当てるための、酢を浸した海面だ！」と、フリードリヒは思った。そして、身振りや叫びで示される群集の激しい怒りが募ってゆくとともに、磔柱の上では、死の直前の昏睡状態を終えたかのように、苦悶を課された蒼白の人物の長い体から、がくりと力が抜け落ちていった。その一方で、ひとりの女が跪いたまま半狂乱の体で、恐らく嗚咽に胸を揺すられているらしく、十字架の柱にすがりついて抱きしめ、振り乱した髪の毛でそれを覆うのだった。そこに日の光が当たって、まぶしく照り映えていた。

こうしたことが、すべて現実に起こっているとはいえ、あり得ないはずの出来事だった。いかなる偶然の予想もつかぬ遭遇によって、いやむしろ、いかなる奇跡によって、テューリンゲン・アルプスの丘がカルワリオの丘に変わったのか？　ここがエルサレムになったのだと？　あの聖書の言い伝えを、この目で見たり、この手で触れたり出来るというのか？　妄想のはずが、本当のことだったのか？　過去の出来事のはずが、現に今起こっているのか？　この驚くべき時間の巻き戻しと事態の再現に対して、揺るぎない精神の持ち主ならば、反発を覚えずにはすまなかったろう。明らかな事実に、否認という手段で応じたものを。永遠の諸法則が覆されるよりは、己自身が狂っていると思った方がましだったろう。あるいは又、自らを抑え、忍耐強く、この不可思議な現象の原因を明らかにしようと努め、あり得ない出来事を通じて、納得のゆく説明を求めただろう。だが、フリードリヒの心は夢想に傾きがちだった。この世に存在するものに対する恨みがましさから、ありそうにないものでも、認めたくなるものである。宗教的な驚愕の念に打たれ跪くと、恍惚感に満たされた自らの胸を開いてゆくと同時に、驚嘆のあまり見開いた眼を閉じて、祈りを唱え始めるのだった。

彼が悟ったのは、いや悟りたかったのは、唯ひとつのこと。しかも、その答えが与えられたのだ。彼が問いかけていたのは、「実人生を避けて、何処へ逃れゆくべきか？」ということだったが、イエスが身をもって示し給うたのだ、あたかも「我がもとへ！」と言わんばかりに。ひとりの人間の絶望的な逡巡に対し、神は自らの例をそれと比べ給うたのだ。処女から生まれたキリストも又、肉にとらわれず超然としていることを。そして、その王国はこの世にあらざることを。少年のままの祈りの気持ちと、青年ならではの激しい思いを込めて、フリードリヒは自らの心を丸ごと、己と相似たこの神なる存在に託そうとした！　この神と同じく時空を越えるのだ、物質界にありながら身を汚すことなく。己の肉体を忌み嫌い、それを押さえ込み、それに打ち克ち、虱がたかった汚らしい襤褸の如く、ついには脱ぎ捨てるのだ。魂の至純の裸形を覆い隠す、窮屈なだけの襤褸を。悪の霊が己を山上へと運び去り、この世のありとあらゆる栄耀栄華を見せつけたければ見せるがよい。だが、自らは天上の清らかな至福しか望むまい。自分は宿無しの物乞いとして、貧しき者たちや望みなき人々に、聖書のたとえ話を語りながら、あちこちを回って行くのだ。それからは恐らく、救済を必要とする人間の無慈悲さのために、いつの夜か橄欖《かんらん》山で涙を流すだろうし、それがことごとくの穢れを洗い流してくれることだろう。そして、いずこかの処刑場の磔柱の上で、死に瀕するであろう。苦痛に喘ぎつつも恍惚として、己に範を示し給うたあの神の如く、あの神の如くに！

彼が再び目を開けた時には、今の時代に甦ったこの古代の悲劇は、丘の上で終幕を迎えようとしていた。というのも、兵士の槍がユダヤ人たちの王の脇腹を刺し貫いたのを、フリードリヒは目の当たりにしたからだ。すると、己自身が刺されたかの如く、思いの丈が愛と赦しの官能的なまでの嗚咽となって、胸からこみ上げてくるのが感じられた。

彼はいきなり立ち上がると、岩を飛び越えて、斜面を駆け下りて行った。もっとそば近くで、その聖なる遺骸を見てみたい、触れたり拝んだりしてみたいと思ったのだ。マグダラのマリアや、ヤコブやヨセフの母マリア、ゼベダイの子らの母のように、イエスの御足に口付けしよう。そして、夜が来れば、主を墓におさめよう！　彼は小石を蹴り、砂埃を立てながら、樅林の幹の間を走り抜けて行った。ところが今度は、高台になった土地にさしかかったため、谷が隠れて見えなくなってしまった。彼は息つく暇もなく、無我夢中で飛ぶように駆けて行った。木々の枝で擦り傷を負ったり、苔の上で滑ってこけたりしたが、立ち上がると、再び突進して行った。どれほどの時間、すさまじい勢いでこんな風に山を駆け下りて行っていたのだろう？　数分間だったのか、それとも数時間だったのか？　全く覚えていなかった。

最後に飛び降りたところで、急に森を抜けて、ドイツのどこかの村の活気溢れる賑やかな通りに出てしまった。そして、そこの彫刻を施したバルコニー付きの木造りの家々の前では、白く泡立つ大きなビールのジョッキを、男たちがカチカチ合わせながら合唱しており、晴れやかに着飾ったうら若い村娘たちが、群れになって手をつなぎながら、平地のほうからやって来るのだった。

彼は立ち止まった。こうした家並みや、こんな風にビールを飲んでいる人々や、楽しげに通り過ぎて行く娘たちといった、何もかもが普段見慣れているのと変わらぬ暮らしぶりで、それを目のあたりにして、たじろいでしまったのだ。

一体どうしたことなのだ？　いかなる奇跡が再び起こって、人間も事物も姿を変えられてしまったのか？　山頂から垣間見た色とりどりの服を着た下層民たちは、どこへ行ってしまったのか？　それに、銅の三日月の兜飾りや角帽とか、古代ローマ軍団兵士の軍旗までもが？

ひとりの老婆が自分の家の戸口で、忙しそうに鶏の羽をむしっていたが、フリードリヒの方に振り向くと、こう言った。

「主の讃えられんことを！　きっと走って来られたのじゃろう、お若い方。ハアハア言うておいでで。じゃがのう、どっちにしても遅すぎた」

「遅すぎたって？」と、彼は驚きのあまり、呆然としたかのように、その言葉を繰り返した。

「そうじゃ。ほうれ、みんな、引き上げて来ておるからのう。もう終わりじゃよ」

「終わりって、何が？」

「受難劇がじゃよ」

「じゃあ、ここは何処なんです？」

「ご存知ないのかねえ？　オーバーアマウガウじゃよ、お若い方」

彼は打ちひしがれて、首を垂れた。またしても、夢の世界の裏側を見てしまったのだ。その小さな村の、しかも自分がよく知っている村の名前を耳にしただけで、新たに抱いた空想の愚かしさを、思い知らされるには十分だった。

オーバーアマウガウ、それはテューリンゲン・アルプスの緑豊かな土地が起伏したところにあって、あちらこちらに、東方の博士らに囲まれたキリストの絵や、エジプトへの避難の図が描かれた、装飾壁画のある山小屋風民家の建つ、小さな村落だった。芸術家でもあるそこの農民たちは、柘植《つげ》やトネリコ材に、ヨセフや聖母マリア、ナポレオン一世などの像を、まるで可愛い玩具でも作るかのように、彫ったりしている。さらに、その農民たちは、書割の空の代わりに、本物の青空の下、斜面や丘をホリゾント幕に見立てた舞台で、十年ごとに上演される「受難劇」と称されている、聖史劇の役者をも務めているのだ。

昔々、大昔のことだったが、ある男が出稼ぎで、牧草地の草を刈ったり、穀物倉の麦を脱穀したりしに行っていた。東方の三博士のひとりと同じガスパールという名前だったが、だからと言って、乳香と没薬《ミルラ》の香りをさせているわけでもなく、酒場の角灯以外の星を拝んだりするわけでもなかった。ビールとシードルで一杯機嫌になるや、麦の収穫期用に雇われていたエッシェンローエから、さっさと引き上げて、妻子のいるオーバーアマウガウに戻ってしまうのだった。ビールの質が悪かったからか、それとも、シードルを作る元になった林檎が青過ぎたからか、男は道々ひどく調子が悪く、帰り着くや息を引きとってしまった。ただしその顔は、苦痛でかなり醜くゆがんでいた。こうしてあっけなく死んでしまったことや、苦しそうな表情からして、ペストにかかったものと思われ、それが村に持ち込まれたのだと結論づけられた。事実、八十五名との説もあれば、別の話では百九名との説もあるのだが、ともあれ多数の村人が、三十五日か三十七日のうちに、哀れにも命を落としてしまった。おまけに、激しい不安に輪をかけたのが、司祭までが聖体パンを食した後、まるでその中にペストが潜んでいたように、死んでしまったことだった。もはや近隣に司祭がいなくなってしまったため、土地の最も思慮分別のある者たちは、神様に、それも直接訴えかけるのが、ふさわしかろうと判断した。その結果、六人の娘と十二人の若者で、それも選りすぐりの美男美女で、我らが主イエス・キリストの受難劇を、十年ごとに、これ以上は不可能と思えるほど見事に演じてみせる、との誓いをたてた。どうやら寛大なる神は劇をご覧になるのを喜ばれたものとみえ、その誓願をたてて以来、オーバーアマウガウでは、誰ひとりとしてペストで死ぬ人間はいなくなった。また、人間しかかからないペストのせいでなくて、歳のせいで、よぼよぼだった老いぼれロバまでが、聖なる劇の上演予定地に決められた谷の草を食むに至ったほど、急に元気を取り戻し機嫌も良くなった位である。

何世紀にもわたたって、信仰心に発するその慣習は、しかと保たれてきた。そして、帝国が建国されたり消滅したりする間も、民衆が猛り狂ったように平野を占領し血で染めたりする間も、つまりドイツでルターが指摘した真理を理解し始めた頃のことだが、オーバーアマウガウの山地の住人たちは純真無垢な信仰心を変わらず持ち続け、贖い主たるキリストにまつわる伝承の儀式を執り行ってきた。福音書に描かれたエルサレムが、祈りと信仰の神秘なオアシスの如く、谷間の起伏部で守られてきたのだ。近代における不信仰の波さえも、外部から閉ざされた禁欲的な空間で演じられる、こうした類の劇にまで及ぶことはなかった。そこでは世代から世代へと、敬虔な信仰による伝統が、決して変えられることなく維持されてきたのだった。聖なる劇のそれぞれの役を、同じ一族の間でまるで遺産のように受け継いでいったので、村人らは旅人に、ここが代々のキリスト役が住んできた家であり、あちらが聖処女役の娘たち全員が生まれた家だなどと、敬意を払いながら教えるほどであった。それ故、ユダ役の家系の人間は、恐らく人々に疎んじられてきたことだろう。また、イエスを死罪にあたるとして、ローマ総督ピラトに引き渡したエルサレムの大司祭役は、さぞや日々の暮らしの中での通常のつきあいでも、信頼感を得ることは難しかったに違いない。さらに、マグダラのマリア役の女性が、赤く燃えるような髪の毛を輝かせながら通り過ぎる時には、若者たちは目を伏せておくよう、忠告されたりもした。ましてや、ポンテオ・ピラト役の人間が、その地域の判事に選ばれることなど、断じてなかったのだ。

こうした完璧なまでの生真面目さのおかげと、言うなれば数世紀にも及びながら一度たりとも中断したことのない、演じる側とそれぞれの役柄との一体化のおかげで、ここの農民たち、すなわちここの山の住人たちは並外れた役者となった。いやむしろ、実際には単なる役者以上のものとなったのだ。ただし、一度、イエス・キリスト役の男が密猟の咎で二ヶ月の服役を宣告されたことがあったが、その代役をたてるよりは、十年に一回の上演を遅らせる方がよいと考えた位である。なにしろ彼らは、自らが演じる人物そのものと化し、さらには技巧に走らぬが故に、芸術家たちにもかくありたいと願わせるような、密度の高い表現力を身につけるに至ったのである。そうしたわけで、長く待ち続けていた聖史劇挙行予定の時期がようやく訪れると、ありとあらゆる種類の人々が、どっと押し寄せて来ることとなった。そして、オーバーアマウガウの住人たちは、受難劇の上演から二重の意味での御利益を受けるのだ。すなわち、たとえ自らの魂の救済のためだとしても、これはこれで極めて喜ばしいことかも知れないが、それと同時に、自らを裕福にしてくれるからでもあり、それなら、ひどく辛い仕事でもなくなるだろう。イエス役の男は劇の上演される四日間、棘の冠をかぶっていることで、青い外套の聖女たちや、象とかカモシカとか熊や、ナポレオン一世の小さな像などを彫ったり彩色したりするのを、十年間し続けるよりはるかに多くの金銭《フローリン》を得るからである。

フリードリヒは祭りに沸く村の通りで、呆然と立ち尽くした。ビールを飲む男たちが好奇の目で自分の方をじろじろ見ており、娘たちがつきまとい指差しているのに気付いた。彼は頬を赤らめると、おどおどしながら、身を隠そうと大きな壁伝いに歩いて立ち去った。

受難劇が行われた平地の方へは行くまいとした。己の描いた空想の現実の姿など間近で見たくはなかったし、せめても幻影の記憶くらいは、無傷のままで置いておきたかったのだ。

村から脱け出そうとして、さんざしの植わった路地を進んでゆき、それから牧草地をあてどなく歩き始めた。とある曲がりくねった小道を辿って行ったが、それは行きつ戻りつ、また遠ざかってゆくといった具合に、どこへ通じるのか見当もつかない気がした。

徐々にではあるが、フリードリヒは悲しみの和らいでゆくのが感じ取れた。幻滅のあまり最初は苦い思いを味わったが、それが過ぎると、さほど辛くもなくなってきた。自分に決意する気を起こさせてくれた奇跡が消え失せてしまっても、その意思までが失せないようにすることは可能だろう。もはや神が人間世界に降り来たって罪から救い出し給う時代ではないかも知れないが、人間の方が神の高みにまで昇り得るような不滅の世界にあっては、そもそも時間というものがないのだ！　虚構を用いて真理へと導いていってくれた、神の摂理ともとれる幸運な偶然に、感謝せねばなるまい。そうだ、決断はなされたのだ！これからは永久に、喧騒に満ちた汚らわしい実人生を避けて、宗教の安らぎの中へ、神聖な愛の穢れなき愉悦の中へと逃れ行くのだ。自分には世間から逃避する権利などないのか？　ならば、この世で誰がこの私を必要としているというのだ？　自らが就くことを拒否した玉座が、空位のままで置いておかれるわけはなかろう。ミッテルスバッハ家の一族は大勢いて、王位を狙っている者たちもいることだし。兄弟でなくとも、叔父か従兄弟のうちの誰かが、王と同等の立場で、ノンネブルクの王宮に暮らしてくれよう。そうしてくれれば、自分は心安らかに、ひとり離れてどこかの岩穴で、草や木の根を食べたり、石の間から湧く水を飲んだりしながら、昔の隠者のように暮らしてみよう。あるいは、何人《なんぴと》たりとも足を踏み入れられないような、どこかの僧院の奥で、都合よく訪れてくれる死の時を待つのだが。はやすでに、頭の中に思い描くはるか彼方の神秘な土地で、白い厚地の長い僧服を身にまとい、両手を胸元で組み合わせ、僧院中庭の列柱廊の静まり返った弓形天井の下を通って行く、己の姿が目に浮かぶのだった。

　こんな夢想に耽っている間に、夕方になってしまっていた。長いこと馬を走らせ、あちこち歩き回ったせいで疲れ果てており、前の夜から何も食べ物を口にしていなかったこともあって、フリードリヒは村へと戻って行った。旅籠《はたご》に入って食事を出してもらい、床に身を投げ出してしまいたかったのだ。翌日になれば、テークラ妃に手紙を書いて自らの決意を告げ、修練期が過ごせる僧院を探すことに取りかかろうとした。

たった一本しかないオーバーアマウガウの街の通りでは、相変わらず人々が笑ったり飲んだりしていた。角灯《ランタン》の灯された窓と窓との間で、娘たちの群れがリボンを舞い上がらせ歌声を響かせながら、くるくる舞い踊っていた。ビールのジョッキが、軽やかなダンスのリズムに合わせて、テーブルの上で重たい音をたてていた。

こんな風に皆が上機嫌でさんざめいているのが、フリードリヒには煩わしかった。そこで、宿屋がないものかと、不安げな様子で自分の周囲を見回してみた。数台の幌つき小型二輪馬車や一台の乗合馬車とか、二台の駅馬車などが、他の民家よりもやや大きめの一軒の家の前に止まっていた。ということは、恐らく旅籠なのだろう。彼が狭い扉を押し開けようとすると、その扉には彩色ガラスが嵌め込まれていて、十字に組み合わされたパイプと泡立つビールのジョッキの絵が描いてあった。だが、思い切って中に入れずに、はたと立ち止まってしまった。目の前にかなり広い部屋があって、そこには大勢の男の客と数名の女の客とがひしめいていた。農民たちとは異なって、男性の大部分は珍しく洗練された装いに身を固めており、女性たちも大そう着飾っていて、長いテーブルの周りに陣取り、時おりシャンパンのきらめくグラスを挙げながら、大声で談笑していた。これは受難劇を観ようとして、近隣の町からやって来た人々に違いなかった。劇の上演が終わったので、帰途につく前に、旅籠で夜食を取っているところだった。

これほど大勢の人々と同席させられることに、怖気づいてしまったフリードリヒは、立ち去ろうとした。村の別の地区へ行けば、どこかもっと静かな宿が、きっと見つかるだろうと思って。が、すでに扉を引きかけたところ、そこに居合わせていた何人かの人間が、同時に自分の名前を口にするのが耳に入った。

いや、聞き違いではなかった！　確かに、「テューリンゲン王国のフリードリヒ」と言っていた。それにしても、何故また自分のことなど気にするのだろう？　いったい、どう思ってのことなのだ？　好奇心が不安な気持ちに打ち克った。広間の方にそっと入って行き、扉横の小さなテーブルの前に腰をおろし、女中にハム一切れとビール一杯を注文すると、自分の名前を口にしたのがどんな人間かと観察し、何を喋っているのか聞き耳をたて始めた。

この村とはおよそ無縁のその集団を、さらに注意深く眺めてみると、どう見ても普通とは思えない人々のように思われた。洗練された彼らの様子は、風変わりで人目を引くと同時に、意外性もあり異国風にも感じられた。確かにそこに集う客たちは、近隣都市のブルジョワ階級の人間でもなければ、田舎に住む裕福な人々でもなかった。どうやら彼らはかなり遠方から、それもあちこち異なった国からやって来ているらしかった。男性客らの服装は、金属ボタン付きの黒か青のテールコートや、飾り紐付きのフロックコートとか、肋骨飾り付きの軍服姿だった。女性客の衣装は、スカート丈が短過ぎたり裳裾が長過ぎたり、胴着も襟ぐりが深過ぎたり浅過ぎたりしていて、乗馬服用と間違いそうなジレや、スイス女が着るような粗布のものもあるところからして、出身国が様々だからなのか、あるいは流行などどこ吹く風と気の向くままに装い、創意工夫によって慣例を破ることも辞さないのを常としているからだろうと察しられた。

衣装のみならず、人間のタイプの点でも、多様さは似通ったものだった。例えば何人かの男たちは、すなわち若くて、煌くプラチナの糸そのままに淡いブロンドの長髪がふさふさと肩にかかっている者たちは、青白く痩せた顔付きであり、薄青色の瞳もどことなく力なえた、弱々しい感じがするところから、極北の地の出身者であることが見てとれた。その反対に、褐色の肌をした何人かは、熱のこもった話し方をしながら、生き生きとした眼差しを投げかけており、ふんだんに陽光を浴びた黒檀さながらに黒く輝く、マドリッドかナポリの人間特有のあの眼をしていた。だが、大半は中欧の生まれらしく、あまり彫りは深くないものの、目鼻立ちのはっきりした顔立ちから、互いにその違いがうかがわれた。こうした特徴は、隣り合って座っていても、誰も同じには見えなかった。そして、女性客らも又、真っ白や色白の肌の者から、小麦色に日焼けしている者までおり、目元が夢見るようなドイツ系もいれば、快活そうなフランス系あるいはロシア系から、燃えるような瞳のイタリア系の者までが混在しており、美醜のあり方にも際立った差異が存在した。テューリンゲン・アルプスの斜面に建つ旅籠のこの広間で、こうして様々な人間が一堂に会している光景は、何やらヨーロッパの諸民族がこぞって自らの代表を出している、風変わりな会議の趣を呈していた。

実を言えば、顔立ちと衣服のこの多様さの割には、どことなく統一感を醸し出す何かがあった。それはある種の無頓着さや、上機嫌なこととか、遠慮のなさといった類のものであり、それもだらしなさに近いところがあった。たとえば女性たちは、テーブルの上にむきだしの華奢な肘を突こうが気にするでもなく、大胆なまでの明るさで男性の口元に顔を寄せて笑うかと思えば、耳元で何か秘密の話を囁かれても嫌な顔すらしないのだ。かなり年若いある娘など、胴着には肌着しか持っていないのかと思うほど、大胆に襟元を開け、薔薇色の煙草を吸いながら、椅子の背にもたれかかっていた。そして、手袋を脱いだ白い手が、フロックコートか肋骨飾り付きの軍服を着た男性客の肩に、時としてゆだねられるのは、客同士のさんざめく声が響き、それが途中でふと途切れたり、盛んに身振りがまじえられたりする、まさしくそんな中でのことだった。とはいえ、本物の遊び人や娼婦でないのは容易に見て取れた。だらしなく見える服装にも、細やかな凝った工夫がほどこされ、一味違った趣が備わっていた。それに、ほろ酔い機嫌かも知れぬが、下品かというとそうでもないのだ。心地よく酔うことは、酩酊することではあるまいから。一歩間違えば品位を損ない兼ねぬ女性たちの婀娜《あだ》っぽさには、依然として宮廷風の雰囲気の名残が感じ取られ、おまけに洒落の粋な表し方にほかならない、世間の目など物ともせぬ、あの尊大さの片鱗すらもうかがわれた。ひとりならずの男性客がネクタイをゆるめ、シャンパンに酔った目を輝かせていても、いまだに女性への大袈裟なまでの慇懃さを示しており、そのくだけた態度が、さらなる優雅な風情を添えていた。そこに連なる会食者全員が裕福そうで、どうやら高貴な身分でもあるらしく、いわゆる社交界の人々なのだろうが、彼らはもちろん旧知の間柄であって、いかに遠方からでも互いの所に駆けつけて来て、集うのが慣例になっているかのようだった。また、その慣わしというのが、同じひとつの生活様式か、さもなくば思いを同じくする、何らかの共同体を形作ったに相違なかろう。そして終いには、そこから、うっとうしい礼儀作法など抜きにした、気さくな仲間意識が生まれたのだろう。自分たちがどう評価されるかを気にせねばならぬのは、オーバーアマウガウにいる時ではなかろうし、他の場所でも多分、気に掛けることもないのだろう。たとえ彼らが、お喋り好きな人間を黙らせ得るような、または見下して相手にせずにすむような地位の人間であるにせよ。それとも、概して嘲笑や陰口などは、ほとんど無視しておける人間であるにせよ。彼らの態度からは、肩をすくめ軽蔑しておけばよいのだとの思いが、どことなく透けて見え、まるで「えゝ、まあ、私たちはこういう人間ですが、それがどうかしたとでも？」と言わんばかりの雰囲気があった。

フリードリヒはひどく驚いた。何年間も、リリエンブルクの廃墟同然の城を離れたことがなかったので、ここにいる人々がどういう人間なのか、見当もつかなかった。なのに世間の人々の誰しもが、彼らのことを知っているのだ。しかも、ドイツ中を見渡しても、会食時のお喋り好きな人間のうち、最も事情に疎い者ですら、彼らについては、極めて完璧な情報を提供できただろうというのに。

実際のところ、ボヘミアン的であると同時に王侯然とした、好事家《ディレッタント》と芸術家たちが入り混じって集う様が、何らかの文学上か音楽上の大掛かりな行事、たとえばゲーテ祭とかベートーヴェン祭といったものが予告されている所なら、何処でも期せずして見受けられていた。それは又、ハンス・ハマーのオペラの初演や、ルビンシュタインの協奏曲の初演奏が行われるはずの場所でも同様だった。あちらはポーランドから、こちらはハンガリーから、数名はスウェーデンからといった具合に、フランス、イタリア、ベルギー、プロイセンからも大挙して駆けつけ、何人かはコンスタンチノープルからであり、日本からやって来た者までいるほどだった。彼らは出合っても別段驚く様子もなく、いかにも事前に落ち合う約束をしていたかのように振る舞い、握手する際も、昨日会ったばかりという雰囲気なのだ。くわえて、同じホテルに泊まって、食事まで共にし、街を行くにも馬車を連ね、劇場に現れるや、桟敷まで隣り合わせるといった調子である。その人数も多く、陽気で賑やかな彼らだったが、かつて離散したものの、一日くらいは休息を求め、にわかに合流する、洗練された趣味を持つ、いずれかの一族を連想させた。あるいは又、大空のあちこちから飛んで来て、森の中のたった一本の木にとまろうと、それをめがけて騒がしく急降下してくる、鳥の大群をも思わせた。

今日は受難劇があるので、オーバーアマウガウに来ているが、明日は何処にいる身やら、彼らとても多分、分かっていたわけではあるまいが。

中でも目についたのは、ポーランドやハンガリーの大貴族とおぼしき人々だった。その軍服は祭りのパレードの軽騎兵のいでたちそのままで、ダンスホールの楽士とほぼ変わらぬほど、巧みにフルートを吹くのである。それにピアニストらは、将軍よりも派手に勲章で飾り立てており、外交官そこのけの洗練された着こなしで、黒い燕尾服を着用していた。やや零落したとおぼしき貴婦人たちは、マナーもいまひとつで、たまに夫の姿を見かけることもある程度だが、有名女優たちの方こそきちんとしていて、恋人の影すら見当たらぬ。また、舞台の楽屋でかなり顔の知られた侍従たちがいるかと思えば、宮廷でもかなり敬意を払われている教会聖歌隊長たちもいた。豊満なふたりの伯爵夫人もいて、かたやモスクワ出身で、もう一方はイタリア出身だったが、同じテノール歌手のために、双方共に破産の憂き目にあっていた。さらには、コントラルト歌手もひとり見受けられた。がりがりに痩せていて、唇の端には濃い黒のあざがあったが、ある支配王家の唯ひとりの跡継ぎと不釣合いな結婚にこぎつけかけて、駄目になった人物だった。よって、貴族たちには、いささか放埒で慎みに欠けるところがあり、芸術家たちには、貴族ぶった品のよさへのこだわりがあるというわけだ。そのことが、この集団の二手の構成員をして、共に並び立ち混じり合うことを可能ならしめ、かつ、身分や地位の隔たりがあるにもかかわらず、同等の存在に映すのであった。

フリードリヒは、テーブルの片方の端に、長い上半身を司祭用の外套にぴったりと身を包んだ、かなり年配の痩せたひとりの男性がいるのに気が付いた。聖職者服の汚れた立ち襟からは、垂れかかる灰色の髪の毛に隠れて、下に着ているワイシャツは見えなかったが、きれいに髭を剃った土気色の顔がのぞいており、厳しい眼差しで目をかっと見開いた顔面には、深い皺が刻まれていて、あちこちにできた大きなイボには毛がぼうぼうと生えていた。この醜さは並大抵ではなく、見る者を圧倒する激しさがあり、凄みを帯びていた。いや、この容貌が醜いというより、むしろ恐ろしいのである。それはフランス革命時のミラボーのごとき人物を思い起こさせたが、それほどの熱血漢ではなくて、しかもより厳格で冷酷な、言うなればミラボーを異端審問官にしたような面立ちだった。それから一転して、今度は全く別の顔付きになった。皺のために険しい面持ちに見えていたのが、破顔一笑、寛容そうな顔に変わり、目を細めて優しい眼差しを遠くまで送ると、垂れかかる髪が老いたるキリストの髪の毛もかくやとばかり、憂いに満ちた無限の優しさをたたえていた。ついさっきまでは、陰険で人を寄せ付けない感じがしていたのに、柔和で敬虔にして、この上なく優しい晴れやかな顔になった。狂信者かと見えて、後は使徒の如し。厳格この上ない裁きで恐れられた、スペインの初代宗教裁判長トルケマダかと見えて、後は慈悲深き聖者ヴィンケンチウス＝ア＝パウロの如し。

うら若い女性や青年たちは、女が短髪で男が長髪にしており、まるで娘が少年のように、男が女のように、見られたがっているようだった。が、そんな彼らも、世にも稀な容貌のこの人物の方を振り向いて、身を屈めると、私淑する者に特有の熱のこもった眼差しで、ひたと見詰めて崇拝の念を表すのだった。当の本人は悠揚迫らず、にこやかな顔付きのまま、ただし、たいそう太い葉巻を噛んで、火のついている所まで口に入れそうになりながらも、慈愛に満ちた眼差しを、この若者たちに分け隔てなく注ぐのであった。そして、彼らのほうに両腕を差し伸べると、いかにも優しげな手つきで、すらりと指の長い両手をリズミカルにゆったり動かしながら、祝福を与えている様子だった。

と、突然、彼は激しく咳き込んだ。そこで、自分の前に置かれていたシャンパン・グラスに、嚙んでいた葉巻を吐き出した。ただし、シャンパン・グラスといっても、細長いフルート型のものとか、浅い広口型のものではなく、脚付きの大型グラスだったが。濡れた煙草からしみ出た液体が、酒と混じって汚らしい色になった。すると、娘たちのうちのひとりで、それも歳は十六にして、初々しく華奢な胸元をモスリンの服からのぞかせている、飛び切りの美少女が、飛んでゆくなり、グラスを摑み、葉巻を取り出すと、勝ち誇ったかのように、情熱を込めて胴着の胸の間に収めてしまった！　当の人物は、それを何ら変わったこととも思っていないようで、なおいっそう寛大な様子で微笑むのだった。しかも、「可愛い子だねえ！」と言わんばかりに、喜びに赤らんだ乙女の頰を、手の甲でそっと二回叩いてみせた。

それはグリンク師だった。

青年時代の彼はピアニストであり、艶福家でもあった。名人《ヴィルトゥオジテ》芸的な指使いを、信じがたいまでのレヴェルへと磨き上げていった。そして、彼独特の過度の自惚れから、汗に濡れた指を拭いたハンカチを、さる大使夫人が両のペダルの間から拾い上げたところ、「そのままお持ちいただいても結構です！」などという、無作法な物言いをするまでになった。老境に達し、常に成功を重ねることにも嫌気がさして、演奏家から音楽の作り手へ、蕩児から聖職者へと変身していった。彼は断じてグランド・ピアノも閨房の艶事も捨てる気はなかったが、昔誇った名人芸《ヴィルトゥオジテ》など、どうでもよいといった風を装っていた。人前では天才にして神父として通っていたのだ。それも、ローマでよく見かけるモンシニョーリと呼ばれる、あの神父たちのひとりとしてであった。そういう連中は、紫の靴下を履いた片足を聖具室か司教の控えの間《ま》に踏み入れたまま、もう片足は靴下を履いているかどうかはともかく、閨房かプリマドンナの楽屋に踏み入れようとする、教会のボヘミアンたちなのだ。彼が一種のフロックコートとして着慣れている、聖職者服《スータン》の類をまとっていたからといって、コンサートや芝居や祝典で、着飾っている観衆たちの中に混じってゆくことに変わりはなかった。それに、胸元を思い切り広く開けた女性に対しては、ことのほか寛容でさえあった。ぞろぞろと付き従う門弟たちの牧羊犬か雄山羊よろしく、ウィーンやベルリンやペテルブルクなどで、絢爛豪華な公式レセプションを渡り歩き、たまに施し同然に、ピアノの鍵盤にすらりと長い左手の指を滑らせるため、滞在したりすることもあった。時には、王妃か皇帝より、ぜひにと所望されると、オーケストラを指揮することをも承諾した。だが、指揮棒は使わないのだ。じっと立ったまま、口元に寛容の笑みをたたえ、柔和かつ厳かな面持ちで、自らが率いる楽器の大部隊に目配せだけで命令を下し、時おり拍子に合わせて両手を上げ下げするに留めおき、教区の信徒らに祝福を与えでもするように、楽団員たちを指揮してみせるのだった。冬場には、相も変わらず大勢の弟子たちを引き連れたまま、森に囲まれたハンガリーのさる大貴族の邸宅に、喜んで泊めてもらっていた。朝には領主の礼拝所でミサを挙げ、夕べには大掛かりな狩の後の宴の主賓の座を占めた。こうした城館暮らしで聖職にある身の疲れを癒しにやって来た、司教座聖堂参事会員や司教たちとも引き合わせてもらったりしていた。崇敬の的となり、ちやほやされていた彼は、少々いかめしいところはあっても、ほとんど好々爺でもあるような、穏やかな態度で接してやり、偉そうにしてもよいところを、気安く感じさせるまでになった。それでも時には予期せぬ出来事が、温厚そうに振る舞う習慣を狂わせることもあった。一度など、食事の済む頃になって、彼の弟子のある女性が、シャンパンをしたたか飲んだあげく、大司教も居合わせているというのに、彼にむかって、「ねえ、もし今晩もベラの部屋へまた行こうとしたら、あたしが痛い目にあわせてあげるから」などと叫んだことがあった。ベラというのは新入りの別の女弟子だった。そんな不躾な言葉を、いきなり浴びせられたのだ。大司教は品よく受け流して、相手にしなかった。それなのに、当のグリンク師ときたら、このちょっとした夜の親密な交流ぶりを、はっきりと口にするのは控えたものの、打ち消そうとはしなかったのである。なにしろ、彼があれこれ浮名を流す中で、さるロシア人の伯爵夫人に対しては、冷たい仕打ちが出来ずじまいだったのは、世間で周知の事柄だった。ただし、冷たいとはいっても、この言葉の取りようは色々あろうが。聖詩の熾天使《セラフィム》の如くピアノを弾くこの女性は、たとえ女の格好をしていても、たちの悪い子になりそうな幼い少年を思わせるところがあり、それにヴェネチア産の葉巻をふかすので、鼓笛隊長に嫌気を起こさせてしまい兼ねなかった。ある晩、彼はローマの自室で、その女性とすでに会ったことがあった。彼女はベートーヴェンのある交響曲をこの神父と連弾しようとして、サラトフかその近辺からやって来た。彼の帰りを待ちながら寝てしまっており、服を着直すのは嫌だと言うので、醜聞になってはと敢えて追い出そうとはしなかった。それはもっともだろう、何しろ司祭なのだから！　彼はかなりの長きにわたって、この女性を手元に留め置いた。あげくに、恋愛沙汰にまで巻き込んでしまった。不器量なのは確かだが、崇拝者である彼女は、感極まって跪いたり、手に口づけする時の、他の崇拝者たちへの手本を示してくれるのに役立った。つまり、神は信者を必要とするものだ。そのうえ、彼女もまた偉大な芸術家だった。そして、全く滑稽なほど、突飛なことをやってのけるところがあった。彼が駅馬車で旅をしていた時に、彼女が御者の格好をして、何頭かの馬の一頭に飛び乗るや、師の新作であるアレグロの曲のリズムで、鞭を鳴らしたのだ！　彼女はこの神父の元にやって来て暮らそうとし、森や鉱山など所有しているものを、ありったけ売り払って来たお陰で、金には事欠かなかったので、連日、ニースの園芸家であるアルフォンス・カール氏から送られた、白いリラの大きな花束を受け取っていた。そこでグリンク師は、毎朝、この純白の春の花が枕元にあるのに気付くのが、習い性になってしまったほどだった。だが当の本人は、自分が贈る花ほど色白ではなかった上、嫉妬深い気難し屋で、喧嘩早くてすぐ手を出してしまう方なのだ。伯爵夫人の熱も冷めて来たからなのか、それとも資産が尽きてしまったからなのか、花束がそれほど規則的に届かなくなって来ると、アメリカへ演奏旅行に出かけてみてはどうかと、神父の方から勧めてみた。しかしながら、そうした偶然が次々と続いて行くとなると、回心したはずの人間の宗教的熱情が、一体どうなってしまったのか、ということにもなろう。それについて、当の本人はほとんど口にしなかったし、ましてや他の者たちは気に掛けることもなかった。そして、彼が自ら指揮するミサ曲やオラトリオに、その女性を全面的に出演させるものと、恐らく誰しもが推測していたほどだった。彼女の信仰心の真摯さの程度は別として、幸いにしてその才能はより実態の伴ったものだったからだ。彼は巨匠たちの音楽を次々と演奏していった甲斐あって、その魂と同化してしまうまでになっていた。役者は劇作家にもなり得るということだ。ただし、つまらぬ亜流には終わらなかった。彼は創造する術を学んだのであり、先達に倣いながらも、自分は自分のままで押し通した。そして、猛烈に練習に励み、あらゆる技巧に精通しつつも、型にはまらぬ芸術家たる彼は、華やかな名声を維持せんがために、また確かに傲慢とも思えるほどの虚栄心の故に、その知性と意思の力を常に保ち続け、ついにこれ以上は望めぬほどの天才の域に達してみせた！　彼独自のこの高い能力あればこそ、人を見下し、己が絶対であるかの態度を取りたがるにしても、何とかその妥当性が認められたわけである。師の名声に憧れてぞろぞろと付いてくる、男女の若者たちを引き連れて、彼がドイツの各地を経巡ってゆくところを見かけても、誰もさほど可笑しいとは思わなかった。もっとも、尊大に構え、大家らしく堂々としているかと思えば、温厚そうでもあり、大人物にして、優れた司祭であり、同時にやや専制君主的な面もありはしたが。

ずっと離れた所にも何脚か椅子があって、かなり年配の女性がひとりいたが、彼女は真っ白な肌をしていて、透けて向こうが見えそうなほど痩せこけており、肉ではなくて、モスリンと雪とででも出来ているみたいだった。肘掛け椅子にふわりと舞い降りた雲さながらに、うっすらと目を閉じ、首をかしげながら、しどけなく椅子の背にもたれ掛かっていた。右手の長い指をテーブルの縁につき、もう一方の手は下に垂らしていたが、それは袖のレースの陰に隠れていた。白尽くめの彼女の姿に比すと、百合や白鳥や白貂《てん》といえども、その比ではなかった。また、その物腰には、悲しげに風にたわむ柳にもまして、静かな悲嘆の色をにじませており、いずれかの哀歌に歌われたセラフィタを思い起こさせた。山々の頂で夢想にふけるあまり、氷河の蒼白さと霧の半透明の白さを身に帯びてしまったのやも知れず、人間界に降り来たっても、清らかな高みを懐かしんでは嘆く仕草を交えつつ、徐々に息絶えてゆくであろう、あのセラフィタを。フランスでは、その人物はスウェーデン女性だと思われており、ザレルジー夫人と呼ばれていて、テオフィル・ゴーチエが彼女のために『白長調の交響曲』を書いたことがあった位だ。ショパンのマズルカやワルツを、彼女が陶然と悩まし気に演奏するのに耳を傾けるのが、社交界の人々を夢中にさせるもののひとつとなっていた。そんなおり、誰しもがこんな風な言葉を、そっと口にしてしまうのである。彼女は優しくも憂いに満ちたこの音楽家と、崇高な意味で結ばれているのだ、と。そして、哀愁の歌の各々の調べが、ふたりの神秘な婚約の愛の吐息に聞こえてくるのだった。それほどまでにか弱く優しい彼女だったが、一八五一年の十二月四日には、カンロベール将軍の元に、大通りを通行せんとする者には機銃掃射せよとの、ルイ・ボナパルト大統領からの令状を届けたりしている。何故なら、その夜は、時おり演奏しに行くエリゼ宮で過ごしていたからだ。そして後になって、ワルシャワでの虐殺の血も乾ききらぬ、ルカノフ伯爵とポーランドで結婚した。だが、度重なる政変にもかかわらず、あたかも跳ねかかる血がたちまち雪に変わってしまうかのように、彼女は見事なばかりに穢れなき純白の姿を保っていた。それに、相変わらず彼女がショパンを弾くと、やるせないほど甘く優しいその音色に、うっとりと聴き入る者たちは、思わず涙を浮かべてしまうほどである。今や、ひたすら芸術に打ち込み、芸術家のために心を砕きながら、夢見がちな長髪の青年たちの取り巻きに囲まれて、ドイツを旅して回っていた。それ故、時には彼らを小ショパンにしてしまうこともあるなどと、世間で言い立てられてはいたが。おかげで、音楽の祭典のある所では、どこでもその姿を見かけるわけだった。いささか他人を見下した様子で、いかにも浮世離れした雰囲気を漂わせ、蒼白い顔はいつも物思わしげで、恐らく病気なのだろうし、片足に義足をつけているせいで、かすかに足を引きずってはいるが、とにかく洗練された女性だった。おまけに、スパイ役まで務まった位だから。

まだ他にも、大勢の女性客が居合わせた。たとえばステルニッツ伯爵夫人だが、彼女はプロイセンで内務大臣と結婚したばかりで、トランペット伯爵夫人と呼ばれていた。かなり変わった形の可愛い小さなその鼻を、からかってつけられた渾名だった。それに、ツーライカ嬢もいる。さるドイツの詩人の娘だが、太った血色のよい女性で、コルセットをごく低い位置できつく締め過ぎているため、胸が丸々はみ出してしまっていた。にもかかわらず、あまりに無邪気なので、裸同然の身なりが何故まずいのか、どうしても理解が出来ずにいた。また、バルト海沿岸のポモジェ出身で、がっしりした体つきの美女であるルイスベルク夫人も見受けられた。彼女は慈善の催しで歌ったりしているが、三度も夫に先立たれ、ベルギー人のつまらぬ音楽家と三十五歳で結婚したばかりだった。その夫がほどなく結核にかかってしまったため、さほど満足してはいなかったが、それでも離婚を勧める人々には、「あら、ご心配にはおよびませんわ」と、しおらしく答えるのだった。ベアトリックス・ムジラッハ夫人の姿もあるが、かつては大いに拍手喝采を浴びたものの、時代遅れのプリマドンナとなってしまっていた。たとえ彼女がすっかり老け込んで皺だらけでも、いまだにかなり年下の男たちが恋をし兼ねない有様であり、彼女について語っているあのフランスの詩人の意見によれば、「ムジラッハ夫人の魅惑的なところは、ヨーロッパ中の首都を渡り歩いてきたこと」だとか。そして最後に控えているのが、グリンク師のうら若き弟子たち、すなわち巻き毛を短髪にし、片眼鏡をはめ、陶然とした面持ちの例の一団なのだ。

あちらこちらで婦人客に混じって、男性たちが座っていた。どうやら事情通らしき人物がひとりおり、それが日本の特命大使の家定侯爵ではないかと、すぐさま見当がついた。彼がインスブルックに滞在中、ずっとチロル地方の羊飼いの格好をしたままでいたからだ。テノール歌手のリントバウアーもいるが、漆黒の口髭の下に赤みのさしたおちょぼ口をのぞかせ、隣席の女性の髪の毛から抜き取った一本のマーガレットの花を、ぽってりした小さな手の親指と人差し指の間でくるくる回していた。ひたむきな愛に潤むその目で、壁のほうを見上げていたが、そこには艶やかに光るシルバーホワイトのシルク・ハットが掛っていた。この由緒正しき人々と芸術家たちの集まりに、どうしたわけか常に加わっているプファイフェル博士は、大きな両耳からはみ出す、くすんだブロンドの顎鬚をたくわえた痩せこけた陰気な顔を、うつむき加減にテーブルクロスの方に向けていた。彼がプロイセン人だったので、たとえ帽子を脱いでいても、ドイツ軍の鉄兜を被っているかのように映ってしまうのである。さらに、その向こうには、ベートーヴェンを思わせる五、六人のピアニストの姿が目に付いた。ふたりの学者もいて、片方はデンマーク人で、もう片方はザクセン人であり、やたらとフランス語で駄洒落を飛ばしたがる無邪気な癖があった。ベルギー人の作曲家がひとりいたが、パリの風俗のことを話題にする時は、決まって嫌悪の身振りを交えずにはおかぬ人物で、木琴の稽古をつけていたリエージュ市長のふたりの娘を殴ったかどで、祖国追放の憂き目にあっていた。イギリス人がひとりいるものの、イギリス人であるというだけしか能のない人間だった。それに、ガスコーニュ地方から来た者の姿もあったが、旅回りのシャンパン販売人で、お客がいないものかと待ち構えながら、そこに潜り込んでいたのだ。おまけに、美味しいワインはフランス以外にはないが、楽しい音楽となるとドイツ以外にはないと断言し、彼としては非常に愉快そうに狩の角笛を吹くのである。バルザックの小説に出てくる陽気で野卑な、ゴディッサールを音楽好きにしたといったところか。

客たちの誰も彼もが、ほとんど定住するところを持たないので、その旅籠に来た途端、我が家に帰った気分で、こんな風にほっとくつろいだ様子を見せ、楽しげに打ち解けて、テーブルを囲んで飲んだり、喋ったり、笑ったりしていた。そして、頭上に揺れる吊りランプの明かりに、婦人たちが身に着けた宝飾品がきらきらと輝き、肩の肌もサテンのように艶めいて見えた。だが、奇妙なことに、フリードリヒが戸口近くに腰を下ろして以来、テューリンゲンの王子の名を口にする者など、誰ひとりとしていなかった。耳にするのは、あの受難劇の話題か、先月ベルリンで『白鳥の騎士』の上演がなされた音楽祭のことのみである。その上演は、近々、ノンネブルクでも催されることになっていた。ただし、王のヨーゼフ二世が亡くなったりして、宮廷や街中が喪に服さない限りの話だったが。果たして客たちは、フリードリヒのことに気付き、目の前にいるため、それと口に出すのを避けたのだろうか？　いや、そうでもなかろう。男女を問わず、自分たちの後から入ってきた客のことを気にしているような人間など、唯のひとりとしていそうにもなかったし、また、きっと彼に気付きもしていないのだ。好奇心も冷め、自分の夢想を霧散させてしまった、この賑やかな話し声にうんざりした彼は、部屋の用意をしてくれるようにと女中に頼んだ。そこで、その娘がガラスの嵌った小さな扉を細めに開けてくれ、その向こうに旅籠の階段があるのが見えたので、彼は立ち上がると、食堂から出て行った。

と、そこに、陶器の割れる大きな音がした。その物音はドイツ人が「ガチャン」と呼んでいるもので、ベルリンのある風刺週刊誌新聞にも、その名がついているくらいだった。

フリードリヒが振り向くと、客のひとりが立っているのが目に入った。その男は拳を握りしめ、頬は怒りのあまり引きつり、風に小波が立つ水面のように、小皺が寄っていた。こうしている間にも、山積みになった皿の破片がテーブルの上に散乱したり、タイル張りの床の上に落ちたりして、壁の幅木の辺りまで転がっていったりするのだった。

そこにいることに、フリードリヒがそれまで気付かなかったこの人物は、小柄で痩せていて、ぴったりと身に合う栗色のラシャ地の長いフロックコートをまとっていた。どうやらかなり頑健なのだろうが、苛立つ女がよくするように、びっくり箱みたいに細身の全身をわなわなと震わせるのだった。だがその顔は、怒りにゆがんでしまう前は、きっと気高く悠揚迫らぬ表情を浮かべていたに違いない。赤みが少なくて、ほとんど目立たないほど薄い唇を、への字に曲げている一方で、禿げかけの頭はすでにごま塩で、とても柔らかそうな髪の毛からのぞく広くて形のよい平らな秀でた額には、何かしらの壮大な想いを抱くが故に、常に変わらぬ平静さを保っていることの証しが読み取れた。それに、子供か処女の瞳そのままの、天真爛漫で曇りのない眼には、前人未到の夢を追う見事なまでの純真さが満ち溢れていた。

おまけに、こんなことが起こったというのに、誰もがさほど動揺した様子もなく、プファイフェル博士に至っては、黙ったまま、テーブルの上に飛び散った破片をこんもりと積み上げたりしているではないか。会食者たちが上機嫌だったので、これしきの口喧嘩ごとき、気にもかけないからなのか、はたまた、座を白けさせるようなことをするこの男が、何をしても大目に見られていて、あえて文句も言われない位の人間だからなのか。

その男自身はどうかというと、相変わらず、ピチカート奏法で掻き鳴らされる最高弦よりももっと激しく震えながら、ビロードのベレー帽を摑んでいた。その帽子をまるで黒い鶏冠のように、左目にかかりそうなほど目深にかぶっていたのだが、握りしめた拳の間で手荒く揉んだり、ポケットに突っ込んだり、また引っ張り出したり、脇にぽんと挟み込んだりしたかと思うと、頭に被り直して、よく通る声で叫ぶのだった。ぶっきらぼうな口調できつく発せられたその言葉は、割れた小石が転がってゆく様を思わせた。

「子供じゃあるまいし！　馬鹿馬鹿しい！　どうかしてるって！　グリンク神父は自分が何を言ってるか、分かっちゃいないんだ。王が代替わりしたからって、今までの王より良くなるってわけでもあるまいし。何が変わるって言うんだ。名前くらいなものさ。フリードリヒになったたって、ヨーゼフがした通りのことを、するまでだろう。閣議を主催したり、閲兵したりってとこだろうし、暇な時には、画家たちのアトリエをのぞいてみたりする、そんなとこだ。音楽のこととなると、ほとんど気にしたりはしまい。とは言っても、音楽こそ、真のドイツの芸術なんだぞ！　イギリスにはシェイクスピアがいるし、フランスにはヴィクトル・ユゴーがいるが、ドイツにはセバスティアン・バッハと、ベートーヴェンと、この私がいるんだ！　音楽なくしてドイツの栄光もなし。楽劇こそ、我らドイツ国民の理想を最高度にかつ究極の形で実現するものなんだ！　だが、もし誰かがそんなことを我が国の君主たちに言ったとしても、肩をすくめられるだけで、彼らは次のシーズンに向けてフランスの役者たちを雇うよう、侍従か劇場総監督官に命じるだろうさ。そうなりゃ、『フィデリオ』か『フロワールとブランシュフロール』あたりを、やれって言われるのが落ちだ。せいぜい、スクリーブ氏のヴォードヴィルが上演されるってとこだ。おまけに、こんな状況はいつまでたっても変わるまい。それならそれで結構。私はさすらいの身に戻るまでのこと。聡明な君主なんて、ブラジル皇帝たったひとりしか、いやしない。皇帝はサン・ペドロ・ダルカンターラのための楽劇を、私に依頼して来られたんだ。それを創って旅立つつもりだ。おさらばさ。劇場を建てるための、たかだか数百万を、王たちに拒否されるようなドイツにいるよりは、出て行った方がましだろう……そうとも、フランスへ戻ったほうがよかろう！　それから、あの未熟な若君のフリードリヒのことだが、あのお方には、こう言われるがいい。戴冠式の日のために凱旋行進曲でもどうか、との気紛れを起こされたなら、メンデルスゾーンかマイエルベーアの弟子で、誰かユダヤ系の人間にでも命じられるなり何なり、お好きになされればよかろう、と」

そう言って、怒りに燃えるその男は、毛玉にじゃれる猫よろしく、自分のベレー帽をおもちゃにした後、とうとう宙に放り投げてしまうと、駆け出さんばかりの勢いで、女中が開けた戸口の方に立ち去った。すると、プファイフェル博士が目配せしながら、グリンク師にこう言ってみせた。

「ハンス・ハマーは、今晩、機嫌が悪いのですな」

ハンス・ハマーだと！

フリードリヒは、はっと驚いた。いかに彼が孤立した生き方をしていたにせよ、この男の名声は彼の耳にも届いていた。何だと！　今しがた見かけた、あの気紛れで途方もない人物か。称揚されたり貶されたり、崇拝されたり憎悪されたりしながらも、天賦の才と大胆さによって惰眠を貪っていたドイツを震撼させ、最も冷静な人間にまで熱狂かさもなくば怒りを抱かせるに至ったのは。芸術を通じて革命に挺身した、あの人物なのか。旧弊を一掃し、偽りの栄光を失墜させ、古臭い音楽を力ずくで打ち破り、そこに生気あふれ胸ときめかす楽劇を生み出したのは。要するに、あの狂人たるハンス・ハマー、あの神たるハンス・ハマーだと！

本能的に、フリードリヒはその後を追いかけた。もう一度、彼の顔を見て、話し掛けたかったからなのか？　当の本人にも分からなかった。とにかく、その著名な音楽家にして詩人の後に続いて、階段を上っていったのだ。だが、彼は震えていた。そして、もしその作曲家が振り向いたなら、王子は逃げ出してしまったかも知れなかった、悪いことをした子供のように。

二階まで来ると、ハンス・ハマーはある部屋の扉の陰に姿を消し、その扉はバタンと閉じられてしまった。すると、一緒に上ってきた女中が、隣の部屋の扉を開けながら、「ここがお部屋でございます」と、フリードリヒに告げた。

フリードリヒはベッドの端に腰を下ろすと、物思いに耽ったが、自らの心に湧いてくるものの正体が、何なのか分からずにいた。不意に自分を捉えたこの強烈な感情は、いったい何を意味するのだろう？　どうしてハンス・ハマーの名前を聞いただけで、こんなにも動揺してしまうのだろう？　自分が何を感じているのか、正確には理解出来ないまま、破滅をもたらす出来事か、それとも幸運な出来事かが、我が身に降って湧いた人間そのものの様相を呈していた。恐らくそこから、予想もしない未来の展望が開けてくるのだろうが。他の人間ならば、生涯かけて愛し抜くことになる女性に、一目見ただけで抱くような思いを、彼は漠然と感じていたのだろう……

　すると、激しいタッチで鍵盤が叩かれ、奏でられた和音が、しんとした旅籠の中に響き渡った。その音は隣の部屋から聞こえて来た。つまり、ハンス・ハマーの部屋からであった。

　フリードリヒは仕切り壁のほうに飛んで行って、どきどきしながら聞き耳を立てた。その音色はテンポを増してゆき、激しく、調和を欠いて、荒々しく響くのだった。たけり狂ったように即興で奏でられる音の中に、ハンス・ハマーの怒りがぶちまけられていて、まるで誰かを叩きのめさんばかりの勢いで、彼はピアノを弾いていた。だが、こんな風に憤怒に駆られ大音響を響かせていたのも次第におさまってきて、奔流からゆったりと流れる美しい河へと変わってゆくかのようだった。そして、たゆたう波の如く流れ行く旋律が、どこまでも長く尾を引いてゆくのだった。

　フリードリヒは相変わらず、壁に耳を押し当てたまま、聞き耳を立てていた。楽の音が、肉体を伸びやかにさせる暖かい湯気のように、彼を包み込むのだった。そして、またそれが、気力を高め晴れやかな気分にさせてくれる、きつい飲み物のように、己の体の中に沁み渡るかと思われた。未だかつて、これほどの愉悦を覚えたことなどなかった。熱に浮かされたような気分に襲われはしたが、それはえも言われぬ熱っぽさだった。新たな生を受けたかに感じられ、みるみる力がみなぎり、陶酔感あふれる存在へと自分が変貌してゆく気がした。きっと、そうした類の生き方をするためにこそ、自分は生まれて来たのだろうし、そうとは気付かぬまま、かくも長きに亘り羨望の念を抱きつつも、手をこまねいているばかりだったのだ！　かくして唐突にひとりの人間が、自己の本領を発揮し得る所へと足を踏み入れて行ったのである。

確かに音楽のみが、この世の現実のことごとくを嫌悪の対象とするこの魂に、充足感をもたらし得たのである。絵画や彫刻は、色や形によって実生活を表現するものだ。そこで、それらは実生活そのものと同様に、おぞましいものだとフリードリヒには映ってしまおう。詩となると、歌いはするが、語りもしよう。つまり、この上なく精神的な詩が着想されようとも、様々な姿かたちを浮き彫りにしてみせ、言葉で正確に言い表してくれるお陰で、知的あるいは肉体的な事柄の美しさを描くことになり兼ねない。しかし音楽なら、何ひとつとして明確な言い表し方はしまい。それは、神の口から途切れがちに漏らされる声にも等しく、言葉にしようにも出来ないものなのだ。それは、ある一つの理想に向かってたゆまぬ努力を続けているのに、どうしてもその理想を摑み取るには至らないでいる。まるで、絶え間なく歩き続けているのに、いつまでたっても辿り着けない者のように。そもそも音楽とは、あくまでも仰ぎ見る夢であって、その実現など、人間世界にあっては許されざることなのだ！　なればこそ、それがフリードリヒの魂を、無上の喜びと絶望感を伴いつつ、まるごと表現してくれる形態そのものと化したのだ。実現不可能な事柄に対する、如何ともし難い執拗な欲求を、明確な形で示そうにも、永久に不完全なままで終わらざるを得ない以上は。

ハンス・ハマーは絶えず弾き続けていた、旅籠のピアノのか細く鋭い音色に、甲高く耳障りな自らの声を重ねながら。その声は耳に鋭く響くかと思えば、時には和らいでいって、思わず聞き惚れてしまいそうな、女性的な嘆きの声へと変じるのだった。もしフリードリヒがすでにハンス・ハマーの作品に精通していたのなら、巧みな転調によって次々と弾き続けられてゆく、『クリンドールの騎士』や『白鳥の騎士ローエングリン』、『アイゼナッハのマイスター・ジンガー』や『フロワールとブランシュフロール』の主題が聞き分けられただろうに。どうやらこの著名な芸術家は、誰にも勝る確固とした精神の持ち主にしても味わわずには済まされぬ類の、失意の時期にあるのだろう。しかも彼の場合は、苛立ちのあまり怒りを爆発させてしまうこともしきりで、ぐらつきそうになる瞬間に、かつて作曲した労作に感じ入ることで、己の意思を強固なものにする必要があったのだ。つまり己自身に対して、自らの才能の証しを立てる必要が。時には曲の調べが、なまめかしくも妖しい音色を帯びてくるとか、恋情あふれる激しい音色を帯びてくるに従って、フリードリヒは自らが未知の楽園へと連れ去られたかに感じられた。その世界では、いかなるものも地上の存在形態通りにあるわけでなく、様々な色彩や物の形が輝かしい音色へと奇跡のように置き換えられてしまうのだ。また時には、奇怪な地獄へと突き落とされたりもする。いかなる宗教も考えつかなかった地獄であり、そこで課される責め苦とは、過剰なまでの快い歓喜から成るものだった。すると、彼の目からは涙が溢れ、こみ上げて来る喜びに魂を奪われた。しばし、激しい嗚咽を漏らしたりもした、胸を引き裂くような絶望感に襲われて！　ピアノの音も、歌声も、もはや仕切り壁の向こうからは響いて来なくなった。何だと！　世にも素晴らしいこの天上から、再び降りてゆかねばならぬのか。地獄へ通じるとされている、この楽園のごときテナロの岬から、元来た道を辿り直さねばならぬのか。結局は、無味乾燥な現実の生活へと、戻って行かねばならぬのか？　いや、そうではなかった。音楽は震えるその翼を再び開いたのだ。すると彼の方もまた、見えざる手で愛撫されるかに、忘我の境地に浸ったまま、いつまでもじっと耳を傾けるのだった……

父の死去に伴って、フリードリヒは王となった。さんさんと降り注ぐ陽光を浴び、歓呼の声が上がる中、彼はたてがみをなびかせる白馬を駆歩《ギャロップ》で走らせながら、白と青の軍服を着た兵士の列を閲兵した。だが、即位したかと思う間もなく、あたかも世をはかなんで引き籠る人間さながらに、孤独と音楽に浸る生活へとのめり込んでいった。壮大な野望にとりつかれていたテークラ妃が、己が息子を政治的な問題に関わらせ、外交上の機微について手ほどきしようとしたものの、徒労に終わってしまった。彼は理解もしなければ、耳を傾けもせず、狼狽したあげく、山の中腹にある年老いた乳母の田舎屋に、逃げ場を求める始末だった。

何故なら、彼が王位に就くことを甘んじて受け入れたのは、啓示によって己に示された新しき芸術と、その芸術の創造者を勝利に導くという、別の目的あっての話でしかなかったからだ。

彼はハンス・ハマーをノンネブルクに招じ入れ、富や栄誉を与え、褒め称えた。フリードリヒならぬ、ハンス・ハマーこそが王となった。人民は君主に従い、君主は芸術家に従ったのである。すなわち、テューリンゲン国の王杖は、指揮棒だというわけだ。そしてフリードリヒは、絶え間なく恍惚の境地に浸れることで、快活になっていった。夢の中に出て来るような自らの宮殿の人工楽園で、しかも面目を潰された大臣たちが協議を行っている最中に、巨匠の譜面の音符をたどりつつ読んでいったり、四分音符と二分音符が入り混じる所から、絶対の和音と至高の旋律が生じるのに聞き入ったりして、日がな一日、過ごすのであった。この国の首都の劇場は、ドイツの最も有名な檜舞台のひとつとなった。名だたる男女の歌手たちが、こぞって雇い入れられ、ハンス・ハマーの作品を歌いにやって来るようになった。そこで、当のフリードリヒは、貸切りにしたホールのロイヤル・ボックスの奥で、五感のすべてを心地よくも神経質なまでに研ぎ澄まし、天使の翼に運ばれて己の夢想が天駆けりゆく心地する楽の音に聞き入っては、奇跡のごとき陶酔感を貪るように味わうのであった！　それというのも、あくまでも王が、己のためにのみ喜びを取り置きたいと願い、そうした上演には誰ひとりとして、入場を認められないことが度々あったからだ。

　ただ、君主となって何年か後のことだったが、唯一情熱を傾けていた対象から、彼の気持ちをそらせるような事態が、一度だけ持ち上がったことがあった。つまり、彼の心の中で音楽に対抗するものが、あわや出現しそうになったのだ。それは、彼が万国博覧会の開会式に出席するため、王室の儀礼上やむを得ず、さる外国の宮廷に赴いたおりのことだった。そこの宮廷の女王に会うや、魅了されてしまった。ブロンドの髪に抜けるような色白のその女性は、広大な帝国の元首であったこともあり、他の女たちとは異なった、漠として捉えどころのない人物のように、彼の目に映ったからだ。もしも彼女が、同等の身分であることの気安さから、容易に近付かせてくれ、希望も聞き入れてくれる類の女性であったなら、果たして会ったかどうかも分からず、あるいは見くびって、背を向けていたかも知れなかった。だが、王である彼自身にとってすら、彼女は遥かに手の届かぬ、いと高き存在なので、理想の女性のように見えたのだ。己の描く空想の世界の人物を思わせる彼女故に、虚実を混同してしまい、その中のひとりに加えることが出来たのである。そして、彼女から愛される可能性など望めないからこそ、彼はその女王に恋をしてしまったのだ。もっとも、彼女の元に留まりたいという気など起こそうはずもなかったし、もはやその顔を見ることがなくなってからも、再び会いたいとも願わなかった。あまり親しくなり過ぎれば、彼女とて疎ましい現実や、あるいは卑しい現実を引きずるような存在に、なり兼ねないからだ。彼女のことが好ましいと思うのは、あくまで自らの頭の中で思い描いてきた姿でしかない。そこで、彼は侍従のフレドロ＝シェミル大公に、女王の肖像を手に入れて来るように託した。つまりは己の夢の似姿を、我が物とするだけで事足りた。ところが、この肖像たるや、果たして彼女が渡してくれるものだろうか？　その朧《おぼろ》な姿かたちこそ、ありのままの姿以上に貴重なものとして、崇拝に値する虚像であり、彼が音楽の翼に運ばれて、肉体なき人影や唇なき接吻などに囲まれた幻影の世界に迷い込む時に、常に光輝く彼方に見出すものであった。

その間にも、リジはリリエンブルクで、ひとりぼっちのまま苦しんでいた。大好きなあの人は、いったい何処へ行ってしまったのかしら、と。彼がテューリンゲン王に即位したとの噂も、ほとんど彼女の耳には入っていなかった。どうして何の知らせもないのかしら？　もしこっちへ来られないのなら、どうして手紙を書いてくれないのかしら？　そして、彼女は長いこと、長いこと、泣き暮らしていた。テークラ妃に、こう告げられる日までは。

「貴女をノンネブルクに連れて行きます」

「えっ！　どうしてでしょう？」と、リジは叫んだ。

「息子の嫁にするためです」

あゝ、残念ながらノンネブルクでは、哀れなリジに対するフリードリヒの態度は、まことにつれなかった。おまけに、彼と唇を合わせたいがため、彼の傍へ行こうと舟に飛び乗って、海にも負けず荒れ狂う、湖の恐ろしい波に呑まれてしまったのだった。

IV

フレドロ＝シェミル大公が「四季《フォーシーズンズ》ホテル」の一室に急いで入って行くと、そこには年取った小柄な男が跪いてトランクを開けており、それに旅行服姿の女もいて、鏡の前に腰を下ろし、やれやれ疲れたという身振りを交えつつ、髪を解いていた。

「王様にお目通りが叶わぬのだ！」と告げる侍従。

そして、例の舟の転覆騒ぎでの、常軌を逸した顚末を語って聞かせた。幸いにも、主《あるじ》から片時も目を離さずにいるカールが駆けつけ、大声で危険を知らせたので、ずぶ濡れになり寒くて震えているフリードリヒとリジを、小姓や近習たちが波間から引き上げたとのことだった。王は、目下、臥せっていて、眼の輝きも消え失せ、口をつぐんだままだとか。彼については危惧するには及ばぬが、リジ公女は熱を出してしまい、それもひどくなる一方だというのだ。嵐に揺れる木の葉のように震えていて、熱に浮かされる有様で、至急呼び出されたテークラ妃の侍医が、不安気に首を横に振ったそうである。

「シメシメ！」と、ブラカッスーは言った。「それが、あっしらの計画の邪魔でござんしたからね」

侍従は、ほくそ笑んだ。リジの具合が悪かろうが、心配することはなかった。というより、こんな風に病気になってくれたのは、恐らくもっけの幸いだったろう。そうすれば、何日間かは、このうら若き公女を引き離しておけるだろうから、と。フレドロ゠シェミル大公はこうも言い添えた。「宮殿を出てくるおりに、劇場管理担当者に会ってきたぞ。三週間後には、グロリアーナがデビューすることになった」とも。

「そうなりゃ、こっちのもんだい！」と、ブラカッスーが叫んだ。

それから、女が全く動く気配もなかったので、そちらの方に振り向くと、「崇高なるモナ・カリスに敬意を表す、だ！」と声を掛けた。

グロリアーナ・グロリアーニは答えもせずに、微笑んだだけだった。その気の毒なうら若き王のことを、彼女は考えていたのだ。そんなに内気で、そんなに純粋な王様が、自分みたいな手ごわい相手に、ものにされようとしているなんて！　それにしても、妙な取り合わせだこと、ほんの子供みたいな青年なのに！　彼女は相変わらず笑みを浮かべたまま、ふさふさとした鹿毛色の髪の毛を両手でかき上げると、毛皮のようなきつい匂いと強い体臭がぷんと匂うのだった。

第三部　フリードリヒとグロリアーナ

I

第三幕を終えたグロリアーナ・グロリアーニは、熱唱のあまり乱れた衣装と髪の毛をかき寄せ、ブランシュフロールの絶望に魂を奪われたまま、いまだむせび泣きつつ、楽屋に飛び込むなり叫んだ。

「ブラカッスー！　カーッとのぼせちまって、もう駄目、へとへとさ。あの音楽に酔っちまって、すっかりまいったよ。歌ってて、やばいなって気がしたんだ。なにせ惚れ込んじまいそうな相手だろ、やばいのなんのって。水を一杯おくれ。喉が焼けつくようにヒリヒリしてるから。おまけに、からっぽで暗いあんな観客席なんて、やりにくいったらありゃしない。まるで底知れない深みの縁に立ってるか、その暗い深淵の底に沈み込んで歌っているみたいなんだから。だって、なんにも見えやしないだろ。ただ、青ざめたきれいな顔が、じぃっとこっちを見つめてるだけなんだもの。空の青さを全部そこに映し込んだような、そんな目でだよ。美男なんだね、あの若い王さまって！　ねえ、ブラカッスーってば。お気に召したって、思うかい？　あたしのやったブランシュフロールが、美しくって激しいものだって、なんとか思って下すったろうか？　ところで、フレドロ＝シェミル大公は、どこにおいでなんだい？　どうして、まだ来て下さらないのさ？　とにかく、ここにいて下すってもいいはずなのに。王さまにどう思われたか、あたしがすぐにでも知りたがってるって、お分かりだろうに！　もしかして、あたしのやったのが、間がぬけてて生彩がなかったように見えたとでも？　どうなのさ？　ねえ、ちょいと、ぐずぐずしてる暇なんかないよ。いったい、そこで何やってんのさ、ぼーっと突っ立ったまま、ちっちゃな目をパチパチさせて、あたしのほうを見てるけど。フレドロ大公を探しにいって、すぐにでもお連れしてくれなきゃ……」

ブラカッスーは、はっとすると同時に、おそらくは不安にもなってきたのか、こう声をかけた。

「おいおい、フラスクエーラよ、どうしたってんだ？　おめぇがそんな風になっちまうなんて、見たこともねぇぜ。ま、いつだって普通じゃないけどさ。それにしても今夜のおめぇときたら、まるで俺の知らねえ女みてぇな様子だぜ。じゃ、おめぇ、王さまのことが本気で好きになっちまったのかい？」

彼女は肘掛け椅子に寄りかかり、ふさふさした髪を背もたれの向こうに、ばさっとはねのけた。

「だから、のぼせちまったたって言ってるだろ！　この音楽のせいもあるけどさ。なんだか歌ってると、カーッとほてってくるってやつなんだ。それに、たえず大きく見開いてこっちをじぃっと見詰めてる、あの優しげな薄青い両の瞳ときたら！　あゝ、ブラカッスー、もし王さまがあたしのことなんかお好きじゃないとか、お望みじゃないっておっしゃるなら、あたしゃ、きっと死んじまうよ！」

「えれぇことになっちまったな」と、ブラカッスーはぼやいた。

グロリアーナを落ちつかせようと、彼はその横に腰を下ろすと、彼女のうなじに口づけをした。

された方はとびあがって、怒った仕草で彼を押しのけた。

「さわるんじゃないってば！　あっちへお行き。あんたみたいな醜男なんか、汚らしくて寒気がするよ！」

「えっ、なんだと！」と返す彼。

「ほんと、ぞっとするよ！　あんたにキスされたとこは、肌ごと爪でえぐってしまいたいほどさ！」

「てやがんでぇ！　となりゃあ、てめぇの皮を上から下まで、全部ひっぺがさなきゃあいけなくなるぞ！」

「まったく、そのとおりさ！　あたしゃ、すっかり汚れちまった身体なんだから！　風呂上がりに、お湯が全身からしたたり落ちるみたいに、汚れがあたしの身体中から出てくるんだ！」

ブラカッスーはかすかに動揺したものの、ぷっと噴き出してみせた。

「自分が何を言ってるか、いかにも考えた風なことを言ってくれるじゃねえか。じゃ、なにかい、『恋に落ちた娼婦《クルティザンヌ・アムルーズ》』を地でいこうって気かい？　悔い改め、自分を犠牲にして、善良な女になろうってわけだな？」

　今度は彼女のほうが、けらけらと笑い出した。

「そこまで物好きってわけじゃないさ！　けどね、あたしゃ、あの方が好きなんだ、いいかい、好きなんだよ！　だから、あたしを我が物にしたいって思って下さりゃいいなって。といってもべつに、あたしゃ元のまんまさ！　だって、あたしの目を見てごらんな、唇も見るんだよ。そうすりゃすぐ分かるだろ、いつもながらの恋の炎が、いつもながらに真っ赤に燃えあがってるのが。ほうらね？　これまでいろんな男に入れあげてきたけどさ、今となっちゃあ、愛はすべてあのお方のためだけのものなんだ。あゝ、たしかに他の男たちにゃ、面白くなかろうよ。けど、仕方ないね。こっちから選んだなんて、はじめてさ！　そもそも、あんた何が気にくわないってんだい？　この恋が、あんたの計画の邪魔になるとでも？」

「正直、そのとおりさ」ブラカッスーは言った。

　と、その時、フレドロ大公が入ってきた。

「で、いがでした？」グロリアーナが唇を赤く濡らして叫んだ。

「さっぱり、感心しませんな」との侍従の答え。「王様を怯えさせてしまっては。いやはや、あまりにも変わっていて、狂おし過ぎましたぞ！　王様は怖気づいて、逃げ出してしまわれましたからな！」

「ヤレヤレ!」ブラカッスーはがっくりして言った。

グロリアーナは蒼白になった。束ねかけていた髪がはらりと肩に落ちかかり、両腕から力が抜け、たくし上げていた白い衣装の長い襞も崩れてしまった。

すると、突然、彼女は大公の腕をつかむや楽屋の奥に連れて行くと、低い声で彼に耳打ちした。

「いやはや! それは困難だし、それに危険ですぞ!」彼は答えた。

「やってみなきゃあ!」彼女は言った。

「ふむ……まあ……確かにそうかも知れませんな……。ならば、やってみるとするか。来られるがよい」

グロリアーナは毛皮のコートに身を包むと、侍従と共に慌しく出ていってしまった。一方、ブラカッスーは鼻の頭をかきながら考えていた。

「読めたぞ。きわでぇな、きわど過ぎるぜ! こんな危ねえ橋を渡って、しめぇにゃ監獄行き、なんてことにならねえといいんだが。そうなりゃ、俺さまもネズミやクモの類の世界へ逆戻りってわけか! まさか、そんな! けどよ、あれじゃ、生娘同然じゃねぇか、あの王さまってのは。チェッ、ナンテコッタ!」

II

彼女がフリードリヒを怖がらせたというのは、事実だった。ハンス・ハマーの音楽は、グロリアーナが歌ったことで、奇妙なほど人を不安にするような、新たな意味を帯びてきたからだ。つまりそれが、非の打ち所のない音楽であり続けながらも、恐るべきものとなったのである。この現象は、まるで舞台の遠景が反転する如くに生じてきた。すなわち、深みは同じでも、もはや上から見下ろす深淵などでなく、下から見上げるぽっかり開いた大きな空洞となり、超自然的な上昇にとって代わる目もくらむような転落となり、天国は逆転し地獄へと変じてしまったのだ。それにしても、何故またそのようなことが起こったのか？　それは、例のまばゆいばかりの肉体と、淡い黄褐色の髪のせいであり、重くねっとり絡みつくような、ややハスキーな声、あえいでいるようでいて、そのくせ甘美な、あの声のせいだった。とりわけテューリンゲン王を狼狽させたのは、彼にとってこの上なく清らかな崇拝の対象たる女王に、フラスクエーラが似ていることであった。いかなる権利があって、この悪魔はあの天使の真似などしようというのか？　いかなる誘惑の意図から、まったく性質が異なりながら瓜二つという、いずれ劣らぬ美貌がふたりの女性に授けられたのか？　片や女神のごとき、片や悪魔のごとき存在の、このふたりに。サタンもまた神だというのか？

　フリードリヒは、劇場から逃げ出してしまった。王宮へと通じるタピストリーの回廊沿いに、急ぎ足で戻っていった。いまだかつて、このようなことは断じてなかったのだが。葦の茂みで粗野な村娘とその賤しい恋人が、おぞましくも交わっているのを目撃してしまった日でさえ、これほど頭が混乱するような経験はしていない。彼は歩くというよりも、もはや走っていた。うつむいたまま、優しいカールの言葉に耳を傾けようともせず。日に日に悪化していくリジの病状について、カールが気の毒そうに語って聞かせていたのだが、フリードリヒはとうとう、「ほっといてくれ！　苦しいんだから！　ひとりにしてくれないか！」と言い放った。そして、近習と小姓たちに仕草で下がるようにと命じるや、巧みの技により妖精たちの驚異の世界を現実のものとした、あの秘密の部屋へと入っていった。

　とはいえ、彼が月光に照らされた景色の中で、長居することはなかった。雷雲が走りゆく天空の如く、心が千々に乱れていたがため、澄みわたる夜空の月明かりに浮かぶこの静謐なる眺めには、なじめなかったのだ。彼はあえて見やることもなく、今や穏やかに凪いだ湖にそって歩むのだった。水面には白鳥が金色の鎖でひく小舟が、衣擦れの音かと紛う小波の心地よい水音をたてていた。ようやく彼は、己の思いにかなう陰気で物寂しい一角に身を置いた。

　重く暗く雲の垂れ込めた空の下、あたり一面に無秩序に転がる岩が、互い違いに重なり合い、ねじれたまま積み上がって、動かぬ山となっていた。不動のままに激しく身を捩らせる、この山を包み込む赤味を帯びた靄《ガス》が、火刑台から時として吹き上がる熱気の如く、地獄の入り口そのままに暗く口を開ける、石ころだらけの裂け目から立ち昇っていた。実際、そこに見えるのは、古《いにしえ》の詩人たちが語ったような、「地獄の入り口《テナール》」へと呑み込まれゆく斜面であった。そして、その奥底からは、煤けた炎が上がって来るのと同時に、永劫の責め苦に苛まれ呻き喘ぐ声とおぼしきざわめきが、時おり聞こえて来るのだった。

フリードリヒは石塊から石塊へとよじ登り、頂上に座ると、長いこと深淵の入り口を見詰めていた。

こんな不気味な場所が、彼の好みに合い、心を和らげてくれるのだった。つまり、己の心の動揺が、この幽境に漂う寂寥感にも似た、静謐とも言えるほどの深い悲しみと混じり合い、鎮まってゆくからである。しかも、薄明かりすら稀にしか射し込まぬ冷たい闇の中にあっては、容赦なく照りつける太陽さながらに、己の目を眩ませ焚きつけたグロリアーナのイメージも、ようやく消え去っていった。

うつむき、何も考えられず、彼はそこでじっとしたままでいた。その姿からして、もはや生命あるものには見えなかった。あたかも岩のひとつに刻まれた彫像そのままの姿だった。

だが彼は、はっと慄くと、低い叫び声をあげた。

古代神話に出てくる人物で、光輝く冠を戴き、緋色と金の布切れを身にまとい、腹と胸元を布の合わせ目からのぞかせて、テバイードの苦行者を誘惑しにやって来る、冥界の女王プロセルピナの如く、ひとりの女が、地獄の口から姿を現したのだ。それも、いよいよ激しく噴き上がる煙と炎に包まれて、凄まじいまでに情念をほとばしらせ、復讐の女神フリアイの蛇の髪を思わせる、業火に照らされた髪の毛を振り乱すのだった。

王は両手で目を覆うと、顔をそむけて、逃げ出そうとした。

だが、魅惑的であり恐ろしくもある、不意に現れ出たその女は、岩山をよじ登ってきてしまった。フリードリヒを引き留めようとして、溶けて流れる黄金かと見紛う髪と、雪のように白く熱い肌で、彼の膝から胸から顔までも覆い尽くしながら、彼を抱きしめ、我が物にせんと迫り、無理やりにも己の言うことを聞かせようとした。それを語りかける真っ赤な口からは、熾でもかみ砕いたかのように炎の息を吐くのだった。

身体全体で彼に覆いかぶさるようにして、女は語った。

「あたしの顔に、見覚えがないとでも？　こっちは、あんたが好きでたまらないってのにさ。あんたを夢中にさせた高貴な女王さまってのは、実はあたしなんだよ！　それに、愛の飲み物に酔いしれ、フロワールのマントに包まれて、うっとりと眠りに落ちる、あのブランシュフロールだってあれもあたしなんだよ。屍となった愛するひとの唇に、己が魂を重ね合わせるように口づけし、むせび泣きながら死んでいく、あのブランシュフロールだって、あたしなんだからね！　じゃあ、あんた、今晩、まったく気づかずにいて、見当もつかなかったってたの？　ロイヤル・ボックスの奥の、暗がりにいたからね。でも、あたしにゃ、あんたの姿が見えてたよ。あんたがいてくれたおかげで、うっとり愛撫されてるみたいな気がしてきたほどだ。だからさ、あんたに自分の腕を見詰められてると思うだけで、何度もそこに口づけしたくなっちまったよ！　あたしのことが怖いのかい？　けどさ、あれくらい情念のほとばしるブランシュフロールなんて、今まで聞いたこともないだろ？いいかい、そりゃ、あんたがあの場にいてくれてたからだし、あたしだって、あんたにむかって語りかけてたからなんだよ？　あたしに抱きしめられて、たじろいだり、口づけされて驚くような、あんなお目出たい役者なんぞに、思いの丈を語りかけたりするわけないだろ。あんたの唇だと思って、あいつの唇を奪おうとしてるってことも、気がつかないような奴にさ。あんたのほうも、そうとは知らずに怖気づいたって聞いてるんだけど。そうさ、あんたの侍従長のフレドロ＝シェミル大公からね。あたしの姿を見たくないからって、こう言ったんだってね。『あの女を、さがらせるよう！』って。ねんねだね！　どうしてそんなこと言うのさ。こっちは、出ていく気なんぞなくって、こうしてやって来たげたよ。あんたが好きでたまらなくってね、ほうら、こうしてさ。ねえ、いいかい、女王さまのことは、もう忘れておしまいな。ブランシュフロールごときが、どうしたっての。とにかくこうして、この部屋まで入って来た女がいるじゃないか。なにしろ、暗い廊下をいくつも通って連れてこられると、突然、あんたがいるのが、あたしの目に入ったってわけ。ここまで入ってきた女ってのは、もちろんこのあたしのことで、グロリアーナっての。ラ・フラスクエーラとも呼ばれてるけどさ。あたしがどれだけ美しいか、想像もつかないだろ！

なにしろ、あんたときたら目をつむったまま、両手をひらいて身をかわそうとしてるし、唇だってそむけるんだもの。ほんと、どうかしてるよ！　そりゃないだろ！　いいかい、女神たちの姿を甦らせた石像だって、雪と大理石でできたみたいな、あたしの裸に比べりゃ、見劣りしたもんさ。百合を思わす純白の糸で織られた、繻子そのままの肌なのも、あたしのほうなんだよ。あたしの乳房の先には、どんな薔薇にだって負けないくらい、情熱的な真っ赤な花が咲き誇ってるしさ。それに、これだけは言わせてもらうけど、たとえあたしが醜かったとしても、きっときれいに見えて、押さえきれないほど欲望をそそられたはずだよ。何故かっていうと、あたしって、愛《アムール》そのものだからさ。それも、片っ端から男を欲しがって、思い通りものにしてみせる、烈しいほどの愛《アムール》なんだよ！　ほかの女たちときたら、誰かに口説かれても、様子見したまま、できるだけ長いこと気を引いときたいと、叶えてもやらず、最後には拒んじまうんだってね。まあ、本当かどうか、知ったことじゃないけど。それに引きかえ、このあたしゃ、自分の身体を任せて、与えたげるんだから。あたしゃ、野生の薔薇みたいなもんだ。どんな男でも、寄って来りゃ、口づけが血となって咲き誇る、この赤い唇を差しだしてやるしね。あゝ、たしかに、あたしゃ、いわゆる娼婦ってのさ。それで、まっとうな女たちは、あたしを軽蔑してるんだ。でもね、ごらんな、あたしの肩って、きれいだろ。肌からは、あったかい花の香りがするしさ。それに、あたしがさげすまれても仕方ない女だなんて、冗談じゃないよ！　だって、あたしゃ、もう、あんたしか愛していないんだから、あんただけをだよ。いったいなんで、こんなことになっちまったのか、分かんないんだけどね。けど、ひと目あんたを見た時から、この世に男って、たったひとりしかいないんじゃないかって、そんな気になっちまった。つまり、あんたってこと！　あたしゃ、誰にでも自分を与えてきたけど、今じゃ、たったひとりの男のためにだけ、取っとくんだ。男と見りゃ、誰かれなく感じてきた欲望を、そっくりそのまま、狂おしいほどの愛に変えて、あんたに注いだげるから。どうか受け取っとくれ！　あゝ、受け取ってほしいんだよ！　せめて、あたしを追っ払ったりなんか、しないでおくれ。どっちみち、そんなことできっこないけど。だって、あたしの愛を受けたからには、その抱擁は振りほどいたりできやしないのさ。あんたは、あたしのもの！　あたしのものなんだよ！　あゝ、言わなくても分かってるさ、あんた、引っ込み思案なんだってね。そう聞かされてるけど。なにせ、あれこれ聞かされちゃってさ、たとえば、女ってものが怖いんだとか。だから、まったく結婚する気がなかったんだとか……。なあに、そんなこと、いざとなりゃあ大丈夫だよ。あんたがあたしを、自分のものにしたいって思ってくれりゃいいなんて願うのも、多分あんたが、これまでどんな女にも関心がなかったからだろうね。だから、きっと大丈夫だよ。ま、そんなこと、どうでもいいじゃないか。こっちへ、おいでよ。なんて綺麗な男なんだろ！　震えないでったら。逃げ出すんじゃないよ。いいかい、いつか、必ずこうなる運命だったんだから。どうせ、あたしたちって、出会う運命にあったってことさ。ひ弱そのもので引っ込み思案のあんたと、どうしようもないあばずれ女のあたしとが。こっちへおいで！　おいでったら！　ひょんな偶然が、あんたをあたしに引き合わせてくれたんだ。まるで風がわら屑でも薪にくべるみたいにね」

彼は振りほどき、女の言葉を聞こうともせず、助けを呼ぼうとした。が、彼女は、両手と、口づけを雨とふらせる唇で、若き王の悲鳴を封じてしまい、ひしと抱きしめたまま、放してくれそうにはなかった。

そのあげく、彼女は半狂乱の体で、半ば身にまとっていた金と緋色の布を剝ぎ取るや、すっくと立ち上がり、たぐい稀な輝くばかりの裸体をさらした。

「さあ、ご覧な！　意気地なしの坊やったら！」彼女は言った。

彼が顔をそむけ、岩の間に自分の顔を隠そうとすると、女は彼のほうに身をおどらせ、抱きつくのだった。

女は、大きな叫び声をあげたかと思うと、後ろに倒れ込んだ。その脇腹には短刀が刺さっていた。血がどくどくと流れ出し、腿をつたい落ちた。刺した方の男は、頭を抱え、アーッとうめき声をあげ、余韻だけを残しながら、その場を逃げ出した。

そんな地獄めいた雰囲気の場所から逃れ出たところで、彼はカールと出くわした。

「あゝ、殿下には、なにとぞお急ぎのほどを。リジ大公女さまが、ご危篤にございます！」

当のフリードリヒは、放心状態で、取り乱していた。まさか、そんな！　自分が女を刺してしまったなんて、などと自問しては、カールの言葉もほとんど耳に入らなかった。彼は行く先も分からぬまま、ただ連れて行かれるだけだった。こう言おうとすら考えずに。

「女があそこで倒れているんだ、血まみれで、どうやら死にかけているから。急いで哀れなその女を起こしに行ってやり、運び出してきてほしいのだ」とか何とか。だが、もはや頭が混乱してしまい、どうしてよいのか分からない精神状態だった。計り知れない恐怖にとらわれて、脈絡のないことが断片的に思い浮かぶだけで、筋道だって考えるなど出来ない相談だった。ただ覚えているのは、悪魔の如く美しいグロリアーナが、自分の目の前に全裸で立つ姿だった。おまけに、抱きしめられると、まるで体中に女の存在が浸み込んできて、忌まわしき陶酔感が頭にまで伝わってくる心地がした。そして、度を失い、豊満な肉体の温かさにおののき、その恐怖たるや耐え難いまでになり、思わず短刀を握りしめ、刺してしまった！　今や彼は、あわててそこから離れ去ろうとし、長い廊下を駆け抜けて、後ろを振り返ろうともしなかった。燃えるような赤い髪のあの汚らわしい女が、血まみれのまま、淫らな脇腹を、なおも己の方に見せつけようとする、そんな姿を目にするのを恐れて！

彼は、はたと足を止めた。自分の背後で、ドアの閉まる音が聞こえたからだ。彼のいる部屋は広くて薄暗く、四隅は濃い闇に沈んでいた。はて、こんなところまで、誰に連れて来られたんだろう。あゝ、そうだ！　思い出したぞ。カールが「おいでのほどを、殿下！」と言っていたではないか。だが、それにしても、一体ここは、どこの部屋なんだろう。初めのうちは、それすら見当もつかなかった。

「カール！　カール！」彼は叫んだ。

何の返事も返ってこない。どうやら、ひとりきりなのだ。それなのに、弱々しい呻き声が、かなり離れたところから聞こえてきて、沈黙の中に消え入ってゆくような気がした。

彼は身震いした。

数歩後退りすると、目を凝らすようにして、周囲を見渡してみた。それと同時に、不安げに闇の中を手探るのだった。

暗がりの中で、大きな壁があるのが見分けられ、そこには綴れ織が数枚かかっていた。それと、金色の二本の線が交わって、光っているのが見えた。恐らくは、壁に取り付けられた十字架像であろう。

をつけた。

その時、彼は、祈禱所と寝所を兼ねた、テークラ妃の部屋にいるのではないか、と察しかった。

とはいえ、いかなる目的から、カールが自分を王妃の元に案内したのか、考えもつかなかった。

出口を探していると、不意に部屋の奥に、下ろされたカーテン越しに漏れる明るい光の点を思わせる、見えるか見えないほどのかすかな明かりが目に入った。その明かりに、はるか天空の暗闇の中で、瞬くこともままならぬ、小さな白い星を見るような気がした。そして、この薄明かりがようやく見えはじめた間にも、すでに耳にしていたあの呻き声が、再び沈黙の中から聞こえてきて、まるで死にゆく誰かの魂が抜けてゆくかのように消えていった。フリードリヒは、カールがリジの名を口にしていたことを、ふと思い出した。

あちこち家具にぶつかりながらも、彼はあわてて小さな明かりの方に歩み寄り、重い帳を持ち上げた。

そこの壁の窪みには、ランプが吊るされており、リジ大公女がいたが、ふっくらとして血色がよく快活そのものであった面影はもはや見るかげもなく、ひどく痩せこけ蒼白い顔で臥せっており、その肌よりもまだ白い枕を頭にあてがわれていた。きっちり折り込まれた毛の掛け布にくるまった哀れな病人は、すでに死者となって硬直し始めているかの様相を呈していた。臨終の床の前に跪く、褐色の衣をまとったテークラ妃は、年老いた厳格な、どこかの修道女と見間違えそうな姿で、祈禱を唱えていた。

「あゝ！」と、リジは声を発した。

心なしか血の気がわずかに戻ったようで、微笑めいたものが少女の唇と頬をよぎった。

彼女はフリードリヒの方を見た。

テークラ妃は顔色ひとつ変えず、そのまま祈禱を続けていた。

だがリジの方は、ぽつりぽつりと、弱々しい声で、こう言うのだった。

「あゝ！　やっと来てくれたのね、フリート、大好きなお兄ちゃま！　もうあなたには、会えないかと思ってたわ。ねえ、分かってもらえて。もしも、愛しいあなたの目を、もういちど見ることもなく死ぬようなことになったら、とっても恐ろしかったでしょうね。だって、以前はあんなに優しい目をしてらしたんだもの。お兄ちゃまは、わたくしのことなんて、すっかりお忘れだって言われてたのよ。でもこうして、ここに来て下さったのね。なんて優しい方なの！　わたくしには分かってたわ。だって、わたくしがここまで重病だなんて、思いもしなかったんでしょう？　それで、こんなふうに考えてらしたのね。『まあ、水浴び程度だから、大したことにはなるまい。あの娘《こ》がそんなことで、死んだりするものか！』って。だから、わたくしのことなんて、気にもかけずにいらしたのね。あゝ、でもね、そうじゃあなくってよ、フリードリヒ。わたくしは今にも死にそうなの。水が冷たすぎたので、肺炎にかかったっていうのが、お医者さまたちの見立てだけど。そのうえ、あなたに冷たくされたから、それはもう、つらくて、つらくて、仕方なかったので、病気もたちまち悪くなってしまったわ。ほら、あなたのお母様がベッドの傍で、唱えてくださってるのは、今ではもう臨終の祈りなのよ。こんなことを言って、あなたを苦しめたり、後悔させたいわけじゃあないわ。そうよ！　あなたは来て下すったんですもの、あなたを許してさし上げるわ。それに、女の子って、物事の判断がちゃんとつかないでしょう！　だから、あなたがあんな振る舞いをしたのも、たぶん、わたくしなんかには分かりっこない、りっぱな理由がおありになったから、かも知れないわね？　そう、きっとそうだわ。理由がおありになったんでしょう。だからといって、そんなこと、尋ねたりなんかしなくてよ。お願いしたいのは、ただ、わたくしの顔を、見てほしいってことだけ。あゝ、わたくしって、すっかり変わってしまったでしょう！　そんなわたくしの顔を、ずっと見ててほしいのよ、意地悪なんかじゃない目でね。どうかわたくしの両手を、握っててほしいのよ……」

　リジはこんな風に語りながら、というより、巣の中で死にかけている小鳥の悲しげな鳴き声にも似た、かそけき声なので、囁きながらというべきだが、小さな両手を毛の掛け布の外に出そうとして上げてみせた。が、その腕があまりにも華奢で、か細いがため、まるで羽根の抜けた翼の骨かと思ったほどだった。それから、震えながらも、その手をフリードリヒの方に差し伸べた。

　なのに彼ときたら、言葉をかけるでもなく、暗く無反応な放心状態のままで、近づこうともしないのだ。しかも、驚愕のあまりたじろいで、意図的ではないにしても、思わず哀れな瀕死の大公女から、祈禱をする厳かな王妃の方へと目をそらしてしまった。

死にゆく女性の目から、ふた筋の涙が零れ落ちた。彼女は失意の底に突き落とされ、両腕をがくりと落すと、ひと言ひと言絞り出すように呟くのだった。

「だめ、だめなのね！　お兄ちゃまは、わたくしなんて、愛して下さらないのね！　あゝ！　なんてひどい方！　わたくしを愛してなくても、ほんの僅かでも、憐れみをかけて下さることくらい、お出来になるはずよ。だって、もう、わたくし、死にかけてるんですもの。わたくしの手を取るなんて、たやすいことでしょう？　うら若い、夢いっぱいの時期に、死んでゆくのが、どんなに恐ろしいことか、せめてあなたにも、分かってもらえたら！　ねえ、もしあなたが、わたくしの手を、取っていて下すったら、死んでゆくことだって、そんなに恐ろしくは、ないでしょうに。何故って、あなたに導かれてるって、気持ちになれるからよ。あなたが、連れてって下さるところなら、何処へだって、行けるように思えてよ。でもあなたは、そこで、じっとしてるだけだわ。あゝ、あなたの首に手をまわして、抱き寄せるだけの力が、わたくしに残っていたなら！　ほんとうに、どうして、こんなことに、なったのかしら？　以前、リリエンブルクにいた頃は、あなたは、ずいぶん優しかったし、ふたりとも、とても幸せだったじゃない！　ねぇ、思い出して。あなたが読んだことのある詩人が、こんな素晴らしいことを書いてるって、それを次々、朗誦して、聞かせて下さったでしょう。あなたって、ちょっと変わってたけど、でもとても素敵だったわ！　それに、覚えてて。わたくしが家畜小屋で、飼ってる鳩や鶏の羽を撫でてやってると、よくわたくしをからかったじゃない。おまけに、わたくしのこと、オリアーヌとか、クロリンドとか呼んで、馬で連れて行くところなんて、堂々としてて、まるで意中の姫君を連れ去る、騎士みたいだったわ。あの頃は、わたくしを、嫌いじゃなかったのに！　わたくしが『もっと、こっちにいらして』と言っても、そんなつっけんどんな態度は、とらなかったわ。とにかく、わたくしのお願いは、ほんのささやかな、ささやかなことなの！　でも、手を握るのがお嫌なら、しなくていいから、こっちに顔を寄せて下さいな。もっとわたくしの顔のそばに。いよいよ死んでゆく時には、せめて、あなたの唇の息吹を感じながら、魂が離れてゆけますようにって！」

　思いの丈をこめた乙女の哀願にほだされ、さすがのフリードリヒも、涙がにじんで目がかすんでしまったほどで、なおも彼女が囁き続ける間、彼女の方に顔を寄せようと少しずつ身を屈めていった。

「あゝ！　そうよ。ありがとう、フリートお兄ちゃま。もっとそばに！　ほら、あなたの額をわたくしの肩にのせてみて。すっかり痩せちゃったけど、毛布越しだと、骨が当たらなくて、頬が痛くならないから。あゝ、幸せだわ！　ねえ、覚えてて？　ふたりで、よくこうしていたわね。夕方、リリエンブルクの湖で。あの湖のほとりの、葦の茂みが金色に輝く、小さな空き地で……」

　まるで、この言葉が胸に刺さったか、それとも顔に泥の塊でもぶつけられたか、とでもいった様相で、フリードリヒはぱっと後ろに飛びのいた。

「黙れ！　黙るんだ！　なんてことを言ってくれる！」

するとと彼女は、末期に至っての、この無慈悲な仕打ちに激しくわなないたかと思うや、身を起こしかけた。目を大きく見開きはしたが、もはや見えている様子もなく、口を大きく開けはしたが、喘ぎ声しか洩れてこなかった。と、その途端、何かががくんと倒れ込むように、くずおれてしまった。

「絶エザル光ヲ、カノ者ノ上ニ照ラシ給エ、アーメン！」祈禱を終えようとしていたテークラ妃が、厳かにこう唱えた。

それから、リジの方に近寄ると、

「逝ってしまいました」と、告げるのだった。

フリードリヒは逃げ出してしまった。その部屋の暗がりの中を、手探りで、家具をひっくり返しては、大きな音をたてたりしながら。

一方で、老王妃は屈み込んで、やつれ果てた遺骸の目蓋を閉じると、ゆっくりと上掛けシーツを引き上げて、この哀れなリジの顔の上にかけてやった。かつて、リリエンブルクの湖では、百姓娘の恰好をして、あれほど愛らしく陽気だった、あのリジの。森鳩がクウクウ鳴いたり、卵を産む雌鳥がクワックワッと鳴いたりする中で、あれほど楽しい歌を歌っていた、あのリジの顔に。

Ⅳ

　フリードリヒは身を隠し、引き籠ってしまい、人前に姿を見せなくなった。断固として、王宮の自室から離れようとはしなかったのだ。しかも、カールを除く誰ひとりとして、たとえテークラ妃や大臣たちや医者たちであっても、彼の元にまで通してはもらえなかった。

　その噂が宮廷内に流れ、町中にまで広まっていった。つまり、王様は婚約者であるリジの死を哀しむあまり、病的なまでに鬱ぎ込んでしまわれ、誰も寄せつけようとされず、恐らく、とうとう気がふれてしまわれたのではなかろうか、と。

　それらとて、曖昧模糊たる風聞でしかなく、誰ひとりとして確証は持てなかったのである。

　カールはしばしば問い質されたが、何も答えようとはしなかった。また実際、彼に何が知り得たというのか？　主《あるじ》の部屋に入る度に目にするものといえば、フリードリヒがうなだれて、後ろ手にぎゅっと手を組み、大きなテーブルの周りをうろつく姿だったのだから。かつて、少年時代にずっと、リリエンブルクでそうしていたように。黙り込んで、絨毯をじっと見つめたままなのだ。王は、自分が傷つけてしまい、恐らくは殺してしまったかも知れない、あの心惑わせんとする魔性の女がどうなったのか、調べさせようともしなかった。それに、盛大に執り行われたリジの葬儀についても、尋ねようとは一切しなかった。王はこうした孤独と沈黙の中で、いったい何に思いを巡らしていたのだろう？　カールは心配で、心配でたまらなかった。というのも、自らは陽気で頑健な彼だが、蒼白く沈みがちな主《あるじ》のことを、ひたむきに敬愛していたので、敢えて王を見張り、鍵穴に目を当てたり、ドアに耳を押しつけたりしてみた。最初のうちは、王がテーブルの周りをゆっくりと歩き回る姿以外は、何も見えなかったし、絨毯で和らげられた足音以外は、何も聞こえてこなかった。だが、ある晩のこと、足音がしなくなってしまい、カールが見てみると、フリードリヒがベッドに横たわっているのが目に入った。それも、びくりと身体を激しく動かしながら、ひどい痙攣を起こしていた。多分、熱の発作なのだろう。近習はすぐさま飛び込むと、寝台の置いてある壁際の方に行ってみた。王は目を閉じていた。眠ってはいたが、悪夢にうなされているらしく、形相も恐ろしく顔を引きつらせ、唇を噛みしめ、汗がこめかみを伝っていた。短い喘ぎ声が途切れる合間、合間に、奇妙なうわ言が、喉から絞り出されるように発せられたが、それはまるで、満杯の瓶の口から、液体がどぼりと出てくる時そのままの声音であった。

「嫌だ、どうしても、嫌だ！　女なんて、罪と恥辱にまみれたものなんだから。指図してくる女どもも、泣きついてくる女どもと、似たり寄ったりじゃないか。揃いも揃って、下劣で、醜い奴ばかりとくる！　あゝ、肉体を重ねるということは、汚物を重ねるようなものなのか。性の問題は、人間という存在の化膿した傷口なんだ。生きながらにして、身体中に蛆虫がたかっているわけだから。口づけなんて、堕落のあだ花でしかない。愛されたいと願う女なんて、みんな死んでしまうがよい！　そういう自分もまた、死んでしまえればﾞ……こんな生から抜け出し、こんな汚泥を、きれいさっぱり払い落としてしまえるなら……だが死ぬ間際に至ってもなお、人間の卑劣さが、なくなるわけでもあるまいし。たとえ人間であっても、いざとなると、家畜同然の死に様をさらすもの。あゝ、神なるキリストのように、見事に息絶えてゆけるものなら。卑しいその肉体が、殉教の苦しみに喜びを覚え、罪深いその身体が、苦行の罰に誇りを感じ、その上で、夢の世界の一点の穢れもなき清浄さの中で、厭わしい足枷から解き放たれ、蘇ることが出来るものなら。――焔よ、光よ、精霊よ！」

カールは主《あるじ》を起こしたが、王は怒り狂ったような仕草で、彼を追い払うのだった。

そうこうしているうちに、宮廷でも街中でも、危惧は募るばかりとなった。テークラ妃が息子の部屋に入ろうとしても、無駄だった。フリードリヒがカールに告げるには、「母上には、こうお伝えするよう。もし、ここまで私を追いかけて来ても、死んでいるのが見つかるだけだ」とのこと。やむなく、王をひとりきりにせざるを得なかった。数日が過ぎていった。こうした状況に、いかにして決着がつけられるのか。たとえ、自殺の知らせが突然舞い込んだとしても、驚く者など少なかろうに。世間ではあれこれ噂されたが、恐らくそのどれもが真実とは言えなかった。従僕たちが言うには、彼らが王の居室の側を通りかかると、哀願とすすり泣きの声が聞こえたという。「あゝ、こうさせてくれ、後生だから！」と、王が叫ぶと、カールが息苦しそうな声で、こんな風に答えていたのだとか。「そんなことなど、私には出来ようはずもございません、陛下！　どうか、そのようなことなど、お命じ下さいますな！」その同じ日に、口元にハンカチを押し当て、涙で目を赤くした近習が主君の部屋から出てきた、との噂も付け加えられた。また次のような噂まで流れる始末であった。つまり、王とカールが、丸二日間も王宮を空けていたというのだ。一体ふたりは、何処に出かけていたのだろう？　確かなことを知る者など、誰ひとりいなかった。ただ何人かは、その夜、ある農夫が街道で馬に乗って通りかかるふたりの男を見かけたという話から、フリードリヒがオーバーアマウガウに近い、高地テューリンゲンの山岳地帯の方に向かって行ったものと考えた。

　こうした不確かな話があれこれ囁かれる中での、ある晩のこと、街に火事の半鐘が鳴り響いた。あちこちの窓が開け放たれ、家から家へ、通りから通りへ、王宮が燃えているとの情報が駆け巡った。そして人々は、不意に、夜空に黒煙がもくもくと立ち昇るのを目の当たりにしたのだった。

V

その日の夜、グロリアーナ・グロリアーニは、宿舎の床で眠りについていた。赤みがかった金色の豊かな髪がほどかれて、むき出しの白い肩と肉付きのよい腕に乱れかかっていた。

その顔からは血の気も失せ、傷はいまだ癒えていなかった。

グロリアーナが王に刺されて上げた悲鳴に、フレドロ大公が駆け付けた。この男こそが、地獄にも似た雰囲気のあの部屋に、誘惑者たるこの魔性の女を引き入れた、当の本人であった。大胆不敵にも一か八かやってみれば、フリードリヒが仕掛けられた罠にかかるのではないかと、踏んでのことだった。そして、己の欲得がらみで配していたふたりの近習とともに、様子をうかがっていたのである。彼らは気を失ったラ・フラスクエーラを運び出し、夜闇にまぎれて、うまく王宮を離れおおせ、「四季《フォーシーズンズ》ホテル」の宿にたどり着いた。どうも変だと怪しまれはしたものの、少なくとも、取り返しのつかぬ醜聞とはならずにすんだ。なにしろ、皆してグロリアーナを支えてやったので、瀕死の状態で、動くこともままならぬ彼女でも、歩いている風を装えたのだ。さらには、リジの死と王の病が引き起こした動揺のあまり、王宮の召使たちや城守も、ある晩、何処からともなくやって来て、時を経ずして出立してしまった見知らぬ女のことなど、忘れ去っていたのである。

幾日もの間、グロリアーナは熱に浮かされていた。フレドロ＝シェミル大公の連れてきた医者は、傷ついたこの女が回復する見込みなどないと言っていた。とはいえ、熱は少しずつ下がっていった。ラ・フラスクエーラは虚脱状態にあったが、それは回復の兆しでもあった。そして、その日の夜には、彼女は穏やかな眠りについていたのだった。

ブラカッスーはベッドの傍らに座っていた。脇のテーブルにぐるりと並べられた小さなガラスの薬瓶の真ん中に、常夜灯を兼ねた豆コンロが置かれ、そこにポットがかけてあった。

小男のブラカッスーは、心配しながら優しく気遣う母親のように、グロリアーナの眠る様子を見守っていた。いや、むしろ、守銭奴が取り戻したお宝でも見詰めるように、とでも言うべきか。実際、この美女が己の希望であり、未来であり、唯一の金づるなのではなかったろうか？　彼女が生きていてくれさえすれば、何不自由ない暮らしへの夢が、ことごとく、ブラカッスーには叶えられるというのに。その反対に、もし彼女が死んだなら、間違いなく、トゥールーズのラファイエット広場での靴磨きの日々に舞い戻るしか道はなかろうが。チェッ、トンデモネェ！　少なくとも、こいつぁ、まさか自分が死ぬ目に遭おうなんて、思いもしなかったろうよ！　そうさ、呼吸も規則正しいし、これから色づいてこうって薔薇の花みてぇに、生気が頬っぺたに戻ってこようとしてるじゃねぇか。まあ、万事、丸く納まることだろうさ！　ほどなく、ふたりしてノンネブルクを出立し、王室がらみのこんな駆け引きからも、きれいさっぱり逃げおおせ、もう一度フランスに舞い戻るのだ。そこまで行けば、王様たちの代わりに、礼儀作法を心得た人たちに出会えるだろうし、自分のもとに訪ねてきた紳士淑女を短刀で刺すような、手荒な扱いはされまいから。いずれにせよ、もはや彼女に王様の話など禁句だったが！「なにせ高望みし過ぎたからな。あの侍従長の奴に乗せられたばっかりに、のぼせあがっちまってよ」と、ブラカッスーは自らに言い聞かせた。今ならば、彼とても、己を抑えることくらい出来たであろうものを。要するに、地道にやってゆくべきだったのだ。平凡でも、それなりに恵まれていれば、まっとうに暮らしてゆけるだけで充分だったのに……

ブラカッスーは、おやっ、と振り返った。表の通りから、騒がしい人声が聞こえてきたからだ。窓辺に行って、カーテンを上げ、窓ガラスに顔を押し当ててみた。大勢の人間が通り過ぎて行く。わいわい、がやがやと騒ぎながら、驚きあわてた様子で両腕をあげて、何やら怒鳴っている。聞き耳を立ててみたが、口々にわめき散らす声が入り混じって、何を喋っているのか分からなかった。そこで、窓をちょっと開けてみると、ようやく言っていることが少しは聞き取れるようになった。「王宮から火が出たぞ。フリードリヒ王の妖精の国みたいな部屋がある、ちょうどあの辺りだ。それにしても、どうして火事になったんだ？　単なる偶然なのか？　それとも、これは王様のご意向なのか？　さっぱり見当もつかないが、ともあれフリードリヒ王が、もしも今夜、自室におられるのなら、命を落とす危険を冒されてのことだろうけど……」

王に恨みを抱いていたブラカッスーは、手を叩いて喜び、こう叫ぶのだった。

「そうさ、そうこなくっちゃあ！　あいつが丸焼けになっちまったら、いい気味だ！」

するとその時、彼のすぐ傍らで、まるで人殺しにあった人間が発するような、鋭くものすごい呻き声があがった。

なんとグロリアーナが、そこにいるではないか。

喧騒のせいで、彼女は目を覚ましてしまったのだ。そこで、彼女もまた窓辺に来て、見聞きしているうちに、何が起こったか悟ったというわけだ。

ブラカッスーは言った。「そうさ、そうこなくっちゃ！　あいつも丸焼けだろうよ。だからって、おめぇが、つれえ思いをするってわけでもあるめぇし。逆に、おめぇもこれで、スッとしたに違えねぇ」

「そんな、気の毒じゃないか！」と、返すグロリアーナ。

そして、衣装ダンスのほうに飛んで行くと、彼女はドレスと外套を力まかせに引っ張り出した。布切れを摑んで振り回す、野生の猫そのままの仕草で。

「えっ？　てめぇ、何する気だ」

「ほっといておくれよ！」

「どこへ行こうってんだ」

「どこへだっていいだろ」

「ここにいろってば！」

ブラカッスーが無理やり服を取り上げたので破れてしまった。彼は行く手を防ごうとして、ドアに駆け寄った。

だが彼女のほうは、歯ぎしりして悔しがり、怒りのあまり目には涙をたたえ、頬を真っ赤にして汗をにじませ、ものすごい形相で睨みつけた。

「お通しったら！」

「だめだ！」

「ただじゃあおかないよ！」

「もいちど横になってろ。でねぇと、めった打ちにしてくれるぞ」

女は狂ったように高笑いし、小男に飛びかかると、喉を摑んで締め上げた。あまりの力に、男は青ざめ、舌を出し、喘いで、気を失い、倒れ込んだ。恐らく死んでしまったのだろう。

グロリアーナは雌馬が後ろ足で蹴りつけるように、男の身体をえいとばかり足で押しのけた。そしてドレスと外套を奪い返し、それで身を包むと、ドアを開けて、逃げ出した。

通りに出ると、群衆の間を縫うように駆け抜け、彼らを追い越してゆき、振り乱した髪をなびかせていった。皆がこの女をじろじろと見た。ひょっとして、何処かの病院から脱走してきた精神病患者ではあるまいか、などと思われたのだ。彼女はひたすら走っていった。あちこちで出来た人だかりを、押し分けかき分け進んだり、その間を横切ったりしながら。それでも、時には息切れしてしまい、立ち止まったりもした。そして、そんな折には、うめきともつかぬ甲高くしわがれた声で、獣じみて長く尾を引く悲痛な叫びを上げるのだった。それは、夜中に怖がって鳴く犬の遠吠えにも似ていた。

ようやくの思いで彼女がたどり着いたのは、群衆がひしめき合っている、王宮広場の人溜りであった。

そこでグロリアーナが目にしたものは、見るも無残でありながら、美しくもある光景だった。

王宮のひとつの翼が棟ごと、突風に煽られ燃えさかる穀物倉さながら、晴れて月明かりのさす夜空の下で炎上していたのだ。その空に煙がもくもくと上がっていって、大きな白い雲のように見えた。そして、その館の正面は、石材と焼け焦げた柱のたてる轟音とともに崩れ落ちてしまっていて、それに続いて大量の水が流れ出てきたので、もはや燃え盛る建造物の体をなさず、ただ平原の丈高い草や、川岸の葦が生える場所となり、さらには、ルビーの幹に葉はエメラルドといった木々が茂り、世にも不思議な鳥がなおも飛び交う、まさしく森そのものの様相を帯びていた。焔による魔術幻灯さながらの光景が繰り広げられる中で、燃え尽きなんとするその風景は、かつて見せたこともない眺めを呈し、幻影とお伽の国を思わせる遠景と相まって、驚嘆すべきものとして立ち現れてきた。そして、火事の炎が、この書割を照らすフットライトとなっていた。その有様の異様さと、王の住居をめぐり、巷で取り沙汰されていた噂話の記憶とが重なって、狼狽した民衆は、楽園が光を放ちながら消滅してゆく場に、すなわち夢の世界が燃え尽きる場に、立ち会わされたような気がした。やがて、ひときわ大きな火柱があがるや、真っ赤に燃える柏の木々が崩れ落ち、真珠で出来た小さな滝も火にあぶられて、ゆがみ捩れてゆく中から、一羽の白鳥が翼を大きく拡げて現れ出た。そして、現身《うつしみ》を去る魂の如く、その鳥は煙を抜けて天高く舞い上がり、小さくなって、蒼き月明かりの空に消えていった。

怖れと驚愕のあまり、一瞬、その場に釘付けにされたグロリアーナだったが、いきなり前へ飛び出そうとした。カッとなって、なりふり構わず、「フリードリヒ！」と叫びながら。

だが、彼女は立ち止まらざるを得なかった。何故なら、抜き身のサーベルを構えた兵士らが一列に並んでいて、王宮に近寄らぬよう守りを固めていたからだ。

ひどいじゃないか！　なんてことを！　フリードリヒがあそこに、あの火炎の中にいるというのに。飛び込んでいって、無理やり連れ出すことも出来ないなんて。あのひとを抱き寄せ口づけしながら、そこで一緒に死ぬことだって出来ないなんて。あゝ、あのひとに口づけをしながら。彼女は身悶えしては、髪を噛んで悔しがり、こらえ兼ねて、しゃがれた声で泣きじゃくった。

と、その時、建物の延焼を免れた部分の右手に開いている車寄せから、男女の一団があわてて出てきた。ラ・フラスクエーラに、たちまち希望が湧いてきた。脱出してきて助けられたこの人々の中に、王がいるかも知れないからだ。

群衆は、ようやく逃れてきた人々に、恭しく道を開けて通れるようにした。つまり、彼らが貴族だったからだ。やれやれ、きっと王様は危機を脱して、その中にいるに違いあるまい。こう思った彼女は、そんな人々が群らがっている方に駆け寄ってみたものの、一向に見知った顔には出くわさなかった。が、ようやくのことで、フレドロ＝シェミル大公がいるのを見つけた。彼女は公の腕を摑むと、無理やり連れ出した。

「王さまは、ご一緒かい？」

「グロリアーナじゃないか！　こんな所で、何の用かね？」

「さ、答えとくれ。王さまは、ご一緒なのかい？」

「いいや」

「行方知れずだって！　なのに、あんた、逃げ出したってのか！　お助けしようともせずにさ……！」

「陛下は、宮殿には、おいで遊ばされぬのだ」

グロリアーナはなおも泣きじゃくっていたが、今やそれが、うれし泣きに変わった。

「で、どこにおいでなんだい？」

「誰にも分からぬのだ。王宮に火を放たれた後のことは……」

「火を放ったのは、あのお方なのかい？」

「ではなかろうか、と。カールの手を借りてのことであろうが」

「でもまた、どうして？」

「気が触れてしまわれたゆえ！」と、肩をすくめながら言う大公。「それに皆の噂するところでは、この火事騒ぎなど、陛下の奇矯なお振る舞いの、ほんの一部だとも」

「いったい、なにがあったっての？」

「三日前にも、ご自室の絨毯の上で、血塗れになっておられるところを、カールが見つけたことがあったのだ。右手に剃刀を握ったまま、気を失ってしまわれていて」

「命を絶とうとされたんだね？」

「それよりもっと困ったことだ。御自身で去勢しようとされ、しかも、やりおおせられたのだから」

「ええっ、まさか、そんなの嘘だ、冗談だろ！　ま、ともかく、あのお方をお探して、見つけ出して差し上げなきゃ。また、どんなことを思いつかれるか、知れたものじゃないだろ！　王宮を出て行かれたってのは、確かだろうね？」

「馬で出て行かれるのを、城守が見かけたそうだ」

「おひとりでかい？」

「カールを供にされてだ」

「あゝ、いったい、どこへ行っちまわれたんだ？　どこへなんだろう？」グロリアーナは拳を歯で嚙んで、忌々しげに言った。

大公は何やら考え込んでいる様子だったが、やがて声をひそめて、こう付け加えた。

「どうやら、オーバーアマウガウへ向かわれたのでは」

「オーバーアマウガウへだって？」

「さよう。先週にも、お忍びで行かれたからだ。そこへ戻って行かれたのではなかろうか」

「そう思ったなら、どうして王妃さまや殿下方にお伝えしなかったのさ」

「もうこれ以上、こうした事態には関わりたくないのだ！　どうやら深入りしすぎたようだからな。常軌を逸したこのご一族には、どうとでも苦境を切り抜けて戴くより仕方あるまいと腹をくくったのだから。まあ、私が侍従としてお仕えする君主は、何もテューリンゲン王おひとりというわけでも無論ないことだし。私の目下の行く先くらい、見当がつくだろう。荷物をまとめにホテルへ向かうのだ。そして数時間後には、特急に乗って、ノンネブルクにはおさらばだな。じゃあ、これにて失敬。今、こうして話して聞かせた事の次第は、この期に及んでの迂闊《うかつ》な物言いであったが、後になって、如何様にも利用すればよかろう。とにかく、私はこの件から手を引かせてもらうからな」

「この腰抜け爺《じじい》！」と、なじるグロリアーナ。

「ま、そうかも知れん」と、フレドロ＝シェミル大公は言った。

そして、肩をすくめて立ち去ってしまった。

グロリアーナは、しばし考え込んでいた。それから、ますます勢いを増してゆく火災の様子には一瞥もくれずに、群衆を遠慮会釈なくかき分けて、自らもまた、その場を離れていった。

ヨハン＝ヨーゼフ通りで、一台の辻馬車が通りかかった。彼女が御者に合図をすると、馬を止めてくれた。

「オーバーアマウガウへ行こうとしてるんだけど」と、彼女は告げた。

御者はびっくり仰天したように、女のほうを見た。

グロリアーナは、ドイツ語の発音がさしてうまくないので、御者が理解してくれなかったのかと心配になり、今度は、もっとゆっくり言い直してみた。

「オーバーアマウガウまで、行っておくれ」

「いや、そいつぁ無理でさぁ！」

「なんでだい？」

「なんでって言われても、たどり着くにぁ、十六時間もかかるんですぜ。それも山道を行くとくりゃ！　馬が死んじまいまさぁ」

「時間あたり、十六フロリン払うからさ」

「へぇっ！」と、御者は驚嘆したものの、こう言い足した。

「最後の三分の一の道のりは、徒歩で行かなきゃならねぇって、お分かりですかい？」

「徒歩で、だって？」

「へえ。馬車は斜面を下れねぇもんで」

「構わないさ」

「時間あたり十六フロリンって、話でござんしたね？」

「二十にしたげるよ、飛ばしてくれるんなら」

「なら、乗りなせい」

彼女が馬車に飛び乗るや、御者は馬に鞭を当て、早駆けで出発した。道には人気もなく、沈んだ雰囲気が漂っていた。遠くには、群衆のどよめきや、大きな物が壊れバリバリと崩れ落ちてゆく音が、大音響となって鳴り響いていた。こうした騒音が一段と激しさを増す最中に、いきなり、すさまじい爆発が起こり、空に向けて火柱が上がったかと思うと、民家の低い屋根や、あちこちの建物の正面をも、一瞬、真っ赤に染めたのである。

VI

翌日、日没も迫らんとする頃、百姓や羊飼いらが、オーバーアマウガウの谷に群れをなして集っていた。木のベンチに座ったり、草の上に膝をついたりして、古代のエルサレムが再現された広い舞台のほうをじっと見詰めていた。そして、その遠景には、ゴルゴタの丘が高々と聳えていた。

劇はまだ始まってはいなかった。集まった人々がひそひそ話に耽っていて、何やらざわついていた。つまり、何故、受難劇が定例の年までまだ数年あるというのに上演されることになったのかを、多くの者が理解していなかったからだ。また何故、四部構成のこの聖史劇のうち、今日に限って、最終幕だけが上演されるのかをも。しかし、他の何人かが声をひそめて説明するには、こんな風に習慣を覆してしまったのも、絶大な権力をお持ちの方のご意向、すなわち王家の気紛れから出たことなのだ、と。なにしろ、ついこの間、ノンネブルクから密使が派遣されて来て、この宗教劇を慣例として取り仕切っている主宰者たちと話し合い、合意を取り付けたというのだ。そして主宰者側は、先方から出された指示に従わねばならなかったとのこと。また、同じ人間がこんなことまで付け加えた。今日は、キリスト役と、磔刑者の横腹を槍で突き刺すローマの兵士役は、見ず知らずのふたりの新人役者が務める予定であるとも。こうした話が観衆たちをびっくりさせ、不安なような待ち遠しいような気分にさせたのである。

そうこうしている内に、シオンの公共広場には、多くのユダヤ人をはじめ、鷲の標章を掲げるローマの兵士らや、女たち、それに、角帽子でそれと分かる律法学者らが集まっていて、白麻の衣をまとう蒼ざめた青年を押しやりながら、騒然とした雰囲気に包まれていた。こうして劇が始まっていったが、そこで観客たちが見聞きしたのは、こんなことだった。

ローマの地方総督の兵士らがイエスを連行して来ると、歩兵全隊が彼の周りに集結した。そして、彼から上着を剥ぎ取ると、緋色のマントを着せ掛けた。それどころか、茨を編んで冠を作ると、イエスの頭に押しかぶらせ、右手には葦の棒を持たせまでした。そして、その前に跪き礼拝する真似をして、「ユダヤの王、万歳」などと言いながら、嘲るのだった。

それから、イエスに唾を吐きかけると、彼らは葦を手にして、イエスの頭を打つのだった。

そんな風に愚弄した上で、イエスからマントを取り上げ、再び元の上着を着せると、彼を十字架にかけるために引き出した。

ところで、彼の後ろから、かなりの数の群衆が付き従っていた。中には、自らの胸を叩き、嘆き悲しむ女たちも大勢いた。

イエスは彼女らの方を振り向くと、こう告げるのだった。

「エルサレムの娘たちよ、私のために泣くことはない。むしろ、お前たち自身のため、また自らの子孫のために泣くがよい。何故なら、『不妊の女と、子を産まなかった胎と、乳をふくませなかった乳房は幸いなり』と言う日が、やがて来るであろうから」

イエスと共に、ふたりの罪人も、処刑のために引かれていった。

カルワリオの丘と呼ばれる場所に到着すると、人々はイエスを十字架に掛け、罪人らのひとりをイエスの右側で、もうひとりを左側で磔《はりつけ》にした。

そして、イエスの頭上には、ギリシャ語とラテン語とヘブライ語で書かれた、こんな罪状書きの札がかけられてあった。すなわち、「この者、ユダヤの王なり」と。

高地テューリンゲンの羊飼いや百姓たちは、どきどきしながらも夢中になって、舞台とゴルゴタの丘と蒼白の磔刑者とを、食い入るような目で見つめていた！　ひとりならずの観客が隣り合わせた者に向かって、「ユダヤの王イエスを演じているあの若者は、いったい何者なんだ」と教えてもらおうとした。だが聖史劇は、伝承どおり執り行われていった。

そして、観衆がさらに見聞きした事の次第は以下のとおりだった。

すべては成就したと悟ったイエスが、「私は渇く」と言った。

酢を満たした器が置いてあったので、ある者が海綿に酢を含ませ、ヒソップの茎に巻きつけて、イエスの口元に差し出した。

そこで、イエスは酢を口にすると、「すべては成就した」と言い、頭を垂れて、息を引き取った。

しかし、安息日の間も、屍を十字架に架けたままにして置くことへの恐れがあった。というのも、この日は安息日前の準備の日で、しかもその安息日からして重要な日だったため、ユダヤ人たちは磔刑者の足を折り、死体を下ろすようにと、ピラトに願い出た。

よって兵士らが刑場にやって来て、イエスと共に十字架につけられた、はじめの男と、もうひとりの男の足を折った。

次いで、イエスのところに来たものの、彼がすでに息絶えていると見て取り、足は折らずにおいた。

だが、兵士のひとりが槍で、その脇腹を突き刺した。するとたちまち、そこから血が流れ出た……


ここにきて、厳粛な劇を見ていた観衆らは、恐怖のあまり総立ちになった！　というのも、受難者の口から、悲痛なまでの喘ぎ声、今際《いまわ》の際の身の毛もよだつ断末魔の叫び声が上がったからだった。と同時に、イエスの頭が、一瞬もたげられたかと思うと、再びがくりと垂れてしまった。あゝ、かくも激しい叫び声と、真に迫ったその身振りは、いかなる役者の技をもってしても、到底、真似など出来ようものか。と、なれば、まさか！　それらは皆、単なる演技ではなかったというのか？　ローマの兵士は、磔刑者の脇腹を本当に槍で突いてしまったのか！　ひとりの人間が、たった今、本当に死んでいったのか？　舞台も、ゴルゴタの丘も、平原も、どこもかしこも不気味なまでに静まり返り、人々は皆、恐怖に目を見開いたまま、息絶えていったその若者が、あかあかと輝く夕日を背に、蒼白の姿で浮かび上がる様を、ひたと見つめていた……そこへ、ひとりの女が村の方からやって来て、髪振り乱し、観衆をかき分け進み入り、舞台にあがるや、丘を登って行ったのだ！　そして、人々は女が「フリードリヒ！」と呼び叫ぶのを耳にした。「あゝ、死んじまった！」と。それから、がっくり膝をつくと、気を失いそうになりながら、屍から滴り落ちる血に塗れた十字架を、ひしと抱きしめるのであった。己の豊かな赤毛で包みながら。

かくして、テューリンゲン王フリードリヒ二世は、グロリアーナ＝グロリアーニをマグダラのマリアの代わりにして、十字架上で死んでいったのである。よって、「童貞王」とも呼ばれている。

解説

今日、多くの人々が、南ドイツのバイエルン州と言われて最初に思い浮かべるのは、ルートヴィヒ二世（ルートヴィヒ・フリードリヒ・ヴィルヘルム）と、彼の建てたノイシュヴァーンシュタイン城ではなかろうか。ヨーロッパの政治体制が国民国家形成へと激変してゆく中にあって、この国王は政治に背を向け己が夢の世界に生きたがため、廃位の憂き目にあい幽閉されたうえ謎の死を遂げている。だが、類まれな個性の持ち主であったが故に、長い年月を経てもなおオーラを放ち続け、様々な伝説が生まれることとなり、それが神話の域にまで達するに至ったのである。それも、ドイツよりむしろ、フランスの文壇で好まれるテーマとなったことは、極めて特異なケースだと言えよう。よく知られている通り、こうした現象は、ワグナー音楽に魅了された若き王の庇護のもと、彼に勝るとも劣らぬ強烈な個性を発揮した、偉大な作曲家の存在抜きには成立し得なかったはずで、互いの魅力の相乗作用がもたらした稀有な例であったのだ。

それにしても、十九世紀半ばのパリでは、ワグナーの『タンホイザー』の初演が不評で、詩人ボードレールらが擁護したものの、この音楽家に対しては極めて冷淡であった。それが世紀末には、ワグナー・ブームの到来をみるまでに価値観が変化してゆく。その仕掛け人となったのが、流行作家にして詩人であるカチュール・マンデスだったのだ。つまり、ルートヴィヒ二世という特異な人物像をもとに、一八八一年に出版されたモデル小説『童貞王』が話題を呼び、そこに効果的に扱われたワグナー音楽の魅力が、広く世に浸透してゆく原動力のひとつとなったからだ。これに続いて、一八八四年に小説家エレミール・ブールジュが、ワグナー・オペラの構想を世紀末のヨーロッパ社会に重ね合わせ、ルートヴィヒを主人公のモデルのひとりとして描いた、『神々の黄昏』（拙訳・共訳）を上梓し、この動きを決定づける大きな要因となった。無論、夢を現実に生きえたバイエルン王のイメージ形成は両作品に負うところも大きく、その後も詩人のヴェルレーヌ（詩「バイエルンのルートヴィヒ二世に」）やアポリネール（短篇「月の王」）らの作品中で、繰り返し描かれるのである。

さて、ここで、本書の著者であるカチュール・マンデス（一八四一―一九〇九年）について、紹介しておかねばなるまい。彼は南仏出身の詩人にして小説家であり、脚本や批評も手がけ、雑誌の編集や刊行にもかかわるなど、十九世紀後半から二十世紀初頭にかけての文壇で幅広くかつ精力的に活躍し、夥しい数の著作を残している。主なものとしては、近親相姦や倒錯の世界を扱った『ゾハール』と『メフィストフェラ』から、お伽噺集の『青い鳥』、あるいは夢想と苦い現実の交錯を描いた『最初の情婦』などがある。本作品の Obsidiane 版に序文を寄せたユベール・ジュアンの指摘によると、世紀末の文学者のうちで、作品の初版の発行部数が最も多いのがゾラとドーデであり、それに次ぐのがモーパッサンやロチと並んでこの作家であったという。それほどまでに、大衆読者に人気が高かったのである。

マンデスの特徴は、何よりも時代の嗜好に敏感であったことで、それを先取りする才能に恵まれていたと思われる。たとえば、二十歳ですでに『ルヴュ・ファンテジスト』という雑誌を発刊し、それを皮切りに五年後には、『現代高踏詩集』をリカールと協同で編纂している。こ

バイエルン王ルートヴィヒ二世

の詩集出版の成功は、詩壇での高踏派の隆盛を印象づけただけでなく、ヴェルレーヌやマラルメをはじめとする若手詩人の作品を数多く掲載したことで、その後のフランス詩の流れに大きく寄与することにもつながった。このように、常に時代の先を読む才能が、フランスにおけるワグナー音楽の普及にも発揮されることとなった。

マンデスが最初にこの巨匠に会ったのは、パリでのことで、『タンホイザー』初演の直前に、『ルヴュ・ファンテジスト』の件で面会に赴いたと本人が著書に記している。次いで、著名な詩人テオフィル・ゴーチエの娘で、彼の妻となったジュディット・ゴーチエが熱烈なワグナー・ファンであり、彼女がトリープシェンにいたワグナーを訪問することを思いついた。そこで夫婦二人と、彼らの友人であったヴィリエ・ド・リラダンと共に、六九年の「ミュンヘン万国絵画展」の取材を口実に旅立ち、七〇年にも再びワグナー宅に滞在する機会を得ている。そしてマンデスは後に、雑誌『ワグナー評論』にこの巨匠関連の記事を寄稿したり、『リヒャルト・ワグナー』という著作を出版したりもしているのである。

ところで、『童貞王』が発売時に話題を呼んだ大きな理由は、主要な登場人物が誰をモデルにして書かれているかが、同時代の読者には容易に想像がついたためだと考えられる。たとえば、主人公のフリードリヒ二世の名前ひとつとっても、バイエルン王が即位してルートヴィヒ二世と名乗るまで用いていた、ルートヴィヒ・フリードリヒ・ヴィルヘルムという名に由来するものだと察しがつくだろう。また、主人公が傾倒する革命的音楽家のハンス・ハマーがワグナーであり、グリンク神父がリストを指していることは明白である。特にハマーの人物像については、先にあげたマンデスの著書『リヒャルト・ワグナー』に記された、トリープシェンへの訪問時に再会したワグナーの人物描写と酷似しており、相当リアルに描かれたものらしい。また、主人公のモデルの祖父、ルートヴィヒ一世の愛人として権勢をほしいままにし、遂には彼を退位に追い込む原因を作った、スペインの踊り子と称する妖婦、ローラ・モンテスの特徴を写し取ったような人物設定もなされている。すなわち、モナ・カリスと、その甦りの如きグロリアーナ・グロリアーニという歌姫である。くわえて、女性を好まなかったルートヴィヒが、唯ひとり心を許す相手であり、王の純愛の噂が巷に流れるもととなった、オーストリア皇后のエリザベートを想起させる人物が、作中では主人公の憧れの対象となる、さる王国の女王として登場している。その親友であるハンス・ハマー支持者の外交官夫人は、メッテルニヒ公爵夫人の面影をしのばせる存在である。つまり、パリでの『タンホイザー』初演に尽力し、これにバレーを組み込ませたジョッキー・クラブの面々の横槍に怒りを覚え、扇を壊したエピソードで知られているからである。それに、エリザベートの妹で、一時、ルートヴィヒの婚約者となったゾフィーを思わせる、リジという清純な公女が、小説の展開に重要な役割を果たしている。

他方、本作品のヒロインで、男遍歴を重ねてきた美貌の歌姫グロリアーナを、主人公の青年王が憧れを抱く、気高い女王の「似姿」だとしている点にも注目せねばなるまい。小説中にあるように、「似ているといっても、どことなくといった程度」なのだが、それをグロリアーナの歌を聞きに来た聴衆に気づかせるために、女王と「同じ衣装を着せてみる」というアイディアを、女君主の友人が思いつく。その結果、「女王と似ていることもまた、興奮を呼び覚まし

ローラ・モンテス

エリザベート皇后

オーバーアマウガウの受難劇（1850 年）

［前頁上左］
カチュール・マンデス
［前頁上右］
ジュディット・ゴーチエ

［前頁下左］
フランツ・リスト
［前頁下右］
リヒャルト・ワグナー

た原因となった」とある。一見、意表を突く発想のように思われかねないが、歌姫のモデルとおぼしきローラ・モンテスとエリザベートの肖像画（前頁）を見比べてみると、確かに小説にあるように、「どことなく」彼女らが似ているような気がしまいか。よってそれが、読者の「興奮を呼び覚ます」ことにつながったのではないかと推測される。しかも、いきなり小説の冒頭で、ルートヴィヒ一世がローラ・モンテスを初めて引見した、ポンペイの「牧神の館」を模した執務室を連想させる邸宅の祝宴に、この女君主を登場させようという趣向も刺激的だったのではないか。

しかし、この作品が世間の関心を集めた原因は、それだけに留まらず、ルートヴィヒの生前に、すでにその悲劇的な死を予見したためでもあろう。小説発売後、ドイツ語の翻訳も出されたが、当然バイエルンでは発禁処分とされ、恐らくそうしたスキャンダルが、さらなる話題を巻き起こしたことは想像に難くない。

マンデスがこの小説で浮き彫りにしてみせたのは、音楽の持つ根源的な力が、ワグナー歌劇によって効果的に発揮されうるという事実だろう。音楽は非合理的で暗示的な力によって、聞く者の本能に訴えかけ、彼方の世界を垣間見させるからである。他の芸術に比して、「音楽なら、何ひとつとして明確な言い表し方はしまい。それは、神の口から途切れがちに漏らされる声にも等しく、言葉にしようにも出来ないものなのだ。」しかも、それだけにとどまらず、作者はその音楽にさらなる価値を賦与している。「ハンス・ハマーの音楽は、グロリアーナが歌ったことで、奇妙なほど人を不安におとしいれるような、新たな意味を帯びてきたからだ。

つまりそれが、非の打ち所のない音楽であり続けながらも、恐るべきものとなったのである」と書かれており、そこに秘められた危険な側面をも暴いてみせているからである。なればこそ、主人公は魔術的な音楽の虜となり、夢と現実の境を越え、ついには彼方の世界にとどまってしまうことになる。

ところで、本書の第一部Ⅲや第二部Ⅱにも、その一端が見出されるように、世紀末のフランスでは、妖精や魔法使いたちが登場する夢幻世界の「驚異」のテーマが、様々な芸術分野でブームとなる。わけても、北方伝説や神話世界へ誘ったのがワグナー音楽であり、その熱烈な支持者であったのがルートヴィヒ二世だった。よく知られている通り、彼は自らローエングリンに扮したり、『タンホイザー』に出てくる「ヴェーヌスベルクの洞窟」を模した人工の湖を、城の内部に造らせたりするなど、最も忠実な体現者であり、そこから王にまつわる種々の伝説が生まれることとなる。

こうした下地の上に、『童貞王』の主人公が登場するわけで、小説の結末で己の美意識を貫き通し、ついにはその美に殉じる壮絶な姿が、実在の王のイメージをさらに強固なものにしていったと言えよう。そして、現実の王も時の政府によって、築城趣味とワグナーへの偏愛に対する干渉を受け、悲劇の最後を迎える。いみじくもルートヴィヒの伝記を書いたジャン・デ・カールが、王の葬儀の模様を次のように締めくくっている。「ひとりの詩人が死んだ。（……）管理・経営が創造を制圧してしまったのだ」（『ルートヴィヒ二世』）と。かくして、世紀末の芸術家らの間に、「現代の神話」が形成されるに至ったのである。

だが、時を経て二十一世紀の今日に至るまで、ルートヴィヒの夢を託した幾つかの城はますます人々の憧れをかきたて、ワグナー音楽の理想の殿堂は「バイロイト詣で」の聖域と化し、世界中から観光客や音楽ファンを集め続けている。国家財政破綻の元凶とされたものが、皮肉にも「文化的逆襲」を遂げるという構図が生じている。そしてこの事実は、効率優先の短絡的な実利主義が蔓延する現代社会の風潮への、ある種の異議申し立てとして読み取れよう。

「モデル小説」と「ワグナー音楽の魔術性」という要素に加えて、この作品に魅力を与えているのが、「宿命の女《ファム・ファタール》」というテーマであろう。これは周知の如く、フランスのみならず広くヨーロッパの世紀末芸術家らが偏愛した、極めて類型的な女性表象であった。実際、抗し難いほどの官能的な魅力によって男性を誘惑し、果ては破滅の淵に追いやる妖婦のイメージが、様々な芸術作品に見出されよう。この小説中でも、それに該当するのがヒロインのグロリアーナである。だが、このタイプの女性像が往々にして、知性を欠いたセックス・シンボル的存在として描かれているのに比して、グロリアーナは己を求める男たちに次々とその輝ける肉体を惜しげもなく与えながら、それと同時に、自らの判断と意志によって男を選ぶといった、主体性を持った人物としても描かれている。つまり、単なる快楽の対象として、男性の視線によって「見られる女」のレヴェルから、彼らを「見る女」のサイドにも立ってゆくのである。しかも、彼女が少女時代の思い出を語るシーンにもあるように、手当たり次第に書物を読破していった、知識欲に満ちた女性でもある。つまり、「読む女」としての一面も備えているわけであり、女性を無垢で無知な「家庭の天使」として囲い込んでおこうとした、男性優位の十九世紀市民社会にとって、二重の意味での恐怖を与える「危険な存在」だと言わねばなるまい。だからこそ、彼女の外見のイメージに魅入られたブラカッスーが、自分に向かって語りかける堂々とした口調との落差に、大いなる戸惑いを覚えることにつながるのである。「ただの娼婦であると同時に、熱狂的な文学かぶれの女なんだろうか?」と。ここでいう「文学かぶれ」とは、原語では《bas-bleu》であり、「青踏派の女」ともとり得るところから、「自由な女」というニュアンスを帯びてくる。それ故、グロリアーナの人物像からは、「宿命の女」と「新しい女」との相反する側面を備えた、両義的なイメージが浮かび上がってこよう。

主人公の青年王は、セクシュアリティーをめぐる問題を隠蔽せんとするブルジョワジーの偽善的道徳観と社会規範を拒否する純粋さでは、そんな彼女と共通点を持っており、コインの表と裏のような一対としての関係にある。言うなれば、「新しい男」としての性格を示していることになり、それもまた当時の社会にあっては、スキャンダルの種となったはずである。そして、小説の構成上からも、第一部における何気ないエピソードの一つ一つが、最終部のクライマックスの場面につながる伏線としての機能を果たしており、グロリアーナの存在なくして、主人公の運命の完結もとうてい導き出されることはないのである。

＊

小説『童貞王』の翻訳を志したのは、ちょうど宝塚歌劇団で『エリザベート』の初演がなされた頃のことであった。その十年ほど前からObsidiane書店より本書の一九〇〇年の決定版の復刻がなされるなど、新たな世紀転換期を迎え、それまでとは異なった出版状況が見られるようになってきていた。すなわち、カチュール・マンデスをはじめ、ジャン・ロランやオクターヴ・ミルボー、ピエール・ロチなど、かつて人気を誇っていながら、その後の文学研究では大きく扱われずにきた作家の作品や研究書が、以後、続々と世に出ることになったからである。文学研究分野への文化論的視点の導入により、それぞれの時代の読み手の意識に密接に寄り添う必要性を痛感し、過去の文学研究の反省に立った読み直しが求められたのだ。だが残念なことに多忙に紛れ、本書の翻訳出版の計画は実現しないまま月日が過ぎていった。今日ようやく新進気鋭の協力者を得て、ついに長年の思いが実ったことは喜びにたえない。翻訳にあたっては、初版の Catulle MENDÈS : *Le Roi vierge*, Dentu, 1881, Paris を採用し、必要に応じて他の版も参照した。訳出に際しては第一部、第二部を中島が、第三部を辻が担当し、互いに訳文を検討し合った上で文体の統一をはかった。

なお、主人公の名前の表記に関して、最後にひと言ふれておきたいと思う。作品の原文がフランス語で書かれている以上、当然のことながら、彼はドイツ語名のフリードリヒではなく、フレデリックと呼ばれている。翻訳に際しては、原語表記を尊重することを一応の基準としたが、肝心の主人公の呼び名は、フレデリックのほうがその響きからして、「童貞王」のイメージにふさわしいと感じられた。念のため訳者の周囲にも意見を求めたところ、同様の反応が返ってきており、いずれを採用すべきか大いに逡巡した。だが、最終的には読者の混乱を避けるため、やむなくフリードリヒを採用することにした。

本書の刊行にあたり、長谷川健一氏、神野ゆみこ氏、Marthe Levèque 氏、安田晋也氏、傳田久仁子氏はじめ、多くの方々にご教示を仰いだ。ここに記して厚く御礼を申し上げたい。また、世紀末文学に深い理解を示される、国書刊行会編集部の礒崎純一氏のご尽力により、こうして無事に世に出ることとなり、感謝の念は言葉に尽くせないものがある。

中島　廣子

中島廣子（なかじま　ひろこ）
1946年生れ。大阪市立大学名誉教授（専門分野はフランス世紀末文学・文化）。
主要著訳書――『「驚異」の楽園――フランス世紀末文学の一断面』（国書刊行会）、『フランス幻想文学の総合研究』（共著、国書刊行会）、『フランス名句辞典』（共著、大修館書店）。エレミール・ブールジュ『落花飛鳥』（国書刊行会）同『神々の黄昏』（共訳、白水社）、マルセル・シュネデール『フランス幻想文学史』（共訳、国書刊行会）。

辻昌子（つじ　まさこ）
1974年生れ。大阪市立大学大学院文学研究科後期博士課程修了、大阪市立大学非常勤講師（専門分野はフランス世紀末文学・文化）。
主要著書――『「ジャーナリスト作家」ジャン・ロラン論――世紀末的審美観の限界と「噂話の詩学」』（大阪公立大学共同出版会）。

童貞王《どうていおう》
二〇一五年九月一〇日初版第一刷印刷
二〇一五年九月一九日初版第一刷発行
著　者　カチュール・マンデス
訳　者　中島廣子・辻昌子
発行者　佐藤今朝夫
発行所　株式会社国書刊行会
東京都板橋区志村一―一三―一五
電話〇三(五九七〇)七四二一
http://www.kokusho.co.jp
印　刷　藤原印刷株式会社
製　本　株式会社ブックアート
装　丁　柳川貴代
ISBN 978-4-336-05945-1